国家社会科学基金年度资助项目：
"《西游记》成书的田野考察与成书史研究" 编号：12BZW042

江苏省高校社科重点研究基地重大项目：
"《西游记》文化传播研究及数据库建设" 编号：2015JDXM033

淮阴师范学院优势学科"文化传承与文化创意学科"资助

《西游记》成书的田野考察报告

蔡铁鹰　王　毅　著

中州古籍出版社
·郑州·

图书在版编目（CIP）数据

《西游记》成书的田野考察报告 / 蔡铁鹰, 王毅著
. -- 郑州：中州古籍出版社, 2018.11
ISBN 978-7-5348-8125-1

Ⅰ. ①西… Ⅱ. ①蔡… ②王… Ⅲ. ①《西游记》研究－文集 Ⅳ. ①I207.414-53

中国版本图书馆CIP数据核字（2018）第253221号

出版社：中州古籍出版社
（地址：郑州市经五路66号　邮政编码：450002）
发行单位：新华书店
承印单位：江苏农垦机关印刷厂有限公司
开本：710mm×1000mm　1/16　印张：21(彩色)
字数：340千字　　　　　印数：1—2000册
版次：2018年11月第1版　印次：2018年11月第1次印刷

定价：88.00元
本书如有印装质量问题，由承印厂负责调换。

哈奴曼率领猴国军队帮助罗摩王子(泰国大皇宫《拉玛坚》壁画)

跳进妖魔的肚子——哈奴曼就在妖魔的嘴边(泰国大皇宫《拉玛坚》壁画)

榆林窟早期外景图

榆林窟第三窟 西夏《唐僧取经》壁画

金代墓道石刻《唐僧师徒取经归程图》

元王振鹏《唐僧取经图册》梁章钜题款

清《荆藩家乘·荆藩宫殿考》
"玉华宫"页面

目 录

前言（代序）……………………………………………………1–10

绪论：用于参照的学术框架及其形成………………………11–120

零星原生的取经故事——以自发的传说为标本……………12
早期结集的取经故事——以佛门的俗讲为样章……………27
世俗形态的取经故事——以民间的队戏为象征……………52
重新整合的取经故事——以杂剧《西游记》为中心…………63
语体转换的取经故事——以平话《西游记》为代表…………74
文化定型的取经故事——以百回本小说《西游记》为基准……84
　附录一：纵向回顾——我的"《西游记》成书研究"的起点与节点……103
　附录二：横向回顾——近三四十年来《西游记》成书研究状况………115

报告：以实证为目标的田野考察………………………121–123

西域古道专题……………………………………………………124
　　玄奘故居：家祠与故里——长安遗踪：大雁塔与兴教寺——玄奘负笈图——武威罗什寺——河西走廊和丝绸古道——流沙河、通天河、八戒墩、牛魔王洞——高台晒（晾）经台——张掖大佛寺取经壁画——民乐童子寺取经壁画（附：肃南上石坝石窟壁画、武威东大寺壁画）——泽州大云寺石刻——瓜州古城（锁阳城）——敦煌取经壁画资料——

东千佛洞取经壁画——榆林窟取经壁画——高昌故城——吐鲁番景点火焰山——库车煤田自燃火点——龟兹古国——别迭里山口——塔什库尔干河边的古代驿站和石头城——明铁盖山口、瓦罕走廊和公主堡——考察花絮

宋元北方专题 …………………………………………………………… 199
　　"唐僧师徒取经归程图"石刻——《唐僧取经图册》
　　　　附录：[日]矶部彰《〈唐僧取经图册〉研究要旨》（节录）及《唐僧取经图册》所收图画三十二幅 ……………………………………… 210

《罗摩衍那》专题 ……………………………………………………… 235
　　巴厘岛的哈奴曼——泰国《罗摩衍那》版壁画《拉玛坚》

齐天大圣专题 …………………………………………………………… 246
　　浙闽的猴行者——顺昌的大圣崇拜——双圣庙·南天门·宝山寺——猴脸前的祭台——岚下乡黄敦村明通天庙和元通天大圣祭坛——岚下乡郭头村洪武通天大圣碑（附郑坊乡傍山村明嘉靖通天大圣碑群）——元坑镇曲村元通天大圣碑——建瓯市玉山乡榀树村宋元齐天大圣庙——福州闽侯的齐天大圣庙——福州市区的齐天大圣庙——湖北武穴的齐天大圣崇拜
　　　　附录一：顺昌大圣文化节的祭祀仪式 …………………………… 276
　　　　附录二：央视专题节目记录的祭祀仪式 ………………………… 279

吴承恩专题 ……………………………………………………………… 282
　　金陵世德堂本的陈元之《西游记序》——长兴县丞——贪赃下狱——诗证：古蕲州与《宴凤凰台》——文证：荆王府与玉华国——荆府樊山王

主要参考书目 …………………………………………………… 299-300

前 言
（代序）

  本报告是国家社科基金资助年度项目"《西游记》成书的田野考察与成书史研究"（编号：12BZW042）的结题成果，亦为江苏省高校重点社科研究基地重大项目"《西游记》文化传播研究及数据库建设"（编号：2015JDXM033）的重要成果。

  从学术角度上说，本报告在针对考察涉及的数十个问题的具体讨论之外，同时还具有对近三四十年来《西游记》成书研究这一命题形成过程完整回顾和汇集主要成果的性质，其中又包括了对目前主要疑难问题的分析和对未来研究的期待，我们还希望它能成为规划中的"西游记资料库""西游记大系"构建的重要骨干线索和学术框架。以下我作为项目负责人和本报告的撰写人，对课题组的活动、课题的研究思路、本报告的学术逻辑和我个人的学术感受以及报告撰写中的一些技术性考虑做以下说明。

  从2015年这个特定的年份说起。

  尽管罗振玉、王国维两位国学大师的长技不在小说，但他们却是现代《西游记》研究的创始者。一百年前，当时流寓日本的罗振玉在友人处借得《大唐三藏

取经记》¹旧藏并影印公布;"乙卯春"也就是1915年,王国维写下了第一篇有关《西游记》成书的研究文字——即附在影印本末尾的跋文;次年"丙辰"也就是1916年,罗振玉也写了两篇表述自己意见的跋文。这三篇跋文都对《大唐三藏取经记》的来源做了推测,并将其定性为"南宋人所撰话本",乃南宋临安盛行的"说话之一种"。²于此之前,虽然从1911年开始即有蒋瑞藻等涉猎过《西游记》,但我个人认为,现代《西游记》研究的真正启动者还应是始于以上一组跋文。

王国维《跋》落款的"乙卯春",距现在整整一百年。

由于罗振玉、王国维在学界的地位煌煌赫赫,所以他们的意见对后世产生了极大的影响。20世纪20年代胡适、鲁迅等发布自己的《西游记》研究成果时,都已经引用了上述跋文;1949年以后的各类文学史,概无例外地把大唐玄奘法师这个历史人物故事化的时间定位于南宋,认为最初的形式是话本,《大唐三藏取经记》就是话本四家中"说经"一家的典型代表。从现在的研究进展来看,罗、王的意见其实是误读,对后世的影响很为负面,但无论如何,他们的意见引导了近百年的《西游记》研究,本课题最重要的突破正是源于对上述跋文的反思,学术构架上仍然以《大唐三藏取经记》为核心,事实上是对一百年前启动的《西游记》现代研究的一种历史回应。因此我希望现在完成的《〈西游记〉成书的田野考察报告》,能够具有一种纪念意义,并能表达对所有前辈先行者的敬意。

我接触《西游记》研究是在20世纪的80年代初。我的童年是在外婆家度过的,外婆家位于淮安市古镇河下的茶巷,与现今的旅游景点吴承恩故居所在的打

---

1. 学界通常都依据罗振玉的影印本称《大唐三藏取经诗话》,但这个书名可能隐藏误导并不妥当,所以从本报告起我们将改用其书的另一个名称《大唐三藏取经记》,理由以下详述。
2. 王国维、罗振玉的跋文均已收入李时人、蔡镜浩的《大唐三藏取经诗话校注·附录》中。

铜巷相隔也就三五百米。那时市井儿童都是有帮派的，通常会以一些具有领袖气质的玩伴为核心划分出各自的游戏地域，然后就天天上演儿童版的战国春秋。茶巷的儿童帮是一个强势团伙，领地一直伸展到打铜巷，所以打铜巷尾那块废弃颓圮的宅基就是我们经常要冲锋陷阵的地方——我们那时当然不知道，脚下的一片残砖碎瓦之下，曾经是一位大文豪的书房，而我们经常揣在书包里卷了边角的《西游记》，也就诞生在这片废墟里。

1982年我读大四，那年寒假回家发现曾经的颓旧宅基上盖起了新房子，而且是当时普通人家绝对盖不起的青砖小瓦房，还圈了一个大大的院子。挺好奇，问了，才知道这是县政府在复建吴承恩故居。吴承恩我们都知道，用不着大学，小学时一伙玩伴就读完了《西游记》，但却真不知道我们曾经的游戏场竟然就是他老人家的故居。当时正在为毕业论文做准备，忽然有点开窍地意识到这应该是一个拥有第一手资料的不错选题。于是跟在县里的"吴承恩故居调查组"后面跑了几天，算是大致弄清楚了吴承恩生平的几个关节和故居复建的来龙去脉，也就把自己毕业论文的选题确定了，而且出乎老师意料地完成了两篇：一篇是关于《西游记》第九回文字的讨论——那是一篇照猫画虎的所谓考据，不久后发表在母校《南京师院学报》当年第4期；另一篇讨论吴承恩任职"荆府纪善"问题，送审后成为当时在淮安召开的"第一届全国《西游记》学术研讨会"的交流论文。这两件事的接踵而来——都发生在当年的10月，对一个刚走出校门踌躇满志的学生来说，无疑是很刺激的，爆棚的自信心几乎在一夜间促成了志向的选择。从那以后，无论是明月惊鹊，还是秋雨夜灯，一卷《西游》在手，似乎都是我的惬意时光。

时光倏忽，转瞬已经三十多年过去，我的《西游记》研究也就在这岁月流淌的过程中逐渐生发、成型和系统化，直到今天能交出《吴承恩集（笺校）》《吴承恩年谱》《西游记资料汇编》《〈西游记〉的诞生》《西游记的前世今生》和本报告这样一些能够对自己努力做出交代的成果。我自信这些成果都有些价值，但究竟该如何评价，却不应由我关心，诚如苏轼所言："人生到处知何似，应似飞鸿踏雪泥。泥上偶然留指爪，鸿飞那复计东西。"

我对《西游记》故事文化源头的探究表现出更大的兴趣，是在1986年进入淮阴师范学院之后，主要是受了当时学界风潮热点和本校以研究楚辞和上古神话著名的前辈学者萧兵先生的影响。那几年，几乎所有涉足小说的学术大腕都参加了关于孙悟空形象来源的讨论，或可称之为"世纪之争"，其时盛况，正应该用"空前绝后"形容，而萧兵先生则把文章发到了《文学遗产》，这在当时我所处的环境里是神一样的成就。随意攀谈之间，无心有意之际，灵犀但有，豁然便通，与萧兵先生的相处，对于我后来一些研究方法的形成有很大帮助。我原本就比较欣赏胡适的"大胆假设，小心求证"说，胡公此说受诟病甚多，我觉得主要在于他把"大胆假设"放在了前面，容易被断章取义割去"小心求证"的过程，导致学术上的轻佻之举和轻慢之言，但其实个中注重创新的内核却有无限的价值；萧兵先生就是我身边的"大胆假设"者，尽管也有"求证不严"之类的批评，但他的学术视野和想象力确是非常的开阔，让我领教到了一种之前从未体验过的风格和境界；我后来秉持的"立足实证，大胆推想，构建系统，步步前伸"原则，看得出其实是脱胎于胡适之说，也有萧兵的影子。其后数年间我以"孙悟空形象探源"为总题，发表了十来篇文章，尤其是1988年还借去新疆参会的机会，单人只身，且看且行，对丝绸之路进行了一次最初的"田野考察"。受学识和条件所限，考察自然粗疏，所以我加了引号，但对当时的我来说，这是一次壮举，自然也是后来的《西游记》成书研究的开始。

2007年借助于江苏省社科基金的资助，我在《〈西游记〉的诞生》一书中终于完成了对唐僧取经故事演变全过程的大致描述，[1]这就构成了我的"西游记成书研究"的基本框架，也是今天本报告"绪论"中提供的成书过程六个阶段的学术来源。我所描述的这个过程由玄奘本事开始，到吴承恩百回本定型，时间长达

---

1. 蔡铁鹰.《西游记》的诞生[M]. 北京：中华书局，2007.

九百多年,涉及非常复杂多元的因素,诸多问题与疑难显然并非一人一时便能彻底解决。比如我把所谓的"零星原生的取经故事"与"早期结集的取经故事",分别标示为"第一阶段"和"第二阶段",只是为了说明在历史空间上它们有一定的前后差距,事实上我无法确认这两者之间是否有直接的承袭关系,当然也就更不能说清楚如何承袭的问题,这其中光是《大唐三藏取经记》中的"三藏法师"究竟是"玄奘三藏"还是"不空三藏"就充满了想象的空间。再比如我把以杂剧《西游记》为代表的"重新整合的取经故事"和以平话《西游记》为代表的"语体转换的取经故事"分别列为"第四阶段"和"第五阶段",事实上这两种《西游记》的先后关系目前还不能确定,这种顺序只是出于我对语体演变关系的个人理解,目前我们根本没有办法证明它们之间的承袭关系,而何况还有一个近年在日本发现的让我们惊诧异常的元人《唐僧取经图册》横亘其中!所以尽管这个分为六个阶段的学术框架以时间为排列次序,以不同时期取经故事社会流播的形态差别为标志,但也只代表了《西游记》取经故事演化成书过程中大致的进程,并不意味《西游记》就是这么精确地走过来的。非常重要的一点是:我觉得现在的这个框架虽然粗疏但大节上应属合理,因为我们已经可以感觉到描述整个取经故事形成的主要节点已经相当顺畅,其意义就是表明历史进程中的主要事实已经被抓住。缺失当然会有,错误当然也会有,但构建一个体系,有缺失有批评并不可怕,只要原本设定的主干能够制约和引导讨论的基本走向,这个体系就有存在的价值,终究会走向完善。这个过程的要点后来被我演绎为科普读物《西游记的前世今生》,这本书2009年被央视国际频道"子午书简"栏目拍成八集专题片播出,2013年获得了教育部全国高校社科优秀成果奖。[1]

当时的主要遗憾是,即我所构建的学术框架主要依赖于近三四十年来发现的

---

1. 蔡铁鹰. 西游记的前世今生[M]. 北京:新华出版社,2008.

文献和实物资料,这些资料大多来自转述和报道,应该说很多都不具备一手资料的确定性。比如说火焰山的故事,我认为这是一个来自西域丝绸古道的原生取经故事,《大唐三藏取经记》中"遍地烟焰"的描述,应当是西域地下煤田自燃的景象,为此我找到了《宋史·外国传》中关于奇台县北山煤田自燃的记载,证实了上述推测存在的可能性,但我又毕竟没有亲见亲闻。

2012年我与几位志同道合者申报了课题"《西游记》成书的田野考察与成书史研究",而且幸运地获得了国家社科基金的立项资助。我们的想法很明确,就是希望能把近些年来所有与《西游记》成书有关的文献与实物资料都亲眼一睹,以证实它们在《西游记》成书研究中的确定意义。

按照在项目任务书中拟定的计划,我们邀请了日本南山大学研究隋唐佛教文化卓有成就的梁晓虹教授、京都大学东亚文化研究所资深敦煌文化专家高田时雄教授、清华大学社科部高淑娟教授、福建顺昌县博物馆馆长王益民研究员等担任本课题的学术顾问,邀请我校范新阳教授(古代文学)、王毅副教授(汉语言文学)和青年教师宋景轩(传媒新闻)、朱明(英语)以及东北交通专科学校的赵春阳老师(计算机)、淮阴食品药品工业学院的王旭华老师(英语)等组成课题组。课题组在校、院两级领导和相关部门的支持下,多次出行,往返于浙江、福建、湖北和甘肃、青海、新疆等地,还包括日本、泰国,实地考察了散落在各地与《西游记》成书有关的文献与实物资料。而为了考察的方便,我们在国内的主要行程都是自驾完成,个中既有艰难又有乐趣,其中2013年春第二次去福建顺昌,钻深山爬老林十几天时间,时值南方雨季,山区道路狭窄湿滑,行程艰辛而危险,印象深刻。而2014年沿丝绸古道西行的行程,时间长达40天,整个行程近15000公里,最高触及海拔5000米以上,到达了四个国境线上的山口,如现在新疆克州阿合奇县与吉尔吉斯斯坦接壤的别迭里山口,那是玄奘当年去印度出境的地方;再如新疆塔什库尔干与阿富汗接壤的明铁盖山口,那里是玄奘当年学成归国的地方。

在西域,我们沿途考察了若干取经故事发生的确切地点,比如在著名的冰川

之父慕士塔格峰附近找到了玄奘归国时驮经大象溺水死亡的地方,并在甘肃高台县考察了传说中晒经台故事的发生地,证明了这个故事确实有可能是跟随玄奘法师的足迹而出现的,这有力地支持了"原生的取经故事"的概念。

在福建,我们看到了大量宋元以来形成的"齐天大圣""通天大圣"祭坛和祭祀碑,确切地显示了元杂剧《西游记》中齐天大圣家族故事的来源——这些大圣们原本在南方道教的文化土壤中自生自灭,与取经毫无关系,与信佛教的孙悟空也毫无关系。它们进入取经故事的序列,是一个非常复杂也非常重要的文化嬗变问题,对我们来说实际上也就是找到了大闹天宫故事的文化源头;而这又为厘清吴承恩百回本小说的文化脉络提供了线索和依据。

在泰国,我们看到了完整的泰国史诗《拉玛坚》壁画。壁画多达178幅,精美绝伦。这些壁画虽然晚出在18世纪,但它们完全仿照印度史诗《罗摩衍那》,故事情节与人物没有任何重要变动,甚至神猴哈奴曼的名称也没有改动,其学术价值与《罗摩衍那》没有太大的区别,泰国人直接就称呼其中的哈奴曼为"中国的孙悟空"。看了这套壁画,我们对孙悟空形象受到哈奴曼影响的问题几乎不再置疑,认定余下所要做的就是寻找文化传播的途径。

在日本,我们找到了完全是唐代风格的寺院毗沙门堂,其传承有序的历史可以证明毗沙门在唐代的巨大影响,而毗沙门的问题应当与取经故事在中唐以后的迅速扩张发展,与《大唐三藏取经记》文本的形成有密切关系。

在河北,我们非常意外地得到一张新近发现尚未正式发布的拓片《唐僧师徒取经归程图》,据画面我们几乎有把握断定这应该是我们现在见到的最早的唐僧师徒四人取经图。它对于我们关于队戏《唐僧西天取经》的判断是非常好的实物支持;现在我们已经找到了证据,可以认定这确实是金元时期的取经图。有了这张图,我们关于《西游记》成书的有关认识大约是可以得到升华的。

"《西游记》文化传播研究及数据库建设"课题立项后,我们认为,成书研究是近数十年来《西游记》研究中最为重要的进展,而且是系统化的进展,其意义已经得到学界公认;其成果对《西游记》文本、原型、作者等各个范畴的研究都有重要促进作用,因此非常有必要把有关资料搜集由重点扩展为全面,并且作

为一项重点纳入数据库建设。这个意见我们课题组成员都很认同，因此我们对原有项目的研究适当扩大了范围，为提炼数据库的搜索关键词打下了基础。

鉴于此，在国家社科基金资助的课题结题之后，我们对向学界提供最终成果的方式也做了适当的调整，也就是把成果的实用性、适用性，按照建设数据库的需要做了适度的加强，以期可以更完整、成体系地反映成书研究的全部成果，可以恰如其分地构成数据库建设的一个子课题。

我们最终决定采用"田野考察报告"的形式，以最真实可靠的第一手资料为基础，把这三年多来的考察经历以及我们的研究成果，采用文字加图片、描述加考订的方式，原原本本地报告给所有共同关心这一课题的研究者。为了能将课题组围绕任务的多次出行、在不同时间地点收集到的各种资料、我们对资料的初步分析以及这些原始资料与考订研究的交接，等等，叙述清楚，我们在报告的叙述结构上设置了"绪论"和"专题"两个部分。

"专题"是本考察报告的主体，包含五个方面的内容："西域古道专题""中原北方专题""罗摩衍那专题""齐天大圣专题""吴承恩专题"。专题将会介绍课题组在为期三年的时间内，穿行各地的主要考察活动，以及相关的背景资料、考察所得和学术考订；也会相应介绍学界的观点与我们对于以往观点的修订，等等。这个部分涉及《西游记》成书长达九百多年的全部六个阶段，共报告和探讨了大约50个具体问题，使用了200余张图片，这些图片除了元人《唐僧取经图册》的32幅取经图和少量必须借用的背景资料之外，均为本次考察中的实拍。

"绪论"可以视为本报告的阅读大纲。设置专题的优点一目了然，但显然也有其弊端，那就是不利于把具体琐碎的当前资料放在广阔的文化视野中追寻完整意义。为了能清晰表述，我在正式的考察报告之前加了一章"绪论：用于参照的学术框架及其形成"，它比较具体地介绍了在此之前已经形成的"西游记成书研究"的学术框架，以及这个框架形成的经历和主要学术依据。依托"绪论"，本考察报告的各个专题都可以与当前学术研究的实际状况挂钩，讨论都会在一个共

同的框架中进行,有明确的时间、空间定位,庶几可免琐碎散漫与随机无序的状态。"绪论"的内容主要是在国家社科基金资助课题的基础上,按照数据库建设的需要加以浓缩、补充、修订形成的。

为了给数据库建设提供清晰的纲领,我们在"绪论"中增加了两个附录:

第一,由于"绪论"提供的学术框架有一些特定的学术定义,其中又罗列了自20世纪80年代以来许多新发现的、涉及广泛领域的研究资料,因此我觉得有必要首先介绍一下这个框架形成的学术起点以及与若干新见资料的关系,尤其是这个框架中各个演变阶段形成的理由与契机,以便专家和读者能够作全景全过程的审读。这就是设置附录一:"纵向回顾——我的'《西游记》成书研究'的起点与节点"部分的初衷。

第二,自20世纪80年代初敦煌榆林窟发现取经壁画的消息公布之后,亦有若干研究者如刘坚、王静如、张锦池、段文杰、胡小伟、李时人、蔡镜浩等诸位先生把睿智的目光投向了西域方向,引导学界逐步形成了视点西移的倾向。[1]而今这方面有了更多的进展,有更多的青年才俊已经加入了探讨这个问题的行列,非常积极地体现了学界对于《西游记》成书研究的重视。为便于专家和读者能够作全视域的了解,所以又设置了附录二:"横向回顾——近三四十年来《西游记》成书研究状况"一节,以供参考。

最后还要说一句,整个考察过程比我们的预期要艰难得多,但得到的帮助也比预期的多得多。我们几乎每到一地,都有当地领导和研究者、爱好者发自内心的倾力相助;不仅在当地尽他们的所知所能,而且还一站一站地把我们交下去,交给他们信任的朋友,以致我们课题组一路都由政府、口岸、武警甚至边防部队的引导。我们课题组很显然与他们很多都是素未谋面,甚至是素无交往,而所有

---

[1]. 蔡铁鹰. 西游记研究的"视点西移"及其文化纵深预期[J]. 晋阳学刊,2008(1).

交接的接头密码口令就是"西游记""唐僧取经"。尤其是2014年夏天是一个比较敏感的时期,人们对当时西北的状况有些误解,当然也就产生很多担心,但我们在新疆的朋友尤其是民族朋友,无论见面还是通话,都是一阵爽朗的笑声:"好着呢,来吧,别担心。"他们的帮助绝非一句感谢就能表述,所以尽管他们可能不会看到这本考察报告,但我觉得在报告中还是要记下他们对考察的贡献以及有他们参与的过程,我想这会得到专家与读者的欢迎。

本书的出版得到了淮阴师范学院文学院领导的支持关心,得到了优势学科"文化传承与文化创意学科"的资助;也得到了中州古籍出版社编辑刘晓和中州社的不老青松书神张弦生的帮助,谨此一并致谢。

淮阴师范学院文化创意产业研究中心　蔡铁鹰
2018年秋记于听湖轩

绪 论
——用于参照的学术框架及其形成

　　从第一个不经意间播撒的传说开始，到吴承恩以百回本的形式将唐僧取经故事写定为止，《西游记》经历了九百多年的发育成书过程。这个过程中，事件创造者的本意秉性，口耳相传者的古往今来，传奇故事的增减删改，不同宗教的闪烁穿插，为我们记载了一段历史进程和这个进程中文化的交融与嬗变。

　　这就是价值。

　　从历史角度看，我们强调真实的历史人物玄奘法师对于《西游记》的深刻影响，尽管现在看到的取经故事与玄奘的经历已经有了相当大的不同，但作为历史人物的玄奘仍是取经故事永久不衰的精神原动力和文化之根。

　　在地域概念上，我们发现取经故事最初出现在玄奘曾经用双脚步步丈量过的西域古道上，然后随着佛教传播的文化流进入中原内地。这是一个曾经被忽略的问题，但相信在今后将会为《西游记》研究拓开广阔的视野。

　　在传播意义上，我们注意到取经故事孕育于佛教浸润的土壤并一以贯之地保持着取经这个故事题材的连续性，同时也注意探讨道教文化对这一题材偷天换日式的入侵，注意到吴承恩所代表的儒学精神对取经故事最后的改造。文化变异，是全面解读《西游记》的一把钥匙。

　　在形式演变上，我们试探基于取经故事不同形态之间的内在关系而划分出取经故事发育过程中若干阶段。虽然《西游记》成书过程中发育进化的真实序列未

必如此理想——也许某些阶段之间并非承续关系,也许还有更重要的形态存在,但这些不完善并不妨碍我们先从这项具有基础意义的工作做起,因为只有可靠还原各种资料的原本秩序,才有可能真正解读取经故事的内在意义。

其实从最根本的意义上说,我们只是试图解决一个问题:《西游记》如何发育成长,走完自己的诞生之路。

零星原生的取经故事——以自发的传说为标本

如果将前人过于零星随意的笔墨忽略不计,那么现代意义上的《西游记》研究则肇始于整整一百年前。1914年,遗落日本已久的《大唐三藏取经记》进入了罗振玉、王国维的视野,次年又经由罗振玉影印而为世人所知。

当时罗振玉正流寓京都,在得到有人收藏唐僧取经故事旧本的消息之后,循迹查访,先是在政界显赫人物三浦将军处借到了一个大字本的《大唐三藏取经诗话》,然后又从学界著名人物德富苏峰处借到了一个内容全同的小字本《大唐三藏取经记》,遂互校影印并予以公布。由于罗振玉当时因为大字本较为完善便为影印本选择了《大唐三藏取经诗话》的名称,所以它也就成了今人使用的通用书名。但这未必是历史的真实,它的准确的名称倒更可能是《大唐三藏取经记》。张乘健先生这样认为,我也这样认为,所以在本报告中已经改称。这完全不是为了标新立异,而是因为《大唐三藏取经诗话》极易产生误导——容易与诗歌批评中的"诗话"相混淆,解释这两种诗话的区别每次都要花费很多笔墨——我们下面要专门讨论这个问题。"乙卯春",也就是1915年,当时也在日本的王国维见到了大字本,留下了一篇不足千字的短文,后来因为被附在罗振玉影印本的末尾,习惯上就被称为"王国维跋";此文之外,罗振玉先后在"丙辰"年也就是1916年写了两篇表述自己意见的短跋,相应地也就被称为"罗振玉跋一"和"罗

绪论

振玉跋二"。

王国维的《跋》有两个要点：第一，这是一个南宋临安的刻本；第二，这是当时盛行的"说话"的一种：

> 卷末有"中瓦子张家印"款一行。中瓦子为宋临安府街名，倡优剧场之所在也。……此云"中瓦子张家印"，盖即《梦粱录》之张官人经史子集文籍铺。
>
> 此书与《五代平话》《京本小说》及《宣和遗事》，体例略同。……皆《梦粱录》《都城纪胜》所谓说话之一种也。[1]

由于"中瓦子张家印"是原本的牌记，所以后人对王国维的第一个判断从未产生任何疑问，甚至又进而导致大多数人对第二个判断也寄以充分的信任。数年后，胡适在《〈西游记〉考证》中就有这样一段话：

> 民国四年，罗振玉先生和王国维先生在日本三浦将军处借得一部《大唐三藏取经诗话》……因定为南宋"说话"的一种。……我们看完这个目录，可以知道在南宋时，民间已有一种唐三藏取经的小说，完全是神话的，完全脱离玄奘取经的真故事了。[2]

这已经把《大唐三藏取经记》产生于南宋说得言之凿凿。后来，又有研究者认为"诗话"的意思就是有诗有话，并进一步推定这其中的话就是"说话"中"说经"一家的遗存。

此后数十年来，各类文学史、小说史关于《西游记》形成过程的描述基本都以王国维的论断为准绳，其标准序列是：

1. 唐宋以来笔记传奇中零星记录的取经故事；

---

1. 李时人，蔡镜浩. 大唐三藏取经诗话校注[M]. 北京：中华书局，1997，55.
2. 见梅新林，崔小敬主编. 二十世纪《西游记》研究[N]. 北京：文化艺术出版社，2008，7.

2. 南宋临安的"说经"话本《大唐三藏取经记》;

3. 元末明初杨景贤的二十四折杂剧《西游记》;

4. 元明之交仅存片段的宝卷、平话《西游记》;

5. 明后期吴承恩的百回本通俗小说《西游记》。

这个序列看似井然不乱,但其实很有问题。最主要的问题就出在王国维两个貌似非常正确的基本判断上。

第一,"中瓦子张家印"的落款其实只能表示此书南宋时在临安有过一次刻印,但并不能证明这部《大唐三藏取经记》就是这个时期或者就是张家的原创作品,王国维实际上在下意识中犯了一个将刻印当原创、将发现当起源的错误。

第二,说《大唐三藏取经记》是"话本之一种",是一个并无证据的疑问判断。其自身事实上没有明确可认证的话本特征,只要将《五代平话》《京本小说》及《宣和遗事》与《大唐三藏取经诗话》作一些简单的比照,就会发现它们并无多少相似之处。

第三,大约因为《大唐三藏取经记》是佛教题材,南宋说话中恰恰有"说经"一家,而这门"说经"又没有留下确切可对照的作品,因此后人往往把《大唐三藏取经记》进一步坐实,说它就是"说经"的样本。但事实上,尽管有学者做过努力,但我们至今还是没有确认任何一部属于"说经"并可与《大唐三藏取经记》进行比对的作品。

对于王国维的判断,早在20世纪50年代曾经有人怀疑,1954年中国古典文学出版社出版《大唐三藏取经诗话》时的"出版者前言"有这么一段话:

> 但是书里面的这些诗,虽然都是中国七言(也有三言和五言)诗歌的形式,性质却接近佛经的偈赞;话文也和佛经相近;因此,它的体裁与唐朝五代"讲唱经文"的"俗讲"类似,可能受了它们的影响。[1]

---

1. 无名氏. 大唐三藏取经诗话[M]. 北京:古典文学出版社,1954.

绪论

　　这大概是对《大唐三藏取经记》的最早怀疑，但这种疑问表述得较为委婉。程毅中先生也有类似的说法，在《宋元话本》一书里，他虽然说"现存的《大唐三藏取经记》，应该是一本早期的说经性质的话本"，但他认为，"唐代讲佛经故事的变文，如《降魔变文》里所讲的舍利佛与劳度叉斗法的故事，和他很有些相似的地方。这本《大唐三藏取经记》可以看作唐代变文的直接后裔"。[1]王力先生在《汉语史稿》的一条脚注里则认为《大唐三藏取经记》是宋代作品，可能还是北宋的作品。虽然王力先生并没有更多的陈述理由，但至少表示他对传统的认识有所怀疑。[2]但鉴于王国维的声望地位，也是由于在《大唐三藏取经记》本身的研究上没有突破，所以怀疑一直没有得到证实，而所谓"南宋""临安""话本""说经"便构成了上述序列的关键词。

　　这个序列完全不能解释《大唐三藏取经记》自身的发育背景和它与后来各种形态取经故事之间的承续关系：如果我们相信取经故事系统化的起源在于南宋，那么从南宋往前看，漫长的数百年中没有比《大唐三藏取经记》更古朴的材料，取经故事的出现对于临安来说似乎是飘然而至；往后看，《大唐三藏取经记》与在年代上相差无几的"平话""杂剧"形态上有太大的差距，中间没有可信的过渡演变，又让人不能相信取经故事的平行进化有如此之快，如此之繁复。

　　研究者深受其困。因此1982年之前的对《西游记》成书的研究，都只是大致的推测，成果也只能算是一条很粗疏的线索。

　　直到三十多年前，《大唐三藏取经记》（简称《取经记》）才被重新定位。1982年，接踵出现了两篇对《取经记》出于南宋话本的传统观点表示颠覆性怀疑的重要文章：

　　一篇是语言学家刘坚先生的《〈大唐三藏取经诗话〉写作时代蠡测》。该文从语言学的角度，选取语音、语法、语汇三个方面的大量实例对其诞生时间作了

---

1. 程毅中. 宋元话本[M]. 北京：中华书局，1980第2版，29.
2. 王力. 汉语史稿：中[M]. 北京：中华书局，1980新1版，413.

15

非常充分的论证,认为:"《大唐三藏取经诗话》与敦煌所出《庐山远公话》《韩擒虎话本》《唐太宗入冥记》《叶净能诗》一样,其时代早于现今所见宋人话本,……这部话本的时代还有可能往上推到晚唐五代。"[1]

另一篇重要文章是李时人、蔡镜浩二位先生的《〈大唐三藏取经诗话〉成书时间考辩》。这篇文章与刘文的观点不谋而合,同样认为《取经记》应是唐、五代寺院"俗讲"的底本。如认为其每一节都有书中人物"以诗代话"情况,这种形式在敦煌变文中经常出现,但由于在表演上限制了艺人模仿故事中人物的口吻语调,所以到了宋代"诗话"已经无人使用;该文还认为,从《取经记》所表现出来的对佛教的狂迷和幻想,尤其是那种佛教压倒一切、咄咄逼人的气势,都表明它只能是佛教极盛时期的作品,而不大可能是更多反映市民阶层思想和意识的宋代话本。就其中的佛教观念而言,大都也是较早的密宗、净土宗等粗俗的僧侣主义的货色,很少反映入宋以后在佛教中占统治地位的禅宗思想。[2]

这两篇文章的出现加上同时期在敦煌发现的取经故事壁画,算是彻底打破了王国维的魔咒,"西域""佛教""俗讲"成了重做序列构建的关键词,研究者们已经可以在完全不同的基点上欣赏新的风景。此时把目光伸展向取经故事的源头,探究早期取经故事发生的可能已经逐渐浮现。又十多年后,本人在一篇题为《唐僧取经故事原生于西北之求证》的文章中正式提出"原生的取经故事"的概念,并着手整理零星可见的实例,在《〈西游记〉的诞生》一书中,对此已经有比较详细的罗列。[3]

我的一个重要认识是:在唐宋的传奇笔记中,虽然有一些关于玄奘西行的零星记载,有些也包括了基本的故事元素,但它们真的是太零散太文人化,而且也很难找到在以后年代里的延续,所以依赖这些资料寻找《西游记》取经故事源头的努力都是奢望,而西域和佛教才是我们真正应该注意的地方。

---

1. 刘坚.《大唐三藏取经诗话》写作时代蠡测[J]. 中国语文, 1982, 5.
2. 李时人, 蔡镜浩.《大唐三藏取经诗话》成书时间考辩[J]. 徐州师院学报, 1982, 3.
3. 蔡铁鹰. 唐僧取经故事原生于西北之求证[J]. 明清小说研究, 2004, 2.

绪论

西域古道之始，不知何时出自何人心裁，自大汉张骞出使西域之后，日渐繁忙。玄奘曾经从这条路上走过，说在这条路上发生和传播一些关于玄奘的悲情壮举，理论上说得通，但关键是实证。寻找我们认为当时应该存在的故事，就像寻找古道上一千多年前的驼蹄马迹一样，异常之困难。但这项工作必须得做，否则破解《西游记》的诞生之谜根本无从谈起。好在有若干前辈不仅身体力行做出了榜样，而且也证明了这项工作并不虚妄。我在《〈西游记〉的诞生》特别提到了对冯其庸先生的敬仰，冯先生在20世纪的90年代，以七十余岁的高龄八上帕米尔高原，一直走到玄奘当年行程中出境的别迭里山口和归程入境处海拔5000米的明铁盖山口。正是在冯先生的鼓励下，我也将走一趟帕米尔，亲身体验玄奘的行程定位为自己的学术目标，并为此做了多年的准备；而这个目标又有幸在国家社科基金的资助下于2014年得以实现。

通过本次考察，我们得到的一个强烈印象就是：唐僧取经的故事与西域的丝绸古道，与古道上玄奘的行迹，有着无法回避的联系，千丝万缕，若隐若现，我们所熟知的许多唐僧取经故事，都能在古道的文化扬尘找到蛛丝马迹。具体请查看以下的报告，现在大致盘点一下与本次考察和本报告有关的一些线索：

敦煌榆林窟壁画

我们通常所说的敦煌石窟主要指莫高窟（也称千佛洞），但莫高窟其实只是整个敦煌艺术宝库中开放出来的一个点，敦煌艺术，至少应包括莫高窟、西千佛洞、东千佛洞、榆林窟这四个部分，它们基本上属于同一艺术系统，只是后三者因规模较小，交通条件不便等原因很少为人所知。

20世纪80年代初王静如先生披露在敦煌榆林窟发现了唐僧取经壁画，其特征是有猴行者伴随玄奘取经礼佛。[1]这些壁画引起了广泛的关注，非常有效地将研

---

1. 王静如. 敦煌莫高窟和安西榆林窟中的西夏壁画[J]. 文物, 1980, 9.

究者的目光引向了西域。后来，著名敦煌学者段文杰先生再次撰文介绍榆林窟的取经壁画，说在敦煌一带榆林窟、东千佛洞已经发现唐僧取经图6幅（文中实际介绍5幅）——除榆林窟第二窟、第三窟、第二十九窟的三幅外，还有两幅出现在东千佛洞第二窟的水月观音图中，左右相对各一幅。[1]

这些壁画的发现是近几十年来《西游记》研究中最重要的发现。我在《〈西游记〉的诞生》和《西游记资料汇编》[2]中已经用图版完整地介绍了5幅取经图，下面在考察报告中也还要介绍其中的一部分，这里就不多重复，仅作简单的文字描述：

榆林窟第二窟：壁画为"水月观音变"，主像为水月观音，取经图位于整幅壁画的右下角，自左而右画的是唐僧隔水向观音合十礼拜，猴行者牵马随后，马仅露出头部，猴行者右手搭在前额作远望状。

榆林窟第三窟：壁画为"普贤变"，主像为普贤，取经图位于左侧边缘的中部，自右而左画的是唐僧面临深渊，俯首礼拜，其后猴行者牵着白马，双手合十，仰天大叫，马背驮有莲花宝座，上置一包袱。

榆林窟第二十九窟的壁画据王文原介绍为"自左而右画的是白马，唐僧弯腰拜询，孙行者在前下方，最前是白衣人，手执鲜花，作答语状"。段文杰先生的介绍也重复了这段话，但这幅画可能是误读。

东千佛洞第二窟。段文杰先生原介绍说，主像是水月观音，左右相对各一幅，据描绘"唐僧、猴行者及白马驮经步行于海边"，但并未见到图片，倒是在网上有一幅据称出自这一洞窟的取经图。

我们课题组在这次考察中很幸运地目睹了这其中的主要部分，有关详细内容将在以下报告。

这些壁画最重要的意义在于猴行者的出现，这就可以与《大唐三藏取经记》

---

1. 段文杰. 榆林窟党项蒙古时期的壁画艺术[J]. 敦煌研究, 1989, 4.
2. 蔡铁鹰. 西游记资料汇编[M]. 北京：中华书局, 2010.

的故事两相映照,从而证明《取经记》中"白衣秀才"猴行者的出现,决非偶然的事件。两个猴行者一定有一个共同的故事源头和文化圈,而地域概念相对明确的壁画则圈定了其范围一定在敦煌附近。

两个猴行者共同的故事源头和前述刘坚、李时人、蔡镜浩诸位先生论证的文化圈,证明了关于原生取经故事这一概念的合理性,也为我们寻找猴行者的原型提供了参考因素。

"僧行七人"

《大唐三藏取经记》说玄奘取经有随行五个"小师",后来加了一个白衣秀才猴行者,就成了"僧行七人"。在《取经记》整个故事的叙述中,这句话被多次重复。

从历史的视角看,玄奘当年出发没有随行;从故事的视角看,唐僧的五个随行没有任何必然性,也不包含故事因素,这所谓的"僧行七人"源自何处?

然而《大慈恩寺三藏法师传》里有玄奘回程时"时唯七僧"的记载,其卷五云:玄奘回程经北印度的僧诃补罗国时,"时有百余僧皆北人,赍经像等依法师而还", 即有家在北方的僧人要与他搭伴上路,返还自己的家乡。由于沿途遭遇雪崩、盗贼等原因,至翻越最困难的克什米尔大雪山到达喀什、于阗时,"时唯七僧并雇人等有二十余"。[1]

随行的僧人都是"北人"即北方人。北方究竟在哪儿?按照玄奘《大唐西域记》记载,当年的克什米尔地区和阿富汗一带的众多小国,是突厥人的领地,并不信仰佛教,"人性犷暴""少信佛法""僧徒甚少",只有到了今新疆境内,才重新回到了佛教的领地。[2]因此,那些随玄奘返回北方家乡的僧人显然应该是于阗周围一带的人。当时的喀什、于阗即是佛教的传播区,又是西域丝路重镇,

---

1. 慧立,彦悰. 大慈恩寺三藏法师传[M]. 北京:中华书局,1983,116.
2. 玄奘. 大唐西域记.[M]. 季羡林.校北京:中华书局,2000.

所以玄奘在此逗留修整，与他随行的僧人也就在此分手各回家乡。

那么，这六个与玄奘一起历经艰辛，同路归来而在喀什、于阗留下或分道的僧人，作为事件的亲历者，无论是出于自身的炫耀，还是出于对玄奘的尊崇，都完全可能成为取经故事的最早创造者。

火焰山

新疆吐鲁番有一个叫"火焰山"的旅游景点，由于气候炎热，情景酷似，所以旅游者往往信以为真。但那是附会，是由百回本形成的衍生而不是故事产生的依据，在清中叶洪亮吉的《洪北江诗话》中，关于火焰山的记载是与小说联系在一起的，由洪亮吉曾被遣戍伊犁的经历看，附会当是由经过此地的内地流放文人造成的。

真实可信的依据有吗？《西游记》写道：

> 敝地唤作火焰山，无春无秋。四季皆热。……（那山）却有八百里火焰，四周寸草不生。若过得山，就是铜脑袋，铁身躯，也要化成汁哩！

我们已经知道，"火焰山"情节不是吴承恩的创造而是《西游记》取经故事的传统关目，至少在《大唐三藏取经记》中就有了火焰山，当时称作"火类坳"，其第六节写道：

> 又忽遇一道野火连天，大生烟焰，行走不得。

这里应当注意到，火类坳以及《西游记》的火焰山，"火"是野火，"烟"因焰而生，言之凿凿。而我们如果了解新疆特有的煤田自燃现象，就应该省悟到这个故事的原型就是真火真焰遍地生烟的自燃煤田。

新疆的煤田大火是一个特有的历史现象。我国北方的地下，蕴藏有一条从新疆准噶尔盆地开始，自西向东延伸至甘肃、内蒙、陕西、山西直至辽宁、黑龙江大兴安岭脚下的巨厚优质煤层，藏煤丰富且埋藏较浅，有的甚至露天，同时煤质好燃点较低，因此遇雷电、野火甚至于与空气接触氧化都会引起自燃；一旦火起

绪论

则连片蔓延,遍地烟焰,火高数尺,颇为壮烈,很难自己熄灭。加之这些煤田都在边远地区,当时的条件下没人会去注意它,更不会有人试图扑灭它,大火往往就在地下肆无忌惮的蔓延,直到把整个煤田全部烧掉,持续几个世纪也不奇怪。《宋史·外国传》的"高昌传"中,记载了宋初太平兴国七年(982)大宋派使臣王延德出使西域的事。王延德在高昌(今吐鲁番)赴北庭(今吉木萨尔)途中写道:

> 北庭北山中出硇砂,山中尝有烟气涌起,无云雾。至夕火焰若炬火,照见禽鼠皆赤。采者着木底鞋取之,皮者即焦。

这座熊熊燃烧,夜晚火光如炬,能照出满地乱跑的野兔野鼠的煤田,就是今天新疆奇台县的北山煤田。煤田大火就这么日夜不息地燃烧,一直烧到现在,直到前几年才被扑灭。

这则资料对于我们的论证是非常有力的支持。时间上,王延德出使是宋初的事,当时北山煤田已经熊熊燃烧,把这么大的火上推个数十年、数百年应该是合理的、允许的。这证明了唐代的人完全有可能依据自燃煤田而创造出火焰山(火类坳)故事。地点上,这北山煤田属于丝绸之路哈密以西段的北线,是玄奘当年计划经过的地方;后来只是由于高昌王派人在哈密专候并苦劝,玄奘才改走南线去了高昌。而不论是北线南线,也不管玄奘是否亲践,这北山距西域古道的主线和枢纽哈密都不算远。

内地人对此不可理解。直到今天,也正是由于乌鲁木齐硫磺沟火区、阜康白杨河火区和奇台北山火区的被扑灭,有了现代媒体强有力的传播,才使我们知道了煤田自燃这一特殊现象。这个事实告诉我们,火焰山的故事,最早一定诞生在西域的丝绸古道上,而最早将自燃大火嵌进取经故事者,非生于斯长于斯的西域人莫属。

我们的这次考察,看一处正在燃烧的煤田是计划中的重中之重。在新疆煤田灭火局的支持下,我们是真的到达了火场,不仅看了一处,而且得到了更多的资料;不仅自己看了,而且知道了在玄奘经过的路途上,确实就有长期燃烧的煤田

如著名的阳霞煤田。

车迟国

《西游记》中有个车迟国,唐僧师徒在此遇上了号称虎力大仙、鹿力大仙、羊力大仙的三个妖道,双方比试法力,三位大仙先后落败丧命。这个故事在朝鲜的《朴通事谚解》中有记载。《朴通事谚解》是朝鲜人学汉语的教材,大约成书于明代前期,其中保留了小说《西游记》的前身平话《西游记》的故事梗概,而最详细的一节就是"车迟国斗圣";在我们以下将要详细叙说的宋金队戏《唐僧西天取经》中也有"车迟国"的情节关目,足证故事起源的时间更早。

这个斗法的故事与西域有关吗?有。

"车迟"者,即"车师"之音转也——也就是说,与车师是同一个外来词的不同音译,这点在音韵学上可以得到明确的认可,在《广韵》中,师与迟都属脂韵。车师,汉代时古西域国名,后为高昌国所灭,具体位置在今新疆吐鲁番附近,各断代史的《西域传》在谈到高昌时,常会有"高昌者,车师前王之故地"之类的记载(如《北史》《宋史》);唐代著名诗人岑参在西域从军时有《走马川行奉送封大夫出师西征》"虏骑闻之应胆慑,料知短兵不敢接,车师西门伫献捷"诗句,"车师"为用典,指的也就是当时安西都护府所在地——高昌故城。

但斗法并未发生在车师而是发生在稍远一些的屈支国和飒秣建国——这里有一点传说故事中常见的错接。屈支国又古称龟兹,在今新疆库车。当年玄奘初到此处时,受到了国王与在该国地位非常高的大德僧木叉鞠多的欢迎。但木叉鞠多习学的是小乘佛教,因教义上的歧见,玄奘与木叉鞠多的关系逐渐疏远。飒秣建国古称康国,在今中亚接近伊朗处。这个国家信仰拜火教,不事佛法,初到之时,民众以火把围绕驱逐玄奘等人,而国王也很怠慢。玄奘耐心地给国王讲解佛教精义,一夜之间使国王改变了信仰,后来民众再次以火把驱逐玄奘,便被国王出面制止。在两个国家发生的事件,被记录在《大慈恩寺三藏法师传》卷二里,语句看似平淡,但其实凶险可以猜度,故事化之后形成车迟国那样的情节也就不足为奇怪了。

绪论

御弟

《西游记》说玄奘由长安出发时,大唐太宗李世民亲为相送并拜为兄弟,从此后玄奘便有"御弟"的称号。但实际上玄奘由长安出发时,属于违背禁令私自出关并一直受到官府的追捕,与"御弟"完全没有关系。

但玄奘却确实做过御弟,那是在高昌国。高昌与玄奘的取经有一段特殊的渊源,当年玄奘走出八百里戈壁到达伊吾(今新疆哈密)时,已经有一位高昌国的使者在伊吾专候。原来高昌国王笃信佛教,他已经听到玄奘的大名并知道他将穿越沙漠,于是早早派人在此等候迎接。玄奘为国王的诚意感动,改变了原来计划的线路,随使者去了高昌。国王对玄奘尽弟子礼,并盛情邀请玄奘在高昌留驻弘法,甚至不惜动粗扣留玄奘。玄奘坚辞,直至以绝食为手段,坐禅四天水米不进,几致虚脱,最后终于感动国王得以脱身,临别,国王与玄奘结为兄弟。"御弟"之称,应该来源于这段史实,事见《大慈恩寺三藏法师传》卷一。

深沙神

《大唐三藏取经记》第三节提到阻路的深沙神,第八节讲降服深沙神。深沙神就是后来的沙和尚(宋金队戏《唐僧西天取经》已经提到沙悟净)。这个故事也是一个典型的西域题材。玄奘往印度取经时,曾在大沙漠中有过一次九死一生的经历。当时他孤身一人进入了莫贺延碛,又不慎打翻了水袋且迷失了方向,以致人与马均渴倒不能前行。据《大慈恩寺三藏法师传》记载,玄奘连续四夜五天滴水未进,只能倒卧在沙漠里,口念观音名号,实际上已临绝境。直到第五夜,玄奘在昏迷中梦见一位大神身长数丈,执戟麾曰:"何不强行,而更卧也!"玄奘被神喝醒,惊寤进发,坐骑老马终于找到了水草,才算逃得一条生路。这段经历对玄奘肯定是刻骨铭心的,所以十几年后他还能记着讲给弟子们听,并由弟子们写进了《大慈恩寺三藏法师传》(简称《三藏法师传》)卷一。

按照今天科学的解释,这个奇迹只能归功于老马识途,《慈恩传》里记载当初瓜州的老者对玄奘叮咛"师必去,可乘我马。此马往返伊吾已有十五度,健而

23

知道"不无道理。但玄奘却宁愿归功于沙漠神的关照。在《慈恩传》里虽然没有明确说那位执戟大神就是深沙神，但学者们向来认为两者是同一件事的附会。

而深沙神只能来自佛教，尤其是印度和西域佛教，深沙神脖子下挂着的人头骷髅，是明确的证据。以骷髅为饰，是许多原始民族的习俗，但对于进化到文明世界的民族，保留这个习俗就很少了，而堂而皇之保存在宗教里面，我们确切知道的就是在印度。玄奘的《大唐西域记》（简称《西域记》）卷二"印度总述·服饰"中曾记载：

外道服饰，纷杂异制，或衣孔雀双尾，或饰骷髅缨络。

"外道"在《西域记》里一般指印度的婆罗门教，包括已经流行的佛教密宗；密宗与印度各原始宗教的关系比较密切，其习惯因为密宗而进入佛教，又因为佛教而进入西域一带，再转而近入取经故事，就一点也不奇怪了。

北方毗沙门大梵天王

《大唐三藏取经记》前十节出现的"北方毗沙门大梵天王"是非常特殊的佛教密宗神。李时人、蔡镜浩先生在附于《大唐三藏取经诗话校注》之后的考辩中曾指出：在佛教中，"毗沙门"与"大梵天王"并非同一位神祇。大梵天王原是婆罗门教的神，佛教产生以后被"佛梵合一"的密宗吸收为护法神；"毗沙门"原为古印度的天神"俱毗罗"，也同样被密宗吸收入佛教为护法"四大天王"之一，称"北方多闻天王"。由于二位大神都在密宗之中，且身份相似，所以在当时，大梵天王和毗沙门天王极易混淆，甚至被误认为是一个人，"北方毗沙门大梵天王"正是一个时代的烙印，显示了《大唐三藏取经记》应当产生于中晚唐密宗尚未衰退时。

早已有学者指出，毗沙门崇拜是佛教在西域本土化的典型，《大唐西域记》卷十二"瞿萨旦那国"（今新疆和田）有一条关于毗沙门的详细记载，说到这位天王在西域诸国具有至高无上的地位。《大唐三藏取经记》中的北方毗沙门大梵天王地位基本也是如此，具体可参见《大唐三藏取经记》第三节"入大梵天王

宫"。

但是这位天王至高的地位可能只是在西域。进入中原以后，毗沙门汉化的速度十分惊人，它的威力尽管被吹嘘的更大，但他的身份只是护国法师。《酉阳杂俎》前集卷八"李夷简"说："李夷简，元和末在蜀。蜀市人赵高好斗，常入狱。满背镂毗沙门天王，吏欲杖背，见之辄止，恃此转为坊市祸害。左右言于李，李大怒，擒就厅前，索新造筋棒，头径三寸，叱杖子打天王，尽则已，数三十余不绝。"这就是唐代的毗沙门，算什么呢？还是神，但已经没了一点霸气，成了小混混的护身符。

以上三处的毗沙门显然带上了不同文化背景的烙印，应该是容易区别的。在《大唐三藏取经记》中出现的充满权威、充满霸气的毗沙门天王应当是非常原始的佛教密宗大神，具备这样条件的，只能来自西域。

地涌夫人

《西游记》第八十一至八十三回写陷空山无底洞有个金鼻白毛老鼠精，抢了唐僧，要逼配成婚。孙悟空查出底细，原来是托塔天王的恩女、太子哪吒的结拜之妹，自称地涌夫人。

这个故事有悠久的历史，且又是一个典型的西域题材故事。玄奘《大唐西域记》卷十二"瞿萨旦那国"记下了"勃伽夷城及鼠壤坟"的故事，大意说该国崇拜金毛鼠，后来鼠王终于帮助国王抵御了匈奴的进攻。这个故事后来进入中原，在中唐著名密宗僧人不空的《毗沙门仪轨》中再次出现，但金毛鼠王变成了毗沙门天王的部下，毗沙门和他的儿子独建受唐玄宗的邀请和不空大师的派遣，前往帮助西域军民坚守了城池，其中鼠王发挥了重要作用。再后来，宋代崇道，道教到佛教中借用了不少神佛，毗沙门被借去变成了托塔天王，独建变成了哪吒，他们的部下金毛鼠也就成了更具中国人人情味的"恩女"和"结拜胞妹"。

把《大唐西域记》《北方毗沙门天王随军护法仪》和《西游记》联系起来看，其中的演进关系非常清晰，我们肯定可以认为，这个故事是从西域传来的。1900年，英国人斯坦因在当时的于阗一代搜寻时发现了一块画有鼠王头像的泥

板，还找到了当年城外高大的鼠壤坟，详情见以下"考察"部分。

晒经台（晾经台）

《西游记》第九十九回说唐僧师徒回程过通天河，自有白头老鼋来接；老鼋渡师徒四人及白马到河中时，因唐僧忘了在佛祖前问所托之事，一怒之下沉入水底。次日师徒四人在河边高崖上，开包晾晒，至今彼处晒经台尚在。

我们相信这是一个古老的原生故事。据《大慈恩寺三藏法师传》卷五所记，玄奘回程，谢绝了印度诸王的一切馈赠，仅接受了一头大象，用以驮经。途中，由于意外而在进入我国新疆境内，到羯盘陀国（今新疆塔什库尔干）时打湿了经卷："复东北行五日，逢群贼，商旅惊怖登山，象被逐溺水而死。"到达瞿萨旦那国即于阗国时，玄奘稍作停留，一边派人在于阗寻访所遗失的经卷，一面修书向朝廷禀报，在写给李世民的《还至于阗国进表》中，他也提到大象溺水的事："为所将大象溺死，经本众多，未得鞍乘，以是少停。"大象溺水而亡，晒经是必然的，对经卷比较系统地整理应该是在于阗。

在西北，有许多关于玄奘晒经的传说，长期在西北工作的杨国学、朱瑜章先生提供的一个统计说，在甘肃附近就有六处晒经台遗迹：

第一处，在甘肃天水市社棠镇西北，当地称是孙悟空选的晒经台；

第二处，在甘南藏族自治州夏河县境内大夏河畔，是一处藏族风格的晒经台；

第三处，在青海玉树州境内通天河大桥附近，有几块平整的巨石，当地人说是当年唐僧的晒经台；

第四处，在甘肃临泽板县板桥乡土桥村境内；

第五处，在新疆巴音郭楞州和静县境内的开都河下游；

第六处，在甘肃高台县县西10公里的宣化乡台子寺村。

这些所谓的"遗迹"肯定不都是真的，但附会也要有契机，这么多、这么集中的附会需要一个合理的解释。最基本的解释就是他们应该有一个共同的故事源。

上述第六处遗迹，也就是甘肃高台县的晒经台对我们似乎有重要的启示。高台置县，始于西汉，初名乐涫，唐代叫福禄，明初改名为高台县。而之所以取名

"高台",《高台县志》有说明:"明洪武五年,冯胜平定河西,置高台县,因台子寺为名。"这已经明明白白的告诉我们,被称为玄奘取经归来晒经处的台子寺早在明初就已经存在,而且可以相信不仅有寺,且有相当的规模,否则岂可因此而定为县名。同是《高台县志》,记载了台子寺旧时一个戏台上的楹联:"台虽不高,县名因斯而立;寺本甚大,圣经赖以得存。"看来这个台子寺的来源,因依附玄奘取经晒经而得名,出现在明初之前,且有相当规模,这几点都不应有问题。

早期结集的取经故事——以佛门的俗讲为样章

佛教向有文化集结的传统,印度佛教几次重要的发展,都形成了大规模的集结。结集的通俗说法就是无遮大会,任何人都可以参加和发表意见,也有人专门收集这些意见,结集的产品就是佛经。

西域各国佛教也有各种各样的集结,其描述在《大唐西域记》和《大慈恩寺三藏法师传》中也可见到。陈寅恪先生在《〈西域记〉玄奘弟子故事之演变》一文中曾以昙学、威德造《贤愚经》为例,叙述了印度故事进入西域,又经西域进入内地成为佛经故事的经过。陈先生所引僧祐《出三藏记》集九《贤愚经》讲述道,当年昙学、威德等八人结伴游学到于阗,恰逢般遮于瑟大会,也就是汉人所说的五年一次的无遮大会、集结大会。会上各寺高僧各自宣讲心得,昙学等八人随缘听讲,然后将各人所听到的记下来,翻译出来,汇集在一起,于是就有了《贤愚经》。陈先生说:"据此,则《贤愚经》者,本当时昙学等八僧听讲之笔记也。今检其内容,乃一杂集印度故事之书。由此推之,可知当日中央亚细亚说

经，例引故事以阐经义，此风盖导源于天竺，后渐及于东方。"[1]

隋唐之际，佛教中俗讲兴起。俗讲实际上也是一种结集，是出于面向普通听众的目的而形成的一种故事结集。《大唐三藏取经记》既为俗讲一种，即是取经故事的一次集结。那么，集结又是如何形成的呢？

张锦池先生认为需要把取经故事的源头追溯到《大慈恩寺三藏法师传》这个"故事摇篮"，认为《大唐三藏取经记》的主要故事均可在《三藏法师传》中窥见先鞭：

> ……以至于鲜有研究者用心去从《三藏法师传》中探讨《大唐三藏取经记》的故事渊源。这实在是个不小的疏忽，以至于认为《大唐三藏取经记》的故事来自民间，几成学界的共识。事实上，只要略加考察，便不难发现：《三藏法师传》乃是《大唐三藏取经记》的故事摇篮。其主要故事大多源出于此。
>
> ……《大唐三藏取经记》的故事来源具有博采的特点，但主要取资是于《三藏法师传》，其中也包括猴行者的形象。……《大唐三藏取经记》的成书当然有这方面的民间传说可供资取，但作品中作者个人创作的故事似乎相对多一些，其主要取资于《三藏法师传》一事似应从这方面获得解释。[2]

这里寻找《大唐三藏取经记》的故事的源头的意图很明显，尝试在《三藏法师传》与《大唐三藏取经记》之间建立联系线路的目的也比较清晰。

我非常赞成探讨《大唐三藏取经记》的源头，也非常赞成将玄奘法师的传记《大慈恩寺三藏法师传》作为重要的源头之一加以考虑，但又认为那是一个广义上产生影响的源头，并非创作上直接引为参考的源头，尤其上述关于《大唐三藏取经记》中"个人创作的故事似乎相对多一些"的判断难以取信。由上一节"零

---

1. 陈寅恪. 金明馆丛稿二编. 转引自中印文化关系源流[M]. 长沙：湖南文艺出版社，1987.
2. 张锦池. 西游记考论[M]. 哈尔滨：黑龙江教育出版社，2003，59–79.

绪论

星原生的取经故事"所引例证可以看出,若干与西域有关的取经故事元素,并非都与《三藏法师传》有关;而且,张先生坚持认为《大唐三藏取经记》乃"北宋中后期说经话本",那么在唐初的《慈恩传》与北宋中后期的《大唐三藏取经记》之间建立一条贯穿近400年的,以个人创作为主要形式的直线联系,恐怕不太符合实际。

张乘健先生对《大唐三藏取经记》的生成机理有完全不同的意见。[1]

他认为《大唐三藏取经记》的生成首先是一个宗教的问题,要从佛教内部的宗派冲突去了解生成的动因。他认为《取经记》中的一些讹误都是看点:

第一,《大唐三藏取经记》所表现的宗教教义不是唯识宗而是密宗。如《入香山寺第四》表现的是所谓"一切众生悉有佛性"论,而明确反对这种"一切众生悉有佛性"论的恰恰是玄奘的唯识宗;如结尾"天宫降下采莲船",三藏法师一行"七人上船,望正西乘空上仙去也",这即是密宗所谓的"即身成佛";再如取经途中所见的"天宫",是毗沙门的天宫,所授的"三般法"隐形帽一顶、金环锡杖一条、钵盂一只,不是一般意义上的佛法,而是秘宗的法术。

第二,《大唐三藏取经记》中写到皇帝共六次,其中五次称"明皇",一次称"太宗"且是在最后一行。通考全书,对照史实,这一位大唐皇帝不是唐太宗李世民而应是唐明皇李隆基。

第三,玄奘生前并未被皇帝封为"三藏法师"。《大唐三藏取经记》说:"皇帝宣谢,三年往西天取经一藏回归,法师三度受经,封为'三藏法师'。"查唐太宗、唐高宗和玄奘往来的皇家文件,均称玄奘为"法师""玄奘法师",而从未有封"三藏法师"之说。

第四,玄奘西行求法并非"奉唐帝敕命",取经之初也未得到来自官方的赞助。而《大唐三藏取经记》中三藏法师多次声明:"贫僧奉敕","奉唐帝敕命

---

1. 张乘健. 大唐三藏取经记史实考原[J]. 文史·38. 后收入张乘健. 古代文学与宗教论集[N]. 长春:吉林人民出版社,2001.

东土众生往西天取经作大福田"。

第五，玄奘乘危远迈，杖策孤征，从无弟子助手始终随行。而《大唐三藏取经记》载三藏法师取经之初有"僧行六人"，猴行者加入后成"僧行七人"，归国时也是"僧行七人"。

第六，《大唐三藏取经记》说玄奘"三年往西天取经一藏而归"，但玄奘赴印度取经往返时间绝不是3年而是17年。

第七，玄奘圆寂月日不是《大唐三藏取经记》所说的七月十五日午时五刻，而是二月五日中夜，逝世前以一位伟大学者的胸怀、一位真正佛教虔诚信徒的寂灭境界，视此身为"死狗"，并无《大唐三藏取经记》所说的"九龙兴雾，十凤来迎，千鹤万祥，光明闪烁""乘空上仙"的神话。

第八，"转至香林寺受心经处"定光佛秘而不传的不是《般若波罗蜜多心经》而应是《仁王护国般若波罗蜜多经》，在唐代宗时，也就是唐明皇死后三年，确曾有过一次盛大的迎接《仁王护国般若波罗蜜多经》的事件。

我们明白所有这些并不是在寻找文学创作留下的"疵点"，而是试图恢复另外一种真实的历史。

张文认为，《大唐三藏取经记》真正的主人——即取经的人，并不是玄奘，而是另有其人——即中唐时期学贯中西、名震大唐的三藏法师不空。这本书原来应该是"不空取经记"之类，后来密宗消退，便被改为玄奘的取经记。又述理由如下：

第一，不空是密宗导师，《大唐三藏取经记》里的一切密宗色彩都好解释。

第二，不空生活的时期正在唐玄宗、肃宗、代宗期间，玄宗就是《大唐三藏取经记》提到的明皇李隆基，明皇太子李瑛也正是在代宗时期恢复太子名誉的。

第三，不空曾正式受封为"三藏法师"。

第四，不空西行求法虽未必奉敕，但得到官方赞助，沿途有官员接送却是事实，称得上是一种以国家为背景的宗教活动。

第五，不空西行有弟子随行。

第六，不空西行取经的时间是三年。

绪论

第七，不空圆寂的时间是六月十五日，且有祥瑞的记载。这一时间与《大唐三藏取经记》所言相隔整整一个月，或许"七月十五"是误记。

第八，专为"皇王"说法的《仁王护国般若波罗蜜多经》是不空取回并翻译的，不空将其慎重其事的交给了唐代宗，唐代宗也曾举办过盛大的迎接仪式。这应当是《大唐三藏取经记》定光佛郑重传授《心经》的故事原型。

这些对应简直就到了严丝合缝的程度。但其中有一个极为关键的问题尚未交代，即不空取经走的是海路，是从南海出发经马六甲海峡而到达狮子国（今斯里兰卡），再从狮子国入印度的。对此，张乘健先生认为，《大唐三藏取经记》原本讲述的就是海路故事，虽然后来经过删改，增加了沙漠、火类坳等，但仍可见出原来大海的痕迹——其中出现的几个奇怪的"溪"，原来都是大海。例如：

第一，《入竺国度海之处第十五》，标题便泄露天机。

第二，将近女人国时，遇一"溪"，"洪水茫茫"。猴行者神通广大，钵盂可盛万里之水。面对这个"溪"竟无可奈何，须得"行者大叫'天王'一声，溪水断流，洪浪干绝"，才越过这个广大的"溪"。

第三，将近佛地鸡足山时，又遇到一道更不寻常的"溪"。这个"溪"有千里之遥，"溪水番浪，波澜万重"，面对这样的"溪"，隐形帽、金环锡杖、钵盂这三件法宝竟都无济于事，只有直接"面向西竺鸡足山祷告"。

第四，取经回国到了河中府，又遇见一道"万丈红（洪）波"的"溪"，并且其中有一条大得出奇的鱼。

第五，在《入九龙池处第七》有一段猴行者与九龙池馗头鼍龙相斗的故事，这段故事根本就像是在大海中相斗。在《不空传》中有事实的胚基："离南海至诃陵国界，遇大黑风。众商惶怖，各作本国法攘之无验，皆膜拜求哀，乞加救护，慧辩等亦恸哭。空曰：'吾今有法，汝等勿忧。'遂右手执五股菩提心杵，左手持《般若佛母经》夹，作法诵《大随求》一遍，即时风偃海澄。"又有一段，记载不空等遇大鲸一事："大鲸出水，喷浪若山，甚于前患。众商甘心委命。空同前作法，令慧辩诵《娑竭龙王经》。逡巡众难俱息。"

第六，《大唐西域记》所记的是雪岭冰原的严酷场景，如凌山"山谷积雪，

春夏合冻""暴风奋发，飞沙雨石"；如大雪山"山谷高深，峰谷危险，风雪相继，盛夏合冻，积雪弥谷，蹊径难行"。而《大唐三藏取经记》中所经之地"藤萝绕绕，花萼纷纷，万里之间，都是花木"，一片亚热带风光。

下面再说说我的看法。我认为张先生的考证，从纯粹的文本出发，还做不到无可辩驳，关键是不空曾经有一部通俗取经故事的前提是假设的，因此后面所有被篡改成《大唐三藏取经记》的推测都有假说的成分。

但这个设想却非常诱人，至少我个人对此兴趣盎然，不仅以上所举出的那些例证体现出巨大的、具体的说服力，而且在这个设想之下，我们过去关于《大唐三藏取经记》的许多疑团都可能得到解释。比如，我们一直想不通这个不中不西、半文半白、长短不齐、有佛有俗的东西究竟是如何被炮制出来的？佛教中人完成的吗？不像；俗家人写的吗？也不像。话本吗？不像；变文吗？也不完全像。原来它是寄生物，难怪。

中唐一段，密宗得天独厚地取得极大发展，不空法师在朝廷位同三公，肃宗以天子之尊尚且不称其名但称其号，"三藏法师"无人不晓。但一时的鼎盛也加剧了佛教与道教、儒教的冲突，以致过分集中于密法真言的密宗一脉骤起骤落，到晚唐甚至已少有人知晓不空的大名了，远不如玄奘的声名来的持久。这时将原本歌颂不空的《取经记》改换人物变为以玄奘为主角的《取经记》也就不奇怪了——无论是有意还是无意。

这和我们前面关于《大唐三藏取经记》的一些研究成果，尤其是零星原生取经故事的概念简直不谋而合，一个是前因，一个则是后果。在这基础上可作进一步推想：

不空的《取经记》原来应该是相当于僧讲的东西，主要说不空取经途中如何得益于佛法，克服千难万险的经历。因为是僧讲，所以应当比较严肃，因而我们从可怀疑的片断如大梵天宫、香林寺、九龙池等可以看出，原本的"记"确实没有太多的故事成分。

到晚唐五代，不空消失了，不知在什么契机催动下不空《取经记》的主角被

代之以玄奘。都是取经，稍作改动即可——动机我猜测就是玄奘事迹通俗化的需求，与俗讲的兴起有关，因为是编一本"俗讲"的教材，因此就不必太认真了，取一个底本，改动填充就可以了，也就相当于一次结集吧。

不空的《取经记》是底本，是培养基，是砧木，而玄奘取经的故事则如同植入的苗木。植入的玄奘取经故事主要来源于两个渠道：

第一，在西域寺院中流传的零星故事——当然，这些故事是否形成系统我们不太清楚，也许有些已经比较连贯也未可知，但他们一定是在寺院僧众中甚至是在一般大众中广泛流传着。

第二，《大唐西域记》《大慈恩寺三藏法师传》中记录的故事——这两本书当然是重要来源，但其间一定有个神化、虚化的过渡阶段。诚如前面所言，让信奉唯实宗、能读能讲玄奘生平真实的高僧直接去讲《大唐三藏取经记》中的故事，恐怕不太现实。

植入的故事与原有的故事其实是可以辨别的，标准是：

凡与热带风光的、海路行程有关系的，都是原有的。除上述大梵天宫、香林寺、九龙池外，大概还有竺国、鸡足山、蛇子国、沉香国、波罗国、优钵罗国，等等，我原来总是怀疑这些故事如此之短，即使是以信徒为对象的"俗讲"而非商业性的演出，又如何保持它的故事吸引力？现在想来，颇有恍然大悟的感觉，原来人家根本就不是讲故事而是严肃的宣教内容，就如《大藏经》里众多的佛经都是一段一段的故事一样。我们说，上述这些内容都是原有的，是与不空有关的。关于这一点还有一个反证，即这些故事在后来的各种通俗体裁的《西游记》中如《唐僧西天取经》《销释真空宝卷》中都没有出现，这也间接证明它们本来就不是唐僧取经故事系统中的。

凡是与西域有关的，都是后增入的，如毗沙门、火类坳、深沙神、猴行者。这都是我们前面猜测的所谓的原生取经故事。正是这些故事，寻机寄生于不空的《取经记》而取得了扩展的机会。

最后，我还认为在《大唐三藏取经记》于晚唐五代出现之后，一直到南宋临安中瓦子张家刻印为止，这中间还应有一些传播中的插曲，导致"东方朔偷

33

桃""九度黄河清"这些带有道教色彩的内容,"京东路"这些宋代才有的名词,"太宗后封猴行者铜头铁额大圣"这些不伦不类的东西出现于其中。

与《大唐三藏取经记》具有同样重要意义的是白衣秀才猴行者。这个形象后来演变为吴承恩百回本里的孙悟空,成为影响巨大的中国文化的代表性元素,其文化来源与生成机制理所当然应该受到关注。

关于孙悟空等的文化来源问题曾经是个百年之争,从鲁迅、胡适最初研究《西游记》开始即已形成,到今天仍然余波未息。曾经出现过的说法主要有如下几种:

第一,"外来说"亦称"印度进口说"。这一观点肇端于胡适,认为孙悟空的影子是古代印度史诗《罗摩衍那》中神猴哈奴曼。这一说的研究主要集中在《西游记》与《罗摩衍那》、孙悟空与哈奴曼情节行为的比较,以及《罗摩衍那》在中国的传播;也有将搜寻的范围扩展到由汉译佛经体现出来的印度文学。以胡适的《西游记考证》,季羡林的《西游记里面的印度成分》《印度文学在中国》(《中印文学关系源流》,湖南文艺出版社1987年版),《罗摩衍那在中国》(《中国比较文学》第3期),赵国华的《论孙悟空神猴形象的来历》(《南亚研究》1986年第1、2期),陈邵群、连光文的《试论两个神猴的渊源关系》(《暨南学报》1986年第1期),等等为代表。

第二,"本土说"亦称"民族传统说"。此说始自鲁迅,认为孙悟空正类唐人传奇中出现的淮水水怪无支祁。这一说的研究主要集中于探寻民族文化传统对孙悟空的影响和批驳《罗摩衍那》足以影响孙悟空形成的说法。分支有"传统猿猴故事说""君子之喻说""大禹或夏启说",等等。以鲁迅《中国小说史略》《中国小说的历史的变迁》,吴晓铃《〈西游记〉和〈罗摩延书〉》(《文学研究》1958年第1期),刘毓忱《关于孙悟空"国籍"问题的争论和辨正》(《作品与争鸣》1981年第8期),萧相恺《为有源头活水来》(《贵州文史丛刊》1983年第2辑),李谷鸣《〈西游记〉中孙悟空原型新论》(《安徽教育学院学报》1986年第3期),等等为代表。

第三,"混同说"亦称"综合典型说"。此说形成于20世纪80年代初期,认

绪论

为孙悟空的形象不能排除两个方面的影响,应该说它是一个受多元影响兼收并蓄的艺术典型。以蔡国梁的《孙悟空的血统》(《学林漫录》第2辑,中华书局1981年版),萧兵的《无支祁、哈罗曼、孙悟空通考》(《文学评论》1982年第5期),等等为代表。

第四,"佛典说"。此说持论者多为日本学者,认为孙悟空主要源自佛教典籍中的猴形神将。

第五,"石槃陀说"。这个石槃陀,就是玄奘在初出瓜州时剃度的弟子,张锦池先生认为有可能是孙悟空形象的初始原型。理由是石槃陀和玄奘有师徒之分,算个行者;又石槃陀乃胡僧,胡僧与"猢狲"音近,由"唐僧取经,胡僧帮忙"传为"唐僧取经,猢狲帮忙",从而也就为石槃陀在玄奘取经故事中的神魔化提供了契机(张锦池《〈大唐三藏取经诗话〉故事源流考论》,《求是学刊》1990年第1期)。

第六,"释悟空说"。20世纪50年代起流行至今,这里的悟空指唐代高僧释悟空。释悟空的俗家姓名叫车奉朝,天宝十载随张光韬出使西域,因病在犍陀罗国出家,贞元五年回到京师。释悟空较玄奘晚了数十年,但是他在龟兹、于阗等地从事翻译和传教活动多年,在当时的西域地区影响很大,亦在民间留下了许多事迹和传说。由此,多有学者认为,在取经故事漫长的流变过程中,人们逐渐将释悟空的名字与传说中陪同唐僧取经的"猴行者"的名字联系并捏合在一起,形成后来《西游记》故事里的"孙悟空"艺术形象。

由以上各说搅合在一起的论争是一场名副其实的混战,因为每个人都很容易从中找到一处自己的立足点而恣意发挥,所以论争看起来热闹但对于问题的进展其实并无太大的推动。后来我在一篇题为《孙悟空形象来源诸说质疑》(《淮阴师专学报》1989年第4期)的文章中评价说:我们各方并不是在同一个定义下、从同一个角度、用同一种标准去审查资料和讨论问题,因此很难找到一个交点。我对各说的分析是:

第一问：外来说：实证何在？

"外来说"面临的第一项挑战，是直到季羡林先生近年译出为止，《罗摩衍那》在中国一直没有哪怕是能反映出原书主要情节的译本，当初胡适提出问题时，引用的也只是俄国人钢和泰的意见而没有查阅原书。这不能不说是一个无法躲避的巨大阴影。所以郑振铎在他的《西游记的演化》一文中，除表示同意胡适的观点外，又特意声明说："什么时候哈奴曼的事迹输入中国变为孙悟空，我不能确知。"

第二个问题是，究竟是《罗摩衍那》通过佛经影响了猴行者，还是《罗摩衍那》直接影响了猴行者？"外来说"自提出以来，发生过两次值得注意的变化：一次是比较专注地研究《罗摩衍那》在中国的传播，一次是将搜寻印度文学影响的范围，扩大到两汉以来的汉译佛经。这两次变化，固然可以看作是讨论的合理发展，但不应否认同时也反映了"外来说"本身面临的危机。

《罗摩衍那》或者哈奴曼何时以何种方式传入中国，并通过何种途径影响到猴行者，正是问题的关键，如果不解决这一点，所有关于《罗摩衍那》与《西游记》、哈奴曼与孙悟空的比较，都只具有潜在的合理性而不能成为确切的结论。

"本土说"正是在这一关键问题上发难的。1958年吴晓铃先生检出汉译佛经中几乎全部所知可能有关《罗摩衍那》的材料，证明汉译佛经虽然介绍过《罗摩衍那》书名和某些重要人物，但不仅简单零碎而且经过了佛教徒的改造，凭借这些东鳞西爪的材料根本不可能窥知《罗摩衍那》的全部面貌和本来面目。吴晓铃先生这一论述的力度是"外来说"持论者都会感觉到的，所以之后的各家论说都试图寻找哈奴曼影响猴行者的途径。但由于大多数持论者既无《罗摩衍那》的第一手资料，又无寻检汉译佛经的条件，因此这方面的论证几乎都是苍白无力的。

在我看来，"外来说"的主将季羡林先生持论最力，危机感也最强。季先生"文化大革命"之后的研究，《西游记》占了重要的部分，其论述总的来说是围绕着《罗摩衍那》进入中国的途径进行的。季先生已经证明《罗摩衍那》曾在云南、贵州、西藏、新疆、蒙古等地的许多民族中有过传播，影响的范围已经达到

绪论

藏、傣、蒙古、于阗、巴利、吐火罗等文种及共相应的使用区域，也大致上说明了《罗摩衍那》进入中国是通过两汉以来西域的丝绸之路、宋代大为畅通的南海海路及川滇缅印通道这三条途径。这些论述无疑是"外来说"的一大进步，但由于季先生还未来得及将这些可能的途径与《大唐三藏取经记》直接相连，因此这些途径和传播在这些途径上经过改造的故事，是否足以导致哈奴曼对猴行者的影响，还有待于进一步的证明。

作为危机感的另一种体现，赵国华先生将搜寻印度文学影响的范围，扩大到整个汉译佛经，其中最重要的是他所做的汉译佛经与《大唐三藏取经记》的十点比较。这是一种很灵活也很现实的态度，就已经比较的十点而论，大多数都比较符合比较文学的对应原则，也都能够证明《大唐三藏取经记》确实受到了汉译佛经的广泛影响。但这种以整个印度佛教文学为对象的比较，已经不是在探求猴行者的"原型"，它所能解决的问题，实际上是猴行者身份和《大唐三藏取经记》中某些故事情节的出处，是孙悟空初起阶段所受到的印度文学的影响。这种比较，与其说是探求"原型"，毋宁看作是"影响"研究。

"外来说"是一种很有吸引力的假说，但如果要使人们真正承认哈罗曼是孙悟空的远祖，那还必须拿出实证来。这里所说的实证，主要是指哈奴曼影响猴行者的途径。

我本人比较倾向于哈奴曼说，也在努力寻找证据和途径。本次考察，我们在泰国大皇宫寺庙见到了泰国史诗《拉玛坚》的全套壁画，而这套壁画完全模仿自《罗摩衍那》，可以作为《罗摩衍那》的样本。从这套壁画中，我们可以清晰地看到《西游记》中确实有印度史诗的影子。

第二问：本土说，归宿何在？

"本土说"问题是，围绕孙悟空的探源（或称渊源、来源、来历、原型），究竟是要解决孙悟空"猴"的身份特征的原型，还是要探寻这个形象在形成过程中所受的主要影响，这个问题似乎从一开始就是含糊的。鲁迅最早涉及孙悟空时，所谓"明吴承恩演《西游记》，又移其神变奋迅之状于孙悟空"一句应该是

指孙悟空所受主要影响。所以胡适在提出"外来说"之前，首先很谨慎地说了一句"或者猴行者故事确曾从无支祁的神话中得着一点暗示，也未可知"，对无支祁的影响表示了一定程度的承认，但又明确将他自己的研究对象限定为猴行者，隐约暗示了他所表述的问题与鲁迅并不完全一致。

请注意，鲁迅所说的是吴承恩《西游记》中的"孙悟空"，胡适所说的是《大唐三藏取经记》中的"猴行者"，这是两个完全不同的概念。孙悟空是业已完成的艺术形象，考虑到它漫长的演变过程，我们根本无法排除它所受到的多元影响，在这一点上展开的讨论也是相当宽泛的，可以有无支祁，可以有哈奴曼，还可以有其他，只要区别出讨论的层次，符合《西游记》成书及孙悟空演变的实际过程，所有这些都是互不排斥的；相反，相互承认与融合倒是必然的趋势。我们可以将这方面的探讨称为"影响"研究。

而猴行者则是孙悟空最初的雏形，不仅与吴承恩、与孙悟空无关，而且由于受到了《大唐三藏取经记》产生的年代、地域及其自身文化色彩等的严格限制，围绕它所展开的讨论，只能导向于解决猴行者"猴"的身份特征的出处。我们可将这类研究称为"原型"研究。

"影响"和"原型"虽然原则上是有关的，但范围有宽窄的不同，不能等同看待。可惜，胡适与鲁迅的分歧没有引起他们自己的注意，也没有为后来的持论者注意，许多争论实际上都是由于概念不同而引起的。

如果我们按照以上的限定，将探源分为"影响"与"原型"两个宽窄不同的层面，并要求分别讨论相关问题的话，那么各说的自身缺陷就会比较清楚地暴露出来。而"本土说"的问题显然可能要严重一些。

一方面，"本土说"继承了鲁迅"影响"研究的路子，但又误将"影响"当作"原型"，导致进退失据。例如：有论者以"石出北方而启生"及刑天与帝争位等神话故事为例，试图证明传统文化中早已有孙悟空的原型及精神存在，对"吴承恩塑造孙悟空应有所启示"。其实孙悟空"石中生人"的来历及与帝争位的情况，只见于百回本《西游记》，而与《大唐三藏取经记》中的猴行者无关。此例对《西游记》中某些情节的出处当然是很好的说明，但这是关于孙悟空的

"影响"而非猴行者的"原型"。又有论者以《陈巡检梅岭失妻记》为例,证明猕猴自称"齐天大圣"早已有之,孙悟空之为"猴",当是源出于此。但孙悟空自称齐天大圣,直接证据只见于《西游记》杂剧,已是相当晚出,而《大唐三藏取经记》出现于晚唐五代,并无此事。此例能够证明猴行者演变到明初时吸收了传统文化中的某些成分,但不能说猴行者由此衍生。

关于齐天大圣的问题,也是我们本次考察的一个重点。现在我们已经可以肯定,齐天大圣是中国固有的民间崇拜,早已在南方形成,其故事原本与取经没有任何关系,只在元末明初才有杨景贤引入杂剧。

另一方面,"本土说"人为的排他性,导致了自我封闭。按照"本土说"的主要构想,其合理的归宿是演变为以孙悟空形象和故事为本体的完整的"影响"研究。但"本土说"的排他性却堵塞了这一可行的通路。如"外来说"已经致力于寻找《罗摩衍那》进入中国的途径和传播方式,这是针对"本土说"批评的重要进步。《罗摩衍那》在中国的传播必然要借助于本土的传统文化作为媒介,这与"本土说"是一种很好的局部契合研究的机会,但"本土说"坚持认为在传统文化的宝库中,"吴承恩完全可以找到孙悟空的原型,用不着向国外乞求",否认《罗摩衍那》产生影响的任何可能。这种固执的态度不仅与大文化传播的实际情况不符,而且也使自己失去了共同讨论外来文化为传统文化吸收,以致最后影响到孙悟空的机缘。假如"本土说"将来意识到自己应是一种完整的"影响"研究,那很可能就会发现,将哈奴曼排除在外的影响研究事实上是不完整的。

所有这些,都使得"本土说"在猴行者原型这一需要确切回答的问题上,显得过于宽泛;而在孙悟空所受影响这一需要宽泛的问题上,又显得过于局促。"本土说"的归宿究竟在于何处,实在是一个值得一问的问题。

第三问:混同说,层次何在?

"混同说"自20世纪80年代初形成以来,已经成为异军突起的一种新说,它以"兼收并蓄"为学说的核心,似乎希望成为一个公正的裁决人,但是这多少有点一厢情愿的意味。

　　从论述的总体情况看，"混同说"对于澄清讨论中某些争执，显然是有积极意义的。例如萧兵先生关于"到吴承恩手里才最后完成的孙悟空，既是一个综合的典型，又是一个独立的形象，在这个典型身上，既有传统的、继承的、移植的、外来的因素，更有创造的、本土的成分"的意见，就得到了很多赞同。但重要的是，"混同说"虽然有助于防止讨论走向极端，然而它能调解"原型"与"影响"的矛盾吗？它在实质性的问题上能走多远？

　　对"混同说"可以有两种理解。一种是把它"兼收并蓄""综合典型"的提法，看作是艺术形象塑造的一般法则。从这个意义上来说，"混同说"无疑正确，任何一个成功的艺术形象都不会只有单一的来源，而只能是鲁迅曾经形象比喻过的"捏合种种"，何况孙悟空已经经历了那么一个漫长的演变期。

　　如果要在实证的探源研究范畴内，混同地求证孙悟空这个艺术形象所受的多源影响（包括猴行者的身份特征），"混同说"当然也是合理的。但有一点是先决条件，即这种求证必须有坚实的成书过程研究为基础，切实避免将"影响"与"原型"混淆的情况，也就是说求证必须是分层次的，必须按照《西游记》的演变阶段逐层寻找孙悟空所受的各种影响，否则混同是会出现偏差的。如有论者认为中国古代的水怪无支祁是猴行者身份特征的来源之一，证据是无支祁故事早在《大唐三藏取经记》诞生之前已经盛行，其"金目电光，力逾九泉，搏击腾跃疾奔，轻利倏忽"，与孙悟空的神通十分相似。这种比较其实是不能够接受的，事实是早期的取经故事《大唐三藏取经记》里的猴行者并没有"金目电光，力逾九泉，搏击腾跃疾奔，轻利倏忽"的神通，这样的神通到吴承恩笔下才出现，只能说明吴承恩在渲染孙悟空形象时或许借鉴了一些无支祁的元素，但不能说明最早的猴行者与无支祁有关。又如有论者发现百回本中孙悟空去救金圣娘娘时的朱紫国王以黄金宝串作为身份证明的细节，与《罗摩衍那》中罗摩让哈奴曼带上一只戒指去见悉达的细节十分相似，认为这是孙悟空受哈奴曼影响的重要证据。这样的比较也是有问题的。一个事实是，中国流传的罗摩故事并没有戒指这一细节，而《大唐三藏取经记》中也没有黄金宝串的细节，这个细节只是吴承恩的文学渲染与《罗摩衍那》的某一情节之间的纯粹的巧合。

我们的观点：分别清查的"阶段影响说"，才是正确途径

猴行者从一出现就是取经故事的重要角色，在经过若干文化转换之后到百回本《西游记》中，已经成为了情节的主角。我们的《西游记》成书研究，很大程度就是孙悟空形象研究。

以我们的成书研究而论，其中一个重要的原则是划分阶段，一项重要的工作是正确划分阶段。对于孙悟空形象而言，直接简单的表述就是：按照《西游记》成书的阶段，分别探讨孙悟空形象的文化构成与形象的形成机制。而具体细致的表述则是：

第一阶段：时间：初唐开始到五代。对象：原生的取经故事。主要问题：寻找与鉴别更多的原生取经故事，解决《大唐三藏取经记》的生成问题和故事来源问题。

第二阶段：时间：晚唐五代。对象：《大唐三藏取经记》和榆林窟壁画中的猴行者等。主要问题：是什么因素决定了帮助取经的是个"猴"而不是其他，着力解决猴行者的身份特征的来源。

第三阶段：时间：宋金（宋元？）。对象：队戏《唐僧西天取经》与孙悟空等。主要问题：猴行者是如何演化为孙悟空的，零星的取经故事又是如何系统化的，着力解决取经故事从佛教背景中走向世俗化和取经队伍人员增添定型的问题。

第四阶段：时间：元代。对象：杂剧《西游记》。主要问题：孙悟空如何具备"齐天大圣"的身份秉性的，着力解决道教文化侵入取经故事并导致取经故事改名为《西游记》的内在原因。

第五阶段：时间：元明。对象：《西游记平话》。主要问题：取经故事白话文本的形成。

第六阶段：时间：明代。对象：百回本《西游记》与吴承恩。主要问题：孙悟空如何成为"美猴王"并具有儒家的入世精神，在《西游记》中透视社会现实的问题。

根据"阶段影响说"的原则，现在再来介绍我们关于敦煌取经壁画和《大唐

三藏取经记》中猴行者文化来源的意见。基于我们的分段讨论的原则，这里断然排除"本土说"和"混同说"的可能，只讨论与"西域""佛教""寺院"这样一些与早期取经故事形成有关的可能。前已介绍了多种假说，其中多有与西域故道有关者，如"羌人图腾说""石磐陀说""释悟空说"，等等，但从可能性上说，更应该注意的有两点：

麝香之路上的《罗摩衍那》与哈奴曼

把哈奴曼作为猴行者的文化来源是最为诱人的设想。我在阅读了季羡林先生翻译的《罗摩衍那》和目睹了有关的故事壁画之后，在感性上已经几乎完全认同这种设想。但是，理性告诉我，《罗摩衍那》极其简略的故事梗概虽然曾随着佛教经典传入我国，但由于它的思想体系属于婆罗门教，佛教并未把它们列入自己的文献，因此证明它的传播渠道还是非常困难的。

《罗摩衍那》是古印度梵语的一部"最初的诗"——史诗，其作者是蚁蛭大仙。"罗摩"是人名，故事的主人公叫罗摩王子；"衍那"即"故事""传记"的意思。《罗摩衍那》译成中文就是《罗摩的故事》或《罗摩传》。整个《罗摩衍那》共分七篇，即《童年篇》《阿逾陀篇》《森林篇》《猴国篇》《美妙篇》《战斗篇》《后篇》，每一篇又分若干章。核心内容讲的是住在楞伽岛上（即今之斯里兰卡）的恶魔中有个十首王。他具有与诸天神大战时每战必胜的天赋才能，不断欺凌天神和修道士仙人，只有人类才能挫败这个十首王。为了惩罚这个凶恶的魔王并恢复世上的正义，大梵天吩咐毗湿奴下凡到大地上为人，这个人就是罗摩——阿逾陀国国王十车王的长子。罗摩在英勇善战和美德方面胜过任何人，特别是他在诸王子争取赢得悉多公主垂青的竞争中获胜，悉多成了他的妻子。国王选中罗摩为自己继承人的决定，在王国里得到普遍的赞许。可是由于国王第二个妻子施展了阴谋诡计，国王改而指定婆罗多（第二个妻子的儿子）为继承人，而将罗摩放逐到森林里达14年之久。跟随罗摩前往放逐地的，还有他的妻子——贤良的悉多和忠于罗摩的弟弟罗什曼那。后来，恶魔十首王又把悉多劫到自己的岛上。罗摩在寻找悉多时遇到了被哥哥逐出其王国的猴王。罗摩帮助猴王

恢复了王位，猴王为了报答罗摩，把自己的军队交给他使用。罗摩通过能在空中飞行的神猴哈奴曼的帮助，由猴子和熊组成的一支大军，在罗摩统率下，通过由猴子建造的桥，从大陆开到了岛上，爆发了激烈的决战。在决斗中，十首王被罗摩所杀，罗摩救出了在被劫期间始终保持贞操的悉多。罗摩流放期结束了，他返回阿逾陀，继承了父亲的王位，幸福地生活。

被认为是孙悟空原形的神猴哈奴曼出现在《罗摩衍那》的第五、第六两篇。第五篇《猴国篇》中写罗摩和猴王建立了友情，猴王命令众猴去寻找悉多。其中叙述了哈奴曼出生的故事。哈奴曼是天风的儿子，神通广大。他身高如山，尾长无比，脸放金光，变化多端，能把大山背走，能在空中飞行，能一步跳过大海。第六篇《美妙篇》中细致地描绘了哈奴曼越过大海、侦查魔王所在的楞伽城。有一次，哈奴曼飞向楞伽时，途中被一个老母怪一口吞下肚去。于是哈奴曼在老怪的肚子里把身子变大，逼得老母怪也不得不将身子变大，直到张开嘴就有几百里宽。这时哈奴曼忽然把身子一缩，缩成拇指一般大小，从老母怪的左耳朵里跳了出来。哈奴曼同魔王最后决斗时，魔王用计把油涂在哈奴曼的尾巴上，点起火来，那其长无比的尾巴就烧起来了。然后反被哈奴曼借刀杀人，用他尾巴上的大火把楞伽城烧光。哈奴曼终于保护罗摩救出了悉多。罗摩为了感谢哈奴曼，赐他长生不老。

有这样的神通和经历，哈奴曼与孙悟空确有一比，把哈奴曼作为孙悟空的文化始祖，也不算委屈孙悟空了。但是汉族地区对这两部史诗的介绍和研究是近30年的事。1959年和1962年，我国先后出版了由现代印度著名作家用散文缩写的故事中文译本，其中1962年出版的译诗《腊玛延那》是一个从英语转译的诗体提要。季羡林先生直接从原文译的七卷本《罗摩衍那》1981年开始出版，1984年方才出齐。为了证明《罗摩衍那》在古代曾经影响过猴行者，季羡林先生曾在中国的少数民族中做了艰难的寻找，1986年发表了《罗摩衍那在中国》一文，介绍了罗摩故事在汉、傣、藏、蒙等民族及西北、西南、东南等地区的流播情况，也提供了丝绸之路、海上丝绸之路和川滇通道这三条《罗摩衍那》进入中国的途径。这无疑是一大进步，但季先生所说到的《罗摩衍那》无论是传播情况还是传播的

途径时间,还都没有与《大唐三藏取经记》等取经故事直接发生关系,因此还不足以使人真正承认哈奴曼是孙悟空的远祖。

但其实在季先生提到的丝绸之路、海上丝绸之路和川滇通道这三条途径之外,中原和西域还有第四条通道,较之以上三条,可能性要大得多,那就是青藏之间的麝香之路。

这条通道从《取经记》的原产地敦煌以南数百公里的现青海省格尔木市开始,经拉萨、日喀则到达印度,因为在漫长的历史上经营珍贵的香料麝香为多,因此又被称为麝香之路。这条通道多年来湮没无闻,直到近年才又重新提出。湮没无闻并非没有,而事实上是古已有之,只是后来由于经济、自然和政治环境的变化而失去了它的重要性一直被人们遗忘。

这条通道类似于一个斜躺着的英文的Y,拉萨是中点,在拉萨以北分北、东两线。北线的位置,大致上是由长安至格尔木,或长安经敦煌至格尔木,再由格尔木经昆仑山口、唐古拉山口到达拉萨,在中国境内的部分,大致与现在的青藏公路、青藏铁路平行;东线则由四川经昌都、那曲到达拉萨,大致与川藏公路平行。两条线在拉萨会合,然后向西延伸至日喀则,转向印度。这条通道内地至西藏部分的提出,乃是由于以下一些事实,即唐初松赞干布遣使到长安迎婚,文成公主入藏,唐使刘之鼎奉命到达拉萨附近与吐蕃王朝举行"唐蕃会盟",都必然有一条由长安入藏的道路。之后吐蕃与唐帝国进行了长期的战争,兵锋远达敦煌以东,大量的军队运行,也就非有一条可靠的通道不可。而西藏至印度以西部分的提出,则主要由于商业和宗教传播两方面的原因。商业原因自不待说,教徒们为了传播神的旨意,为了想进入永生的境界而开辟传教之路的执拗力量,也是不可忽视的,唐代初期西藏与印度之间的频繁宗教来往以及《罗摩衍那》传入西藏,都是很好的证明。

这条通道为《取经记》的密宗色彩提供了一个解释,也为《罗摩衍那》从藏区进入敦煌并影响《大唐三藏取经记》提供了一种解释。

在我国各民族中,首先大量介绍印度梵语古典文学作品的,当推藏族;《罗摩衍那》在中国境内的最早译本,也无疑是藏文译本。据介绍,藏文有三种较完

整的《罗摩衍那》译本，其中两种是古代的，另外在许多学者的著述中，也都有繁简不同的罗摩故事。时至今日，罗摩故事已成为藏族人民的口头传说故事和人的姓名。[1]

关于《罗摩衍那》传入藏地的确切时间，季羡林先生估计"当在佛教传入之后，也就是七世纪之后"，藏族学者洛珠加措在《〈罗摩衍那〉故事在藏族地区的流行和发展》一文中认为，藏王热巴（640—836）时期《罗摩衍那》已广泛流传，7世纪可以看作是上限，下限则可以肯定在《大唐三藏取经记》问世（约11世纪）之前，因为敦煌写卷中就已发现了五个编号的藏文罗摩故事，至公元1439年则有了根据梵文藏译内容创作的藏族罗摩故事《司使乐仙女多弦妙音》。[2]季先生曾据敦煌写卷的译本与梵文原作进行了对勘，认为"二者的骨干故事基本相同，连一些细节皆然。二者的主题思想完全一致"。[3]

当然，证明了11世纪之前藏地有《罗摩衍那》流传，还不足以说明它对《取经记》产生了影响。但是如果考虑到佛教密宗这一传播媒介，问题就可能要明确得多。

敦煌的密宗来自何处？来自西藏！

藏传佛教历来是显密并重，和汉传佛教比较起来，密宗的地位重要得多。公元7世纪吐蕃王松赞干布从内地、印度引入佛教时，曾一度受到西藏土著本教的顽强抵抗，松赞干布之后不久，佛教就受到了毁灭性的打击。到赤松德赞后期，才又积极提倡佛教，具体措施是一面迎请汉僧入藏，一面迎请印度僧人到吐蕃传教。印度方面最初入藏的是高僧寂护，对他传教的功绩，英国人渥德尔在《印度佛教史》中曾有评价说："担当起在西藏确定佛教责任的就是寂护……只有在寂护菩萨被西藏政府邀请过去之后，才有一个有成果而且持久的宗派确立于西藏的一座寺院里。"然而实际情况却并不如此简单，寂护虽是大乘佛教显宗的大师，

---

1. 马祖毅. 中国的翻译简史：五四运动以前部分[M]. 北京：中国对外翻译出版公司，1988.
2. 马祖毅. 中国的翻译简史：五四运动以前部分[M]. 北京：中国对外翻译出版公司，1988.
3. 季羡林. 罗摩衍那在中国[M]//中国比较文学：第三辑.杭州：浙江文艺出版社，1988.

但他仍未能躲避本教的攻击，本教把当时的一切异常灾变都归咎于寂护，迫使寂护不得不离开西藏回到尼泊尔去。为了战胜本教，寂护"请来了印度佛教密宗大师莲花生，想通过咒术来制服本教徒。……莲花生到吐蕃后，把本教众多的神都收归为佛教的护法神，如本教的'十二丹玛'神被他封为佛教的护法神"。莲花生所做的工作，"以宗教学的理论来分析，这实际上是将佛教密宗西藏化的一项工作。正是由于实行了这种文化上的改造，使佛教接近于本教文化，就比较容易地将具有本教文化心态的广大人民所接受"，"这说明以深奥的文字为教义的佛教显宗，当时在西藏并无发展余地，而以念咒、幻术等具有强烈神秘色彩和原始气息的密宗，才有可能为长期具有本教文化传统的藏族人民所接受"。莲花生之后，约在10世纪末，西藏僧人任钦桑狡又从克什米尔翻译回了密宗经典达108篇之多，此后密宗在西藏佛教中占据了主要地位，在此前后派生的藏传佛教重要教派如宁玛派、萨伽派等，都和密宗有直接关系。

唐代后期，吐蕃曾长期占据敦煌一带，敦煌一带的吐谷浑、党项甚至汉人都有臣服的历史，文化影响自不待言；我们可以查到，公元9世纪间藏僧管·法成曾在敦煌永康寺讲经译经，所译经籍引分为两个部分：一是由汉文译成藏文，一是由藏文译汉文。汤用彤先生说，"法成实通华、梵、蕃文三种"，并列出法成译著九种；[1]西夏立国后，"同吐蕃联系日广"，曾大量翻译佛经，"既用汉文佛经，又用藏文佛经为底本"。[2]我在就敦煌密宗来源请教敦煌研究院关友惠先生时，关先生也很肯定地说："应该说，两地（指内地和西藏）都有。"

现在将《罗摩衍那》《大唐三藏取经记》和第四条中西通道、藏传佛教联系起来看。

首先，密宗在印度是一种并不纯正的佛教，在它的形成过程中就吸收了很多的所谓"外道"，如《大唐三藏取经记》中的毗沙门大梵天王就是从婆罗门教、

---

1. 汤用彤. 隋唐佛教简史[M]. 北京：中华书局，1982，69-70.
2. 蔡美彪. 中国通史：六[M]. 北京：人民出版社，1979，222.

印度教中引进的，入藏之后，密宗吸收了很多西藏本教的成分，如本教中的许多神祇都成了密宗的护法神，这就使密宗特别是西藏密宗有了一种宽容和杂揉的秉性，对异教的东西如《罗摩衍那》不仅会加以利用，而且允许并存，这就是《罗摩衍那》最先传入藏地并在西藏产生广泛影响的重要原因。可以说，《罗摩衍那》在西藏的生存条件最好，保存的也最好，在整个中国境内，只有西藏的《罗摩衍那》才真正地具备了影响《大唐三藏取经记》的资格。

其次，从《罗摩衍那》在中国的传播情况和《大唐三藏取经记》的形成地点看，两者之间关系的影响源最有可能来自西藏。从敦煌到拉萨的麝香之路，对于载送这种影响又最为便捷，最为直接，敦煌出现五个编号《罗摩衍那》藏文写卷就是最好的证明。

再次，西藏向敦煌方向的大规模的宗教传播，其效果远不是一般的文化交流所能比拟的，挟带在这种宗教传播中的文学冲击也当然会比一般的因子交流猛烈得多。

因此，我们认为如果《罗摩衍那》确实影响了《大唐三藏取经记》，那么最有可能是通过麝香之路这条通道；而这条通道以密宗为媒介的对两端的密切联系，又反过来证明影响的可能是存在的。

佛教密宗典籍中数不胜数的猴形神将

日本学者针对孙悟空"猴"的身份特征，曾提出一种"佛典说"，即认为《大唐三藏取经记》中的猴行者，乃是由佛教典籍——主要是密宗典籍——中的猴形护法神将转化而成。如太田辰夫先生认为，猴行者有"八万四千铜头铁额猕猴王"的称号，而这个称号中的"八万四千"，正是佛典中常用的数目术语，如烦恼多称为"八万四千尘劳"，教派法术多称为"八万四千法门"，连须弥山的高度，也用了虚指的"八万四千由旬"，这样的例子不胜枚举，可能显示了《取经记》与佛典的一种特殊关系；而"猕猴"这一称呼也是值得注意的。佛典中有很多"猕猴"故事，这些猕猴崇敬三宝，喜听佛法，与中国传统猿猴故事中那些被称为"猿"的反派角色完全不同，穿白衣的猴形神将在汉译佛典中也曾出现过

（如《药师十二神图》中即有），这和猴行者"白衣秀才"的形象是一致的。[1] 中野美代子女士在她列出的孙悟空诞生的谱系中，排出一条由唐代僧人善无畏来华传播密宗——大悲观音信仰——猕猴从者的线索。[2] 矶部彰先生在《关于元本〈西游记〉中孙行者的形成》中也曾致力于这一问题的考证，他介绍说在12世纪日本撰写的佛典《觉禅钞》卷三《药师法》中，十二护法神将之一的西方申位安底罗大将，"猴头人身"，原图并注明"白衣"二字，可能是"白衣秀才"的最初原型。他还认为，与玄奘关系密切的大慈恩寺中有一幅大悲观音像，在《千手观音法杂集》中观音的扈从护法即为大猕猴摩迦罗，在玄奘——观音——大猕猴护法神——猴行者之间应该是存在着一条值得思考的线索，猴行者很有可能来自佛教密宗的典籍。我们引一段来了解一下日本学者的基本意见：

> ……我想提出这样的看法：承担玄奘的护持任务的"猕猴"，似是以唐代的观音信仰为背景而登场的；"猕猴"与玄奘有关系的那种传说的雏型，似在唐代就已经有了。……当时被普遍信仰，在慈恩寺里也被描绘着的这个千手观音的眷属，由二十八部众构成，而在二十八部众内就包含着"猕猴"，这不是值得注意的有价值的事情吗？……宋本（按：即《大唐三藏取经记》）的观音是千手观音（宋本第四："遇一座山，名号香山，是千手千眼菩萨之地"）。这一点，同《白宝抄》的记载合在一起，应该引人注目。在密教繁荣的唐代，作为密教系护法神的"猕猴"是相当深地进入了中国社会的。《觉禅钞》卷三《药师法》中被当作十二神将申位安底罗大将的"猕猴"，可说具有作为护法神的"猕猴"的代表资格。

《大集经》二十四云，东方海中有瑠璃山，高二十由旬，中有虎、兔、龙。南方海中有颇梨山，高二十由旬，有蛇、马、羊。西方海中有白银山，

---

1. 太田辰夫. 西游记研究·大唐三藏取经诗话[M]. 东京：日本研文出版，1984，25.
2. 中野美代子. 孙悟空的诞生[M]. 东京：日本福武书店，1987，224.

绪论

高二十由旬，中有猴、鸡、犬。北方海中有黄金山，高六由旬，中有猪、鼠、牛。所住之窟，经各有名。……或传云：十二神将者，药师如来分身也，非眷属，十二时分形守护给云云……申位甲申将军，猴头人身，持刀……

《成菩提集》卷一也有："《大集经》三十五云：……南方海中有颇梨山云云，其山有窟，名曰上色云云，有一猕猴修声闻慈……安陀罗者是传送，即申神、观世音菩萨也。"……可知猕猴居于西方或南方海中的山（窟）上，皈依于佛的事，是密教所经常谈到的。这样，密教护法神猕猴的事例，在当时似是相当多地存在着的。尤其是安底罗大将的形象是作为"白衣的猕猴"显现出来，这表明了它跟宋本的白衣秀才猴行者的共同性；它在其本地作为观音这一点，使人想起观音与"猕猴"的深刻因缘，进而想起《四游记》故事里的孙行者和观音的深刻关系。考虑到密教的十二神将已同民间的十二支相结合，这个十二神将不是已渗透到当时的社会之中，以寺院为轴心而受到人们的广泛信仰了吗？我认为，宋本中的猴行者作为护持者的作用（即并非作为取经途中的向导，而是作为守护三藏法师赴西天的角色）的部分，似乎并不是取材于《大日经序》中的"猿猴"，而是取材于作为密教神将的"猕猴"——千手观音眷属的毕婆伽罗王（大猕猴）和充当十二神将中的安底罗大将的"白衣猕猴"等的。[1]

这其中的核心是：在印度佛教中，观音的大将是猴形，观音有时也以猕猴的形象出现，而且这些猕猴都是穿白色衣服的。

不知是出于何种原因，国内研究者对"佛典说"都甚为淡漠，偶尔注意到此说的如李时人、赵国华先生等，都认为将猴行者与猴形神将联系起来，显得过分

---

1. 矶部彰. 日本西游记中孙行者的形成[J]. 东洋学集刊·38号.1977, 106-110.后收入赵景深.中国古典小说论集[N]. 上海：上海古籍出版社，1955, 301-327.

简单化，认为猴形神将仅仅是一种动物或以动物为形体的护法神，也仅仅作为神佛菩萨的附庸而偶然被提及，少有自己的故事、经历和思想感情，因而不具备派生出猴行者的条件。

国内比较关注佛典的是刘荫柏先生。在上海古籍出版社1990年出版的《西游记研究资料》中，刘先生收入不少佛经资料，认为《西游记》中的许多情节包括孙悟空的一些习性行为，最初都可能来自于佛经。2005年3月3日，刘先生在中国现代文学馆讲课时，再次提到这个问题，他认为孙悟空骨子里的文化倾向是中国的，但在形成过程的初期受到了佛经的影响，以下是刘先生的讲话：

> 在翻译的佛经里有一个《佛说出生一切如来法眼遍照大力明王经》（著者按：以下简称《大力明王经》），在这《大力明王经》里提到有个大力明王，这个人有时穿着虎皮裙，头发如火，眼露金光，手拿金刚棒，而且翻译过来的名字叫孙拿利。在《一字佛顶轮经》里还有他的图像。我觉得孙悟空早期的形象中可能影射过大力明王，理由有这样两点：第一，元代人写的《西游记》平话的注释中说孙悟空的正果是大力明王菩萨，不是斗战胜佛。第二，我们在《西游记》车迟国斗法那一节中看到，很多和尚受到道士的欺压时，太白金星给他们托梦，说将来有一个人能救你们，把孙悟空的样子告诉他们了，那些人在痛苦的时候喊"大力明王菩萨"，喊的是孙悟空，惊动了孙悟空，这里还留着大力明王和孙悟空之间的瓜葛。

我们也认为佛经的影响是存在的，而且可能性很大。在讨论这个问题之前要重复或者说要强调一下我们曾重点讨论过的"原型"研究与"影响"研究的问题。在我们从前围绕孙悟空展开的讨论中，实际上杂揉着"原型"与"影响"这两种概念的宽窄不一样，内涵也不相同的路数。"孙悟空"与"猴行者"其实是不一样的，如果从以孙悟空为对象的"影响"研究的路数去看，我们需要钩稽出孙悟空在漫长的演变过程中所受的各种文化影响，这就相当复杂，"佛典说"虽然不应排除，但还是远远不够的。但如果我们遵循的是"原型"研究的路数，即以孙悟空的最初形态——猴行者为对象，重点探寻它的"猴"的身份特征出现的

绪论

最初动因，那么就没有理由一定要在猴形神将与猴行者之间提出性格、经历、思想感情完全一致的要求，因为文学形象的每一次移植都会发生或大或小的变化。对于《大唐三藏取经记》的创作者来说，需要给取经的玄奘配备一名助手是首要任务，至于这名助手的身份是猪、是羊还是猴，还多少带有偶然因素，只要有"护法神"之类的暗示或触动，就可以使他将助手的身份确定为"猴"。

我觉得"佛典说"提出的问题都是不可忽视的。这一说之所以没有引起中国同行的共鸣，在于日本学者在佛经中找到的猴形神将，与猴行者既缺乏神似，又缺乏形似，还不具备足够的说服力；但并不说明这一说不值得注意。以下我想为"佛典说"提供一条非常有利的证据。

前面曾经提到1980年《文物》杂志第9期刊出了王静如先生的《敦煌莫高窟和安西榆林窟中的西夏壁画》一文，披露了他与敦煌研究院的研究者在安西榆林窟中发现了唐僧取经壁画的消息，其中提到第二十九窟中有一幅"自左而右画的是白马，唐僧弯腰拜询，孙行者在前下方，最前是白衣人，手执鲜花，作答语状"。但王先生的介绍是对壁画的误读，后来敦煌研究院美术所的所长关友惠先生曾经做过解释，说这幅壁画仅是普通的神将，与取经无关。

但这幅壁画虽非是唐僧取经图，对猴行者"猴"的身份特征的来源却提供了重要的线索。这幅壁画的左右下角基本对称，分别有两个猴形神将和两个穿甲神将，其中右下角的两个猴形神将一个肩旗，一个合掌；左下角的两个一个肩旗，一个肩棒。而肩棒的一个活脱脱竟就是我们今天想象中的孙悟空，连那根长棒也与孙悟空的金箍棒几无二致，区别只在于一个是莲花箍，一个是金箍。（图请见本书封面）

这些猴形神将的故事和经历还不太清楚，但它们的发现，对"佛典说"应该说是一种有力的支持。

《西游记》成书的田野考察报告

世俗形态的取经故事——以民间的队戏为象征

20世纪80年代，山西省文化厅结合编写《中国戏曲志》，举办了一次戏曲方面的抢救性普查，成果颇丰。其中最重要的事件是《迎神赛社礼节传簿四十曲宫调》（以下简称《礼节传簿》）的发现，尤其是在其中发现了一个队戏《唐僧西天取经》的节目单。它的出现，使我们对宋金时期取经故事的发展有了基本的了解，在唐五代以《取经记》、敦煌壁画为代表的取经故事和元明间以杂剧、宝卷为形式的取经故事之间，补齐了一个关键的环节。

三晋地区昔日祭赛风气甚浓，晋东南包括今河北一带的区域内，每年都要按照该神庙的传统祀神节日举行活动，如潞城县城隍庙、潞城县南贾村的碧霞宫、长子县三峻庙、平顺县东河村九天圣母庙、壶关县神郊村真泽宫、陵川县西溪真泽宫等，都有悠久的办赛传统，而且据参加普查的寒声先生介绍，这一地区的迎神赛社和一般村社的社火节目不同，形式上、组织上都有自己的一套程式规矩，极有特色。

祭赛一般分"官赛"和"调家龟"两种。"官赛"是围绕一座神庙由许多村联合举办的，总负责人称"维首"，具体组织赛社祭祀者称"科头"，每年按照该神庙的传统祀神节日举行；官赛除由堪舆家担任"科头"（主礼生）外，其演出节目均由乐户担任；唱的戏总称"队戏"，又名"乐剧"，包括队戏（又可分为正队戏、供盏队戏、哑队戏三种）、院本、杂剧、清戏等。办赛一次，往往要组织全县或几个县的乐户参与组班。

"调家龟"是由一个自然村的村民自办的赛事。发现《礼节传簿》的潞城县崇道乡南舍村就是一个传统上自办"调家龟"的村子，据说为了保佑全村男女平安，每五年要举办一次。南舍村的"调家龟"是本村男丁在本村办赛，不出村服

绪论

务,其演出程序与官赛相同,差异就在规模稍小。由于"队舞""队戏""哑队戏"演出规模庞大,有些节目需百多名演员上场,加上四班后行乐队演奏,祀神供盏仪式,等等,用人很多。演出场所,除了本村玉皇庙舞台外,尚需临时再搭草台五座,戏棚一个。这样,南舍村办一次赛,就需动员全村近千人参加,还必须请一些乐户排戏和协助演奏,耗资很多。

无论"官赛"或"调家龟",赛期均为三天,即头场、正赛、末赛。举赛之前一天,要把各路神祇从村内各庙迎进大庙,还要按流年月日十二辰次,决定二十八宿神祇当值。赛期全村张灯结彩,每天从早上起要在神殿前举行一套像宋代皇帝大宴一样的祀神供盏仪式,按主礼生唱礼程序,上七盏酒,向神祇们供献馔肴,同时要在拜殿或露台上献演器乐曲、献歌和"曲破"一类歌舞,以及队舞、百戏和有故事情节的队戏。祭祀供馔完毕,舞队"合唱""收队"后,便转移至神殿对面的舞台上,表演"正队戏""院本"和"杂剧"。这种赛社活动,在上述地区一直延续到抗日战争时期方才停止。

祭赛既有如此规模与繁杂的仪式,一定需要有人操持,这种核心人物也就是所谓的科头与仪式的主礼生——在当地,也就是俗称阴阳先生的堪舆家。堪舆家一般都是世代相传的,他们主持祭赛也就是世代相传的。他们手中一般都有一件记录各种祭赛规格、仪式的秩序册,也就是《礼节传簿》。

现在我们见到的《礼节传簿》实物,持有者是潞城县崇道乡南舍村的曹占标兄弟。曹氏兄弟对家世了解甚详,说他们家从上溯二十二代的远祖曹震兴于明中叶充当阴阳官起,世代都操堪舆业。明万历二年(1574),曹震兴之孙曹国宰从办官赛的南贾村抄来《礼节传簿》,珍藏如至宝,堪称看家饭碗。也正因为该村的"调家龟"基本没有停止,曹家亦世代以此为业,是以这本《礼节传簿》才得以躲过一次次劫难。"文化大革命"中阴阳先生所受的冲击可想而知,但这本曹家家藏的至宝被塞在破棉絮中还是幸存了。由于现在仍竖在该村玉皇庙的明崇祯十年(1637)的碑刻上有"阴阳曹国宰"的字样,因此曹家的这段身世可以相信。

从《礼节传簿》的全称《迎神赛社礼节传簿四十曲宫调》即可以看出,它是

为迎神赛社的传统活动服务的，是赛社完整运作仪程的记录，而其内容的重点即是以音乐为基础的"曲"——可以理解为是早期戏剧各种形式的总称。的确《礼节传簿》记录了这一地区古代迎神赛社、驱傩逐疫原始民俗遗风和西周以后延续两千多年的音乐教化传统，记录了"唐教坊俗乐二十八调"和"两宋四十大曲"在民间赛社祀神中的运用，内容相当丰富。据统计，其中保留了大曲"曲破"与宋词曲、金元俗曲曲名四十七个，叙事曲破、叙事歌舞队戏名一百一十五个，正队戏名二十四个，哑队戏角色排场单二十五个，院本名目八个，杂剧名二十六个，综合上述，全部音乐、歌舞、队舞、队戏、院本、杂剧等名目达二百四十五个之多。其中有一部分剧名存在于宋杂剧、金院本、元杂剧中，而另一批剧名则可能是新的发现。专家普遍认为，这本《礼节传簿》不仅是研究上党地区音乐、歌舞、戏曲史的重要史料，也对研究我国古代民间歌舞、戏曲史，民间与宫廷乐舞、民间与宗教祀神驱傩乐舞相互关系，词曲体歌舞与诗赞体歌舞、戏剧在民间的演变，提供了重要的史料与线索。[1]

《礼节传簿》全文约两万余字，分为四个部分：

第一部分为"周乐星图本正传四十曲宫调"，介绍了我国古代音乐中八种不同材料制作的乐器——钟（金）、磬（石）、琴（丝）、箫（竹）、笙（匏）、埙（土）、鼓（革）、柷敔（木），并与传说中的八位星君比附。

第二部分记载了汉光武帝敕封的云台二十八将，又与星象家所说的二十八宿比附。

第三部分介绍了二十八宿值日及供馔献乐的情况，供馔仪式音乐及戏曲剧目均有记录，是《礼节传簿》的核心部分，占了大部分篇幅。例录如下：

  昴日鸡 其宿男人形，披发，青衣白裙，乌履。双手执象戟而立。好食

---

1. 以上介绍据《中华戏曲》第三辑所载寒声《〈迎神赛社礼节传簿四十曲宫调〉注释》"前言"及寒声，栗守田，原双喜，常之坦《〈迎神赛社礼节传簿四十曲宫调〉初探》。下同。山西师范大学戏曲文物研究所. 中华戏曲：第三辑[M]. 太原：山西人民出版社，1987.

硬物，置下拍板。[双调]，第四品，行三曲：《新水令》《降圣乐》《彩云归》。此七星行十一度。上居金牛宫，下临赵地。酉。队戏陈列于后。

计开：前行说《酒词》

第一盏，《老人星歌》曲，补空，《天净沙》；

第二盏，靠乐歌唱，补空，《本调慢词》；

第三盏，"温习曲破"，补空，再撞再杀；

第四盏，《出岑彭》，补空，《独行千里》；

第五盏，《水淹张韩》，补空，《秋胡过关》；

第六盏，《风花雪月》，补空，《拷打高童》；

第七盏，合唱，收队。

正队：《唐僧西天取经》舞；

院本：《错立身》；

杂剧：《赵氏孤儿大报仇》。

第四部分为"哑队戏"角色排场单，也就是祭赛的主要演出剧目、压轴戏的演出节目单二十五个，《唐僧西天取经》就保存在这一部分中。以下录出《唐僧西天取经》完整的角色排场单（原文）：

《唐僧西天取经》一单 舞

唐太宗驾，唐十宰相，唐僧领孙悟恐、朱悟能、沙悟净、白马，行至师陀国；黑熊精盗锦襕袈沙；八百里黄风大王，灵吉菩萨，飞龙柱杖；前至宝象国，黄袍郎君、绣花公主；镇元大仙献人参果；蜘蛛精；地勇夫人；夕用（按：多目）妖怪一百只眼，蓝波降金光霞佩；观音菩萨，木叉行者，孩儿妖精；到车牢（按：迟）国，天仙，李天王，哪吒太子降地勇，六丁六甲将军；到乌鸡国，文殊菩萨降狮子精；八百里，小罗女铁扇子，山神，牛魔王；万岁宫主，胡王宫主，九头附马，夜叉；到女儿国；蝎子精，昴日兔；下降观音张伏儿起僧伽帽频波国；西番大使，降龙伏虎，到西天雷音寺，文殊菩萨，阿难，伽舍，十八罗汉，西天王，护法神，揭地神，九天仙女，天

仙，地仙，人仙，五岳，四渎，七星，九曜，千山真君，四海龙王，东岳帝君，四海龙王，金童，玉女，十大高僧，释伽沃，上，散。

《文殊菩萨降狮子》一单　舞

散花队子（按：疑为童子），护法善神，狮子精，积善太子，禅院寺长老，孙行者，猪八戒，唐僧，沙和尚，文殊，上，散。

在全部剧目中，可以肯定与《西游记》直接有关的剧目有：1.《唐僧西天取经》——出现于昴日鸡，正队，哑队戏角色排场单。2.《雄精盗宝》——出现于亢金龙第六盏，牛金牛第四盏。按："雄"为"熊"之误，疑即《唐僧西天取经》中"黑熊精盗锦兰袈沙"情节。3.《文殊菩萨降狮子》——出现于角色排场。另外还有在后来的《西游记》故事中有线索的：1.《齐天乐·鬼子母捧钵》——出现于张日漉，杂剧，角色排场单；2.《泾河龙王难神课先生》——出现于角色排场单；3.《东方朔偷桃》——出现于翼火蛇，第六盏；4.《王母娘娘蟠桃会》——出现于角色排场单；4.《二十八宿闹天宫》——出现于角色排场单。

在追寻以上剧目的意义之前，首先必须确定《唐僧西天取经》的形成时代。

第一个问题：《礼节传簿》的抄写年代与形成年代

《礼节传簿》全名《迎神赛社礼节传簿四十曲宫调》，手抄本，标明抄成于万历二年，经鉴定，也确系明代抄本。

但万历二年只是抄写的年代，由于在《礼节传簿》中所见的剧本最迟都可判定出现在明初而没有年代非常切近万历二年的作品，因此研究者一般认为这个版本的《礼节传簿》实际形成年代要早一些，应该是在明代前期永乐年间或稍后一些，应该与当时的山西猛增大量的乐户有关。乐户以吹弹歌唱为业，是中国古代社会地位最为低下的一等人，有时就与娼妓相类，明清的小说中往往直接将妓院称为乐户。乐户的来源，除了世代从业的继承以外，主要的来源就是犯罪人员的家属或受株连的人员，到明代，政治犯的家属加入了这个行列。《儒林外史》就写过，明太祖平定天下后，将元朝功勋重臣的家人都没入乐籍，用一个教坊司管

绪论

着。永乐靖难之役以后，朱棣又将大批建文帝追随者的妻孥都编入了乐籍，发配山西。上党地区应该是当年朱棣流放乐户的主要目的地之一，因此上党过去有很多乐户，今天还有许多乐户的后裔。这些乐户的到来，对于传统的祭赛来说，无疑增添了新鲜力量，他们的祖先不少做过朝廷重臣，甚至有的还是皇亲国戚，只是因为触犯了所谓"天颜"，才被贬为"贱民"而使其子孙"世世代代不得与民同齿"，他们的文化修养比当地的乐户当然要高出一筹。当这些人心情平静下来接受命运之后，当地的祭赛显然就会成为他们施展才华的道具，在这种情况下，对传统的祭赛礼仪做一些修订、完善是完全可能的。

对于我们所见的潞城本《礼节传簿》底本在明前期形成这一点研究者几乎没有异议，但对于这个本子在明代前期时究竟是修订还是新创，尚有较大的分歧。

第二个问题：关于《礼节传簿》的修订期

我在《西游记》研究中引入《礼节传簿》得益于黄竹三先生的惠示，之后黄先生又告诉我，在潞城本之后，潞城的邻县也发现了一份清嘉庆年间的《礼节传簿》，所收主要剧目与明万历本基本相同（指明以前剧目），不同的是另新添了明万历至清初之剧目若干。这真是一个很有意义的发现，将这两份《礼节传簿》对照起来，可以发现三个问题：

第一，《礼节传簿》是传统的祭祀仪式，是一种在实际使用中会根据需要不断修订的世代积累型作品，很可能并不是在明代前期新创的。按：即使没有这本嘉庆本《礼节传簿》，我们也不太相信《礼节传簿》就是在明前期新创的，一是因为祭赛的严肃性而导致了它的仪式的稳定性和延续性，既然祭赛是从更古代延续下来的，那它的主要仪式也应是延续下来的；二是明中叶以前的通俗小说都是世代积累型不用说，戏剧也是如此，大名鼎鼎的汤显祖"临川四梦"就都是旧题材的沿袭，像《礼节传簿》这样复杂的系统工程显然不可能一蹴而就，应当也是一个世代积累的东西。

第二，可以认为明代前期《礼节传簿》只是做了一次修订。而且可以认为每次修订之间的间隔期都很长。潞城本至1949年已近四百年没有修订，嘉庆本至

1949年也近一百五十年没有修订。而假如将潞城本的形成定在明永乐年间（暂定公元1400年左右），将嘉庆本看作是潞城本的下一个修订本并将其修订时间定在清乾隆年间也即公元1750年左右——因其中所有剧目截止清前期——那么正常修订期的间隔就有了三百多年。

第三，赛社的基本程式和剧目都是比较固定的，传统节目在世代相传中都能被保留下来，而新增剧目研究者一般都能辨认。

修订期的问题是很现实的问题，也是一个不能否认的问题。以上述三点为基点，我们还可以做一些适当的延伸：

第一，如果承认《礼节传簿》是这样一次次修订而来的，那么明前期完成一次修订的《礼节传簿》其底本有可能来自更远。

第二，按照现在所知的修订间隔来看，明前期这个修订的底本毫无疑问是在元代甚至更早。

第三，那再上一次修订呢？更久远的底本，甚至可以肯定会有。这就是我们将《礼节传簿》中队戏《唐僧西天取经》定位为宋金时期作品的原因。这并不完全是推理，在参考中我找到了很多佐证资料。

第三个问题：《唐僧西天取经》生成年代的判断依据

《礼节传簿》面世后，全部二百四十五个剧目着实让研究者忙活了一阵。这些剧目中，有的以前在录，有的则不为人所知；有的以前仅仅存目，这次却有了尚算详细的节目单；有的被认为已经消失了，但实际到明代还在舞台上演出；有的以往被标错了体裁，而这次得到了确切的纠正……这其中的意义，恐怕还得有相当一段时期才能真正弄明白。

基础的工作当然是剧目的分类。分类的形式很多，有的与我们的研究关联不大，如通过归类发现《礼节传簿》所载剧目与南戏名目相类的不多，可以说明至明前期传奇之风尚未影响到北方，等等；但有的于我们却有明确的意义。

绪论

以下介绍几种对我们来说有明确意义的归类研究：[1]

第一，黄竹三先生将所有一百七十四个剧目分为两类，第一类以宋杂剧、金院本、南戏、元杂剧与之比较，"即可发现它们和宋杂剧、金院本、南戏以及与元杂剧有密切的关系，其中一部分本身就是宋元时期的作品"；另一类较晚出，基本上可以肯定是明前期繁盛的民间戏曲演出。

《唐僧西天取经》被黄先生列为第一类，其参照对象是吴昌龄的杂剧《唐三藏西天取经》。事实上《礼节传簿》的剧目不仅是"从宋元剧目发展而来"，还有一些可能是我们所知的宋元剧目的祖本，我们赞成另一位研究者张之中先生的意见：《唐僧西天取经》即有可能是吴昌龄《唐三藏西天取经》的祖本。

第二，张之中先生也将剧目分为两类，但分类原则不同。一类为末盏供酒之后在舞台上演出的正队戏、院本、杂剧，他认为这类剧目都比较古老，很少宋元以后的作品，"多是宋元之前的剧目"；另一类为四至六盏供酒中在献殿上演出的剧目，这类剧目较杂，已经出现了明代早期的剧目。而且张先生还有一段话也值得注意，他注意到《礼节传簿》的二十四个队戏剧目，大部分取材于历史故事，少数为神话传说，至于生活故事、儿女私情的戏一个也没有。他认为："都是出于敬神的严肃要求。"这正是古老祭祀仪式的基本需要。《唐僧西天取经》的演出被列为正队，当然也是久远的剧目。

第三，从《礼节传簿》用于祭赛压轴演出的二十五个角色排场单看，其中有十八个为神仙道化剧，其余七个为历史剧，竟无一个表现现实的世俗生活，这应该是古老祭祀活动的遗存痕迹。窦楷先生还分析过这些哑队戏中的人物，发现特色是人神混杂，朝代不分，写佛祖释迦牟尼的《习达太子游四门》竟然有中国传统的美女杨妃、西施、昭君、妲己、绿珠等相伴；人物中有周人、有春秋战国人、有汉人、有晋人、有唐人，"唯独宋以后便没有了，这说明……它很可能是

---

1. 山西师范大学戏曲文物研究所. 戏曲研究：第三辑[M]. 太原：山西人民出版社，1987.

宋以前的作品,至少是宋代才有的"。而《唐僧西天取经》是这二十五个角色排场单中的一个。

综上所述,至此我们应当相信《唐僧西天取经》是遗存在《礼节传簿》中的古剧旧响。

第四个问题:《唐僧西天取经》的性质问题

《礼节传簿》中有明显的元末明初痕迹这不奇怪,因为《礼节传簿》是在永乐之后修订的;说《唐僧西天取经》是宋金旧响也不奇怪,因为修订不会改动世代相传包含祭赛活动核心内容的底本,《唐僧西天取经》无论从哪个角度看,都带有沧桑久远的痕迹。我们趋向于认为它的形成应该在宋代,至少是在金代,在我们上述的取经故事资料中,它是一切的祖本,称其为宋金作品最为合适。

除了上面提到的种种理由以外,还在于它是队戏——一种具有时代象征的戏剧形式。

在《礼节传簿》中,队戏占有异乎寻常的重要地位,在祭祀(供盏)后于舞台上正式献演的剧种中,队戏、院本与杂剧三者并列,说明都是郑重的祭赛仪式;随后又专门录有二十五个队戏剧目的角色排场单也就是情节简介,最长的达到三百五十字,其中有十八个是神仙道化内容,七个是历史人物剧,从祭祀的角度看已经充分表现出了应有的严肃性和神圣庄严;更重要的是,其中不仅明标是队戏,还分出哑队、正队、队舞,等等,在所有我们已知的戏曲史资料中,堪称罕见。所以当《礼节传簿》刚一面世,它的整理者就断然肯定它与杂剧、院本并列,本身就有非同小可的意义,"可以为戏剧史补入空白",因为"以往戏剧史家研究宋、金、元戏剧,更多的着眼于说唱诸宫调、元杂剧等曲牌体音乐流变脉络",而通过队戏的发现,我们"可以明显地看出形成中国戏剧,还有一条路子,即由乐舞、叙事乐舞、供盏队戏、哑队戏、正队戏,即从歌舞、叙事歌舞、进而吸收诗赋体念白、诗赞体吟诵,到诗赞体说唱往下延续的板腔体戏曲"。这段话已足可体现队戏的重要意义。

"队戏"这个名词在早期的戏剧资料中曾经出现过,实际上包含了中国古代

绪论

戏剧的一个重要构成部分——也就是说，中国戏剧的主要早期形式除了杂剧、院本之外，还有第三种：队戏。但是由于杂剧在元代的特定条件下异样发展，院本与队戏却没有进入文人的视野，失去了精加工的机会，虽然还在民间搬演，但在繁盛的杂剧的挤压下，可以生存的空间越来越小，最后终至被杂剧、南戏淹没。而队戏较之院本似乎更为不幸，长期以来竟然没有实物为证，因而并没有引起认真的关注。现在当然已经具备了条件，可以将它作为一条构成中国戏剧重要组成部分的完整的发展线索往下清理。对于我们来说，"队戏"的发展进程还有一个具体的意义，就是根据《礼节传簿》中各种概念的相互关联带来的可比性，排出它们之间的演进顺序：乐舞——队舞——队戏（哑队戏、正队戏），直至与杂剧、南戏重叠，从而大致确定《唐僧西天取经》的生成时间。

那么，这个过程起于何时，止于何时？

"队舞"一词最早见于中唐诗人王建的宫词"青楼小妇砑裙长，总被抄名入教坊。春设殿前多队舞，朋头各自请衣裳"，与唐代盛极一时的乐舞有关。对于唐代乐舞，主张从宽界定戏剧因素的前辈任半塘先生，极力主张应从中分出一种可以称为戏剧的"歌舞剧"来，而筛选的标志就是其中有扮演故事的情节人物。他曾经说过："唐代歌舞盛行，为学者先入之见，意识中每每过分夸大，于是凡遇稍涉歌舞者，无不歌舞目之；纵有歌舞剧当前，确已成戏，亦多被上项之夸大主观所吞没，终于不见，无从分辨。"任先生告诉我们，在唐人的乐舞中其实早已孕育着戏剧的因素，哪天发现从乐舞中生长出一种带有戏剧性的队舞，无须奇怪。对"队舞"这个词，任先生作过解释，说"队舞"是相对于"白舞"与"方舞"而言的，唐代制度，一人起舞叫"白舞"，四人或五人按照东西南北中的方位站定而分舞，叫"方舞"，多人表演的集体舞蹈则叫"队舞"。对于起初的集体舞蹈，任先生并没有夸大它的戏剧性，而是说"队舞多人同场，动作一致，故难演故事，亦难用傀儡"。但是到了五代、宋以下，情况有变，宋人在继承唐人遗制的基础上有了明显的改进和发展，将唐人单纯的情绪舞蹈进而发展成为有一定故事情节的舞蹈，似乎成了一种趋势。如唐时的《柘枝》《剑器》《浑脱》《菩萨蛮》《解红》等舞蹈，至宋便成为《柘枝队舞》《剑器队舞》《玉兔浑脱

队舞》《菩萨蛮队舞》《小儿解红队舞》。虽然王国维的《戏曲考源》认为《柘枝队》《菩萨蛮队》之类,仍不过乐舞而已;但许之衡《戏曲史》则认为这些表演,颇类故事,"已入戏剧范围矣"。[1]

队戏应该是一种比较初级的戏剧形式,文字资料首见于宋代刘斧《青琐高议》后集卷之五"隋炀帝海山记"下,记载隋炀帝游北海,梦遇陈后主,其中涉及"队戏"。以此而论,队戏于隋时已有,但研究者多不相信,认为宋人所记隋事不一定可靠,在唐代流行的不是队戏而应该是队舞,但北宋有队戏却应无疑。起码在刘斧生活的时代,即北宋仁宗朝,队戏应已普遍流行,不然,没有生活依据,刘斧绝不可能凭空设想出来。

元人杨维桢《东维子文集》卷六"送朱女士桂英演史序"中,也提到了"队戏":"孝宗奉太皇寿,一时侍前应制多女流也。若棋待召为沈姑姑;演史为张氏、宋氏、陈氏;说经为陆妙慧、妙静;小说为史惠英;队戏为李瑞娘;影戏为王润卿,皆一时慧黠之选也。"这里不像刘斧把事情说得恍恍惚惚,而是精确地把队戏出现的时间说得非常清楚——"孝宗"时,也就是南宋之初;对队戏性质表述的也再确切不过,与"演史""说经""影戏""小说"为伍,脱不开"有声有色"四字,也就不外乎故事、情节、说唱、表演。

重要的是,既然队戏曾经有声有色的存在过,那它后来到哪儿去了,为何再也见不到了?一个确凿的事实是,入元之后,我们再也没有见到主流文献关于队戏的正式记载,只有《礼节传簿》证实它在明代仍在民间被搬演——这就告诉我们,在元代之后,尽管队戏没有立即消亡,但显然已经失去了旺盛的生命力。当然,也就很难相信入元之后甚至到明代,已经走下坡路的队戏还会产生出像《唐僧西天取经》那样丰富、庞杂的作品。

对于把队戏《唐僧西天取经》定位为宋元或宋金作品,曾有学者表示怀疑,

---

1. 任半塘. 唐戏弄[M]. 北京:作家出版社,1958,21,375,213.

认为《礼节传簿》能够确定的抄写时间只在明代,其余所有均为推论。但这个问题我认为在我们的这次考察中已经解决,我们发现了一件刻在墓道石上的"唐僧师徒取经归程图",其画面为师徒四人,其中孙悟空的服饰足够证据可以证明其诞生在宋金时期。这幅图无论从哪个方面,都可与队戏形成呼应对照。

重新整合的取经故事——以杂剧《西游记》为中心

1127年的南渡,是中国文化的再一次大规模南迁,成千上万的中原官员及民众像潮水一样仓皇向南,就此造成了以临安为首都的新的政权,也造成了南宋至元、明这数百年间南方文化的繁华与中心地位——尤其是浙闽一带。

唐僧取经的故事应该是在这个时候传播到了南方——在此之前,我们没有发现南方存在唐僧取经故事的文献。

传到南方的取经故事与此前的取经故事是有不同的:

其中比较粗糙原始的一支——也就是寺院里不断被复制的故事,在临安再次被刻印,就是我们今天看到的"中瓦子张家印"的《大唐三藏取经记》;还有在泉州开元寺西塔上的猴行者石雕;还有刘克庄诗里提到的"猴行者"。这一支后来就失去了踪影,它的大部分故事都没有得到延续,以它的粗糙和佛教色彩,基本可以肯定它不是吴承恩《西游记》里孙悟空的直系祖先。

其中比较精致的一支——也就是走入民间的那部分,以队戏《唐僧西天取经》和吴昌龄杂剧《唐三藏西天取经》为代表。它们在南方经历了一次重大的文化变革,尤其是吸收了南方固有的"通天大圣""齐天大圣"故事,而演变为混杂南北,两猴(孙悟空、齐天大圣)合一猴(齐天大圣孙悟空)的杨景贤杂剧《西游记》。

另外还有前些年在日本发现的《唐僧取经图册》,它与我们熟悉的百回本

《西游记》有相当大的不同,是一个我们从未发现甚至一点都没有了解的取经故事体系。它由三十二幅故事画面组成,基本算是讲述了同一个系统内的三十二个取经故事,这些故事让我们看得恍恍惚惚,似曾相识却又觉得面目全非。

如果从研究的角度去说,它就完全是一片新天地。杨景贤杂剧《西游记》是取经故事在这一时期进行文化整合的核心。理由简单清晰:

第一,"西游记"三个字作为取经故事的名称在这里是第一次出现,这是一个完全独创的名称,也是一个具有标志意义的名称——请注意,这个名称绝非佛教所有,它标注着取经故事文化属性已经发生了变化。

第二,孙悟空第一次有了一个附加的名号:"齐天大圣"。这个名号原本诞生于南方的民间崇拜,在此之前已经存在了很多很多年,代表了完全不同的文化基质,也有完全不同的故事。从现在起,这个名号属于孙悟空,并且为孙悟空带来了很多新的故事,再若干年后经过吴承恩的精细加工,就成了最令今人心醉的"大闹天宫"桥段。

杂剧《西游记》原名《杨东来先生批评西游记》,因为实在看不出这位杨东来先生批了点什么,所以一般都直接简称为杂剧《西游记》。现在所见的是明万历甲寅年(1614)刊刻的本子,1928年发现于日本内阁文库秘藏的《传奇四十种》中,后排印本传回中国。剧本前原有总论,称这本杂剧《西游记》为元人吴昌龄所撰,后孙楷第先生在《吴昌龄与杂剧西游记》(收入《沧州集》)一文中指出所谓吴昌龄之说实为误植,真正的作者应是元末明初人杨景贤,此说现被广泛接受;又因多认为杨景贤仍属元人,所以习称为元人杨景贤作;但也有称为元末明初人杨景贤作。

杨景贤,蒙古族人,因跟从姐夫杨镇抚移居钱塘,人即以杨姓称之。原名暹,后易名讷,字景贤、景言,别号汝斋。元末明初之际,杨景贤也是一个小小有名的人物,擅长杂剧、散曲,有杂剧18种,可惜传世不多,明永乐间,曾受宠于朱棣,后卒于金陵。与《续录鬼簿》的作者贾仲明相交甚善,达五十年,故贾在《续录鬼簿》录齐了他的十八种杂剧剧目,还介绍说"善琵琶,好戏谑,乐府出人头地。锦阵花营,悠悠乐志"。

64

绪论

《西游记杂剧》六本二十四折，其各折为：

第一本：之官逢盗、逼母弃儿、江流认亲、擒贼雪仇

第二本：诏饯西行、村姑演说、木叉售马、华光署保

第三本：神佛降孙、收孙演咒、行者除妖、鬼母皈依

第四本：妖猪幻惑、海棠传耗、导女还裴、细犬擒猪

第五本：女王逼配、迷路问仙、铁扇凶威、水部灭火

第六本：贫婆心印、参佛取经、送归东土、三藏朝元

这样的长度在元杂剧中实数第一，故其所附弥迦弟子"小引"云："曲之盛于胡元故矣，自《西厢》而外，长套者绝少，后得是本，乃与之颉颃。"

重要的问题是：这样的故事长度是如何形成的？或者换句话说，即杂剧《西游记》是由哪些故事构成的？

有位研究者认为："《西游记杂剧》第一本、第四本情节安排集中，曲白通畅，很可能出于'当行'文人之手；中间的三本，结构粗疏，语言质朴，有较浓的民间文学色彩。"[1]这是一个非常重要的发现，由此深究，便有可能找到为《西游记杂剧》定性的突破口。

我们且从以下方面来分析：

第一，先看这两本体制的完整性。第一本，四折讲唐僧出身的故事，正是完整的杂剧剧本规制；第四本，讲完整的猪八戒出身故事，也是一个独立演出的剧本规制。在杂剧《西游记》中，除齐天大圣孙悟空的故事占两折以外，其余各事均只占一折，比较均衡也算合理。但是唐僧出身、八戒出身这两个在以前毫无迹象的故事竟然各占了整整一本，抢了悟空的风头。尤其是猪八戒，在唐僧取经故事中他有何资格享有六分之一的篇幅，沙僧的资格不是比他老得多嘛？唯一的解释就是这两个故事原来已经有了单独的剧本，又被整体加入《西游记杂剧》。

第二，在《西游记》杂剧中，已经看到了吸取南戏表演形式的痕迹，比如不

---

1. 熊发恕. 西游记杂剧作者及时代考辨[J]. 四川师范大学学报，1990（2）.53.

再严格区分旦本、末本而采用轮唱的方法。六本二十四折中,主唱一折以上的人物有近二十人,例如第二本四折由尉迟恭、胖村姑、木叉、华光各唱一折;第三本由金鼎国女、山神、刘太公、鬼子母各唱一折,应该说也很均衡。但第一本则全由"夫人"唱,是一个典型的旦本;第四折也是比较完整的旦本,前三折全由"裴女"演唱,第四折"细犬擒猪"因为全是武戏,才改由二郎演唱。一句话,这两本都还是比较纯正的北杂剧风格。这又可以说明第一、第四两本原是两个独立的剧本。

第三,按照杂剧规制,每本应该有一二个楔子。杂剧《西游记》六本都没有标出楔子,但不标出不代表没有,而是比较隐蔽的附载于某一折里。巧得很,也正是第一、第四本有楔子出现。第一本第一折前面的一段:

（观世音上云）旃檀紫竹隔凡尘,七宝浮屠五色新。佛号自称观自在,寻声普救世间人。老僧南海普陀洛伽山七珍八宝寺居住。西天如来座下上足弟子……

（陈光蕊引夫人上云）几年积学老明经,一举高标上甲名。金牒两朝分铁券,玉壶千尺倚冰清。下官姓陈名萼,字光蕊,淮阴海州弘农人也。妻殷氏,乃大将殷开山之女……

（夫人云）相公说的是也。咱着王安去觅船,明日早行。[唱]

（仙吕赏花时）放鱼的都言子产良,射虎的皆称周处强。你之任到他乡,买得活鱼尚不忍坏,今恩足以及禽兽矣。百姓行必有个主张。咱两个携手上河梁。[下]

（水手刘洪上云）自家姓刘名洪,专在江上打劫为活……

这就是典型的楔子,刘洪以下才是正文。再看第四本第十三出"妖猪幻惑":

（猪八戒上云）自离天门到下方,只身难恨少糟糠。神通若使些儿个,三界神祇恼得忙。某乃摩利支天部下御车将军……

绪论

（裴女引梅香上云）妾身裴太公之女，小字海棠……。梅香，你与我将这一封书去，对那生言道，我为他夜夜烧香花园里，等着他来厮见，说一句话咱。

（梅香云）怕太公知道，连累我。

（裴女云）不妨事。（梅香下）（裴女唱）

（仙吕赏花时）一纸书缄万种愁，数日忧成两鬓秋。疾忙去莫迟留，休误了鸾交凤友，且跳过短墙头。

（幺）捡着这竹径花溪阴处走，则着他柳影松斜深处有，休烦恼莫惭羞，黄昏时候，休着我和月倚南楼。[下]

（梅香上云）小姐着我寄书与朱郎，朱郎今夜来赴期也。我已回过小姐了，安排下香桌儿，月儿上时，请小姐烧夜香。

这也是一只楔子，梅香第二次上场才是正场。

以上几点已经说明第一、第四两本的故事，在杂剧《西游记》整合改造的过程中，他们是作为整体加入的。我们暂且剔除这两本，再看剩下的四本：

第二本：诏饯西行、村姑演说、木叉售马、华光署保

第三本：神佛降孙、收孙演咒、行者除妖、鬼母皈依

第五本：女王逼配、迷路问仙、铁扇凶威、水部灭火

第六本：贫婆心印、参佛取经、送归东土、三藏朝元

这四本上与古老的队戏《唐僧西天取经》、吴昌龄杂剧《唐三藏西天取经》相承，下与后来的百回本《西游记》衔接，情节虽有繁简之别，但一脉相承的线索清楚明白，显然可以看出在取经故事的演化中，确实存在着一根主线。杂剧《西游记》确实是一个整合改造的重要阶段。

除了吸收第一本唐僧故事、第四本猪八戒故事之外，杨景贤更重要的功绩是在第三本的改写，其中"神佛降孙""收孙演咒"两折，虽然还是演孙悟空的故事，但此时的孙悟空已经与原本队戏里的孙悟空有了很大的不同，已经有了一个新的名号"齐天大圣"，也有了新的故事如"盗仙衣仙酒"。这齐天大圣原本是

中国本土的、道教的神圣,自有出身,正是在杂剧《西游记》中才由杨景贤将它与外来的、佛教的孙悟空合二为一。这是杂剧《西游记》最大的创造、最大的贡献,也是杨景贤将取经故事重新命名为《西游记》的一个考虑。

要真正了解杨景贤的创新,我们得从福建发现久已失传的民间崇拜"齐天大圣""通天大圣"说起。这一发现,就如捅破了一张窗户纸。

数年前,有报道称福建顺昌县博物馆馆长王益民先生在该县宝峰山发现了供奉"齐天大圣""通天大圣"牌位的双圣庙与相关碑刻、石雕,称有确凿的证据可以证明顺昌宝山就是孙悟空的墓葬所在,孙悟空乃是福建顺昌人;2002年《炎黄纵横》第5期以《孙悟空兄弟合葬于此》为题正式报道;2004年6月,《海峡都市报》以《石破天惊新观点,孙悟空是顺昌人》为题,介绍了王益民的发现与相关研究,引起公众一片喧哗;而新华社2005年1月12日的再次报道,则导致了一次新的炒作狂潮。短短的十多天内,竞相转载的媒体多达数十家,所涉文章则以百计,俨然成为当时的热门文化话题。

据介绍,顺昌的宝山系武夷山脉的一个支脉,坐落在闽北武夷山脉东南麓的顺昌县大干镇和元坑镇境内,海拔1305米,古时为顺昌县境内最高山。山顶有第五批全国重点文物保护单位宝山寺大殿,"齐天大圣"墓即发现于宝山寺大殿西南方不远处的宝山主峰上庵南天门后的双圣庙内。宝山寺由上庵(南天门、双圣庙)、下庵(宝山寺大殿)、半岭庵三庵组成。该大殿石梁上有题款表示始建于元朝至正二十三年(1363),明正德版《顺昌邑志》也有记载:"宝山在娄山都,峭拔秀丽,群峰次第而列。正峰绝顶一庵,梁柱椽瓦之类,皆断石为之。"且建筑残件上"大明嘉靖二十七年(1548)戊申岁六月吉日良时重修"和"时大明洪武二十四年岁次辛未八月二十……"等阴刻纪年款,可以判断该组建筑至少应为元末明初之建筑。

就在残缺的主建筑南天门的背后,有一座建筑面积约18平方米,仿木石质小庙双圣庙,所谓的"齐天大圣""通天大圣"墓碑就发现在这座小庙里。以下是王益民对供奉的双圣庙的详细介绍:

绪论

　　庙内孙行者供像（后加）之后，是一座并立着两通石碑的古代合葬神墓。该墓形制和顺昌当地狮峰寺僧人墓群中明代同期石构古墓相似。……墓顶石前并立的两通墓碑间距0.18米。左碑宽0.3米，高0.8米，厚0.12米，半圆弧碑顶，碑额浮雕一授带法螺法器图案，法螺呈牛角状。碑文为上方横行阴刻"宝峰"二个楷书小字，中间竖行阴刻"齐天大圣"四个楷书大字，大字下端横行阴刻"神位"二个小字，碑文外框以浮雕如意卷草装饰。右碑宽0.33米，高0.8米，碑厚0.11米，桃尖形碑顶，碑额浮雕花卉图案，碑文竖行阴刻"通天大圣"四个楷书大字，大字下端横行阴刻"神位"两个小字，碑文外框以浮雕如意卷草花纹。两通石碑正立在高出地面0.43米的墓台上。[1]

这些介绍都配有图片，非常直观。以王益民先生博物馆馆长的身份和专业水准，介绍应是真实可信的，也应当是比较准确的。但他由这些而研究得出的结论却是有问题的，因此当时他也受到了媒体和舆论的严厉批评。他的主要问题在：

第一，"双圣庙"只是一座神庙而非墓地，因而庙中的碑刻是神位而非墓碑，而严格意义上的神位与墓碑是有重要区别的。在闽北有很多供奉通天大圣、齐天大圣的小庙，则更证明"墓碑"一说的不确切；确切的说法应该是"齐天大圣、通天大圣"的祭祀碑或祭坛。

第二，"齐天大圣"（包括"通天大圣"）的发现，既非首次也非顺昌特产。南方古来多淫祠，号称"齐天大圣"的猴精至少在宋代就已出现，我们现在看到的这些石碑、石雕，叫齐天大圣也好，叫通天大圣也好，当时都与《西游记》中孙悟空无关，它们是南方民间的一种妖猴崇拜。

第三，"齐天大圣"这个猴精家族后来通过杂剧《西游记》影响过《西游记》是不争的事实，后来的孙悟空身上有南方的血缘是不可否认的，但"齐天大

---

[1]. 王益民. 孙悟空兄弟合葬于此[J]. 炎黄纵横，2002（5）.

圣"只是构成"孙悟空"的一个部分,因此不能以偏概全说这就是孙悟空。

这里没有完全否定王益民先生功绩的意思。顺昌齐天大圣的发现,以实物证明了古代南方受道教文化影响的猴精家族的存在以及在民间的影响,王益民先生功不可没。媒体的误读也醍醐灌顶般的提醒我们:孙悟空与齐天大圣原本其实不是同一只猴!是我们自己犯了数百年的糊涂,将两只猴当成了一只猴。

现在我们就来讨论南方猴"齐天大圣"的问题,把这个问题说清楚,顺昌发现"齐天大圣"的意义就更清楚。

前已述及,胡适与鲁迅二位大师曾经有过孙悟空原型"外来说"与"本土说"的争论,这一争论持续已近百年。正如前面的剖析,"外来说"与"本土说"本无所谓对错,只不过是站在不同的角度看到了不同的东西,也就是看到了不同发展阶段取经故事所受到的不同文化源头。

从我们的"阶段影响说"的角度去看,取经故事在各个阶段所受到的文化影响的主体,是可以区分清楚的。就以杂剧《西游记》为例而言,在此之前,取经故事主要在佛教的文化环境中生长,猴行者、孙悟空都是佛教文化孕育出来的文质彬彬、神通广大、降妖伏怪的猴;但向后情况就不同了,杨景贤为我们引进了一只流氓成性、犯上作乱,但最终皈依佛法的道教猴。

这只猴来自何方?来自南方的民间。我国南方民间,自古而来就盛行淫祀民风,无论正史野史,都不乏吴、楚、闽、越"俗多淫祀""地多淫祠"的记载。所谓"淫祀",古代官方的注解是"非其所祭而祭之"(《礼记》),用现代语言的解释就是原始民间宗教中的多神崇拜,再用俗语土话说就是山精水怪都是神。从乡村百姓的撮土为庙,到大张旗鼓的祭妈祖拜黄大仙,到处都有残留的"淫祀"的痕迹;而且这些淫祀的升华,就是道教。所以道教中多神、多圣、多仙,既无编制也无标准,只要有人拜有人信,都可以成神、成圣、成仙。

古代民间"淫祀"也就是多神崇拜的对象,并不专一,既有蛇、蛙,也有猿、鳄之类,大体说来,山精树怪均可成百姓祭祀的对象。宋人洪迈《夷坚志》提到过"大江以南多山,而俗敖鬼,其神怪甚佹异,多依岩石树木为丛祠,村村

绪论

有之"。而当年大文学家韩愈在潮州祭鳄、杀鳄,作《祭鳄鱼文》,也可见民间精怪崇拜之滋生与盛行。这些山精水怪,被祭得多了,影响大了,也就会在道教中占有一席之地,称为什么大圣。道教是一个多神教,每个人都可以按照自己的意愿去拜神,而且随时可以造神,高等级的是神、是仙,普通的则称圣,猴精之类的山精水怪当然只能称为圣——大圣、小圣。其中猿猴精怪一类,逐渐成为一个系统的家族——齐天大圣家族。

由于有孙悟空原型的论战,所以关于中国古代猿猴的记录已经被大致滤出,我们只是按照需要整理便可。比如汉代《易林》中有"南山大玃,盗我媚妾。怯不敢逐,退然独宿"的记载;魏晋《抱朴子》有"猿寿五百岁,则变为玃,千岁则变为老人"的说法;《吴越春秋》有个很著名的越女袁公的故事;《搜神记》中有"猳国马化"的故事;唐代《李汤》说了个淮水水怪无支祁的故事。最著名的是初唐《补江总白猿传》中白猿的故事,那个猴精已经不是一般盗人盗色的蟊贼,其修炼出来的功夫,已入道教轨范。宋人话本《陈巡检梅岭失妻记》的基本情节,仍是从《补江总白猿传》延伸出来的,只是更复杂些。而夺人妻女入申阳洞的猴精(明瞿佑《剪灯新话》)不仅神通广大,而且也形成了一个家族,声称弟兄三人,一个是通天大圣,一个是弥天大圣,一个是齐天大圣,小妹便是泗州圣母。至此齐天大圣的名号算是打出来了,其秉性也算定型。

元杂剧《二郎神锁齐天大圣》应是这个故事的巅峰,大闹天宫的情节正是在这里展现出来的:

(齐天大圣上云)吾神乃齐天大圣是也。我与天地同生,日月并长,神通广大,变化多般。闲游洞府,赏异卉奇花;闷绕清溪,玩青松桧柏。衣飘惨雾,袖拂狂风。轻舒猿臂起春雷,举步频那轰霹雳。天下神鬼尽归降,盖世邪魔闻吾怕。吾神三人,姊妹五个。大哥通天大圣,吾神乃齐天大圣,姐姐是龟山水母,妹子铁色猕猴,兄弟是耍耍三郎。姐姐龟山水母,因水淹了泗州,损害生灵极多,被释迦如来擒拿住,锁在碧油坛中,不能翻身。我听知的太上老君,炼九转金丹,食之者延年益寿。吾神想来,我摇身一变,

71

《西游记》成书的田野考察报告

化作一个看药炉的仙童,扳倒药炉,先偷去金丹数颗,后去天厨御酒局中,再盗了仙酒数十余瓶,回到于花果山水帘洞中,大排筵会,庆赏金丹御酒,岂不乐哉!不怕天符玉帝差,吾身忿怒夯胸怀。仙酒灵丹延寿永,洞中排宴乐开怀。

请特别注意,这本杂剧与唐僧取经毫无关系,这是一个典型的神仙道化剧,是典型的道教降妖伏怪的剧本,这点非常重要,我们现在应该明白,齐天大圣的身世经历,完全是一个自行发展的系统。最后看杨景贤杂剧《西游记》:

(孙行者上云)一自开天辟地,两仪便有吾身,曾教三界费精神,四方神道怕,五岳鬼兵嗔,六合乾坤混扰,七冥北斗难分,八方世界有谁尊?九天难捕我,十万总魔君。小圣弟兄姊妹五人:大姊骊山老母,二妹巫枝祇圣母,大兄齐天大圣,小圣通天大圣,三弟耍耍三郎。喜时攀藤揽葛,怒时揽海翻江。金鼎国女子我为妻,玉皇殿琼浆咱得饮。我盗了太上老君炼就金丹,九转炼得铜筋铁骨,火眼金睛,瑜石屁眼,摆锡鸡巴。我偷得王母仙桃百颗,仙衣一套,与夫人穿着,今日作庆仙衣会也。

齐天大圣家族的成员名色稍有变化,但看得出来,齐天大圣的出身不是飞来之笔。

但是,此前学界没有人想到"齐天大圣"的自成体系,原因就是一直没有实物证明,因此也就没有可能去捅破窗户纸。顺昌大量发现的"齐天大圣"祭祀碑——其年代久远到足以排除百回本故事的影响——毫无悬念地证明了在南方的民间崇拜中确实有一种猴精家族的存在,他们有自己的文化源头,有自己的系列故事。

现在我们终于明白,杂剧《西游记》里的齐天大圣孙悟空,其实由两只来源完全不同的猴构成。

叫孙悟空的猴,伴随着原始的取经故事出现,开始叫猴行者,然后叫孙悟空、孙行者,是佛教文化的延伸物,应该可以称为是一个"外来猴",前面我们提到的猴都是他,取经途中伏妖降怪,包括降伏猪悟能、沙悟净的也是他。

绪论

而杂剧《西游记》里新引进的，大闹天宫的猴叫齐天大圣，是中国文化中土生土长的一只妖猴。这个本土猴家族早已形成，早已生成了有明显道教色彩的盗仙桃、盗金丹之类的大闹天宫的故事，但此前和孙悟空、与唐僧取经毫不相干。

我们现在还应该注意以下几个不争的事实：

一个事实是，根据目前所知的资料看，取经故事题名《西游记》也就是第一次使用"西游记"的名称，是从杨景贤的杂剧开始的。此前无论是记述性的《大唐西域记》、传记性的《大慈恩寺三藏法师传》，还是俗讲《大唐三藏取经记》、队戏《唐僧西天取经》，包括元代前期吴昌龄的杂剧《唐三藏西天取经》，从来都没有出现"西游"这个词。而从杂剧《西游记》出现以后，所有故事全部以"西游"题名，如《永乐大典》和《朴通事谚解》中的平话片段都径称《西游记》，朱本、杨本也分别称《西游释厄传》和《西游记传》。

又一个不争的事实是，取经故事到杂剧《西游记》之前，基本没有包含道教的内容，或者说所有实质性的故事均没有道教的色彩。而杂剧《西游记》从宗教色彩上说，已经是"城头变幻大王旗"，原本的佛教题材已经被罩上一层厚厚的道教色。如"西游"即是道教用语，从老前辈庄子的《逍遥游》开始，到魏晋的游仙诗，再到唐代的游仙枕，等等，道教（家）对这个"游"赋予了一种似乎可意会而不可言传的特殊意义。在杂剧中用"西游"代替"西天取经"，其实仔细想想正是暗损他人、偷天换日的一着妙棋。

这些事实归结为一点结论，即杂剧所演绎的取经故事，已经由道教作了脱胎换骨的改造。

谁是始作俑者？我们暂且认为是杂剧《西游记》的作者。是他——一位道教中的文人，看中了唐僧取经故事，将其从比较庞杂原始的队戏状态改造成六本的杂剧。在这过程中，他做了三件对我们来说有意义的事，一是灵机一动，嫁接了齐天大圣与孙悟空；二是顺手牵羊，塞进了江流儿和猪八戒；三是偷天换日，将"取经"换成了"西游"。从此，取经故事的口味有点不同了。

我们不难判定这次合并的革命性意义。原本佛教的题材为道教所接受，这是取经故事最终走向世俗化的标志，在元明时期俗文化兴旺发达的社会条件下，这无异

于打开了与社会最广泛接触的大门，取经故事的大量增殖指日可待；其次，两个猴系统的故事互相补充，形成了明确的杂交优势，给取经故事增加了若干风生水起、鹜落霞飞的精彩故事——比如"大闹天宫"，本土文化正是它的活水之源。

在杂剧《西游记》之外，新近几年在日本发现的元人《唐僧取经图册》也值得一说。前已介绍，这个画册的三十二个页面，描绘了同一个故事系统里的三十二个取经故事，令人惊讶而奇怪的是，这个故事系统与我们所知大有不同——不管是依据原题签，还是依据日本研究者的初步推测，这些取经图的内容显然和我们所知的取经故事有相当大的差距；无论以杂剧《西游记》还是以下面将要介绍的宝卷、平话，还是以吴承恩的百回本章回小说《西游记》与之对照，我们都发现了以前闻所未闻的取经故事内容，非常肯定地说明了在元代之前，取经故事还有不同的体系存在。

这很重要。这是一个全新的课题，有待我们去探讨。

语体转换的取经故事——以平话《西游记》为代表

在元代，取经故事事实上还有另一种形态存在，即平话《西游记》——也就是一种依赖口语传播的白话语体取经故事，它在民间传播得很广泛也很活跃，故事很精彩，也更可能是后来吴承恩直接依据的底本。

平话《西游记》和杂剧《西游记》之间是否有什么传承关系，我们并不清楚，我们只是根据两个原则划分出了这个阶段并确定了它的排序：

第一，假定杂剧《西游记》第一次革命性地使用"西游记"这个名称，在这个前提下，我们把所有使用"西游记"的都视为是衍生产品。

第二，假定平话是一种比杂剧更为世俗化的形态，在这个前提下，我们认为平话性质的《西游记》乃是杂剧的下一代产品。

绪论

强调一下,这仅仅是把它们单列为又一个阶段以示有所区别的假设理由,其实是不是杂剧《西游记》第一次使用了"西游记",平话是不是就一定比杂剧更通俗,现在还没有得到证实,也许恰恰相反。

《永乐大典》送字韵、梦字类中有一则文字,讲述了与百回本《西游记》非常接近的一段取经故事,现录其部分如下:

《西游记》 长安城西南上,有一条河,唤作泾河。贞观十三年,河边有两个渔翁,一个唤张梢,一个唤李定。张梢与李定道:"长安西门里,有个卦铺,唤神言山人。我每日与那先生鲤鱼一尾,他便指教下网方位,依随着百下百着。"李定曰:"我来日也问先生则个。"这二人正说之间,怎想水里有个巡水夜叉,听得二人所言,"我报与龙王去。"……老龙感谢,拜辞先生回也。

玉帝差魏征斩龙 天色已晚,唐王宫中睡思半酣,神魂出殿,步月闲行。只见西南上有一片黑云落地,降下一个老龙,当前跪拜……。魏征曰:"陛下不问,臣不敢言。泾河龙违天获罪,奉玉帝圣旨,令臣斩之。臣若不从,臣罪与龙无异矣。臣适来合眼一霎,斩了此龙。"正唤作魏征梦斩泾河龙。唐皇曰:"本欲救之,岂期有此。"遂罢棋。

从字面上做最基本的判断,这则资料有两点可以注意:

第一,由于《永乐大典》许多条目下采用摘录的方式,因此一般会注出原文出处。由此而观之,篇首《西游记》三字应是原书的书名无疑;

第二,孙楷第先生曾说"此书语意大类话本",确是的当之言。其中突兀插入的"玉帝差魏征斩龙"和末尾的"正唤作'魏征梦斩泾河龙'",应是说话的段落标志。

而《永乐大典》自身就是时间坐标,它告诉我们,至迟在明初已经有了话本或类似形态的《西游记》取经故事。我们习惯上将其称为平话《西游记》。

能够证明平话《西游记》元末明初已经存在的另一个证据出现在一本朝鲜人的著作里。1959年日本学者太田辰夫在《神户大学学报》上发表了《〈朴通事谚解〉所引〈西游记〉考》一文，提出在吴承恩《西游记》之前还有一个平话性质的《西游记》。赵景深先生不久后于1961年撰文说中国在1949年之后影印过这本《朴通事谚解》，北京大学还作了索引，然后赵先生将《朴通事谚解》所记录的几段平话一一做了介绍；随后1962年出版的中国社科院文学所编写的《中国文学史》在论述《西游记》的成书过程时也引用了这几段残文。[1]

《朴通事谚解》中保留《西游记》研究资料的原委是这样的：相当于中国元代时的朝鲜，出现了一本帮助朝鲜人学汉语的会话教科书《朴通事》。这本书是一位自称翻译官的老朴所著的教材，使用汉语原文为课文，摘抄了不少当时的流行文字和生活语汇，所以对于今天的中国元代社会研究等颇有参考价值。《朴通事》至迟在元末明初已经出现，因为朝鲜的史料在相当于中国明代永乐年间时已经提到这本教材。稍后，明代正统年间（1436—1449）朝鲜颁布"谚文"，也就是朝鲜的拼音文字，再到相当于中国的嘉靖前期的时候，一位叫崔士珍的人（1506—1544）对《朴通事》作了注疏，在原来汉文的下面加注谚文对音、义训，书名也就改称《朴通事谚解》。这本书已经亡佚，我们现在所看到的是清代康熙年间（1662—1722）由边暹、朴正华等人根据《老朴辑览》重新补订的本子，所以在作者的位置有时也写"边暹"二字。[2]

其中关于《西游记平话》的文字是以摘录的形式出现的（括号均为原文所有）：

"长老的佛像铸了么？"

"铸了三尊佛，我待要上金来，前日三更前后贼入来，把我二三年布施

---

1. 赵景深. 谈西游记平话残文[J]. 北京：文汇报，1961.7.8.
2. 杨栋. 元曲研究失落的两部珍贵域外文献[J]. 人民大学复印资料.中国古代、近代文学研究，2001（6）.112-115；胡明扬. 老乞大谚解和朴通事谚解中所见的汉语、朝鲜语对音[J]. 中国语文，1963（3）.185-192.

绪论

的金银钞锭，都偷将去了。没计奈何，我如今又往江南地面里布施去。一来是十分命不快，告诸佛菩萨，愿满之日死时也不愁。"

"罢罢，师傅善因不灭。你休生怠慢心，沿路上用心好去着。往常唐三藏师傅（三藏，俗姓陈，名伟，洛州缑氏县人也，号玄奘法师。贞观三年，奉敕往西域取经六百卷而来，仍呼为三藏法师。三藏：经一藏，律一藏，论一藏。曰修多罗，即阿难圣众结集为经；曰毗奈耶，一曰毗尼，即优波尊者结集为律；曰阿毗昙，即大菩萨衍而为论。藏即包含摄持之义。非藏无以积钱财，非藏无以蕴文义，谓摄一切所应知义，无令分散，故名为藏也。）西天取经去时节，（《西游记》云："昔释迦牟尼佛，在西天灵山雷音寺，撰成经、律、论三藏金经，须送东土，解度群迷。问诸菩萨往东土寻取经人来。乃以西天去东土十万八千里之程，妖怪又多，诸众不敢轻诺。唯南海落迦山观世音菩萨，腾云驾雾，往东土去。遥见长安京兆府一道瑞气冲天，观世音化作老僧入城。此时唐太宗聚天下僧尼，设无遮大会，因众僧举一高僧为坛主说法，即玄奘法师也。老僧见法师曰：'西天释迦造经三藏，以待取经之人。'法师曰：'既有程途，须有到时。西天虽远，我发大愿，当往取来。'老僧言讫，腾空而去。帝知观音化身，即敕法师往西天取经。法师奉敕，六年东还。"）十万八千里程，正是瘦禽也飞不到，壮马也实劳蹄。这般远田地里，经多少风寒暑湿，受多少日炙风吹，过多少恶山险水难路，见多少怪物妖精侵他，撞多少猛虎毒虫定害，逢多少恶物刁蹶。（《音义》云："刁，难也；蹶，颠仆而不能行也。"今按法师往西天时，初到师陀国界，遇猛虎毒蛇之害，次遇黑熊精、黄风怪、地涌夫人、蜘蛛精、狮子怪、多目怪、红孩儿怪，几死仅免。又过棘钩洞、火炎山、薄屎洞、女人国及诸恶山险水，怪害患苦，不知其几。此所谓刁蹶也。详见《西游记》。）正是好人魔障多，行六年受多少千辛万苦，到西天取将经来，度脱众生各得成佛。师傅你也休忙，慢慢到江南沿门布施去。愿满成就着，久后你也得证果金身。"（今按：证，应也，得也。果，果报也。金身者，《佛三十二相》云："身，真金也。"言果报者，《观经疏》云："行真实法，感得胜

77

报也。"又修善得善果,作恶得恶报,谓之果报。又生时所作善恶谓之因,他日报应谓之果。谓证果者,如三藏法师取经东还,化为栴檀佛如来。详见下。)

"我两个部前买文书去来。"

"买甚么文书去?"

"买《赵太祖飞龙记》《唐三藏西游记》去。"(《西游记》:三藏法师往西域取经六百卷而来,记其往来始末为书,名曰《西游记》。详见上。)

"买时买四书、六经也好。既读孔圣之书,必达周公之理。要怎么那一等平话?"

"《西游记》热闹,闷时节好看,有唐三藏引孙行者,(孙行者:行者,僧未经关给度牒者,谓之僧行,亦曰行者。《西游记》云:'西域有花果山,山下有水帘洞,洞前有铁板桥,桥下有万丈涧,涧边有万个小洞。洞里多猴,有老猴精,号齐天大圣。神通广大,入天宫仙桃园偷蟠桃,又偷老君灵丹药,又去王母宫偷王母绣仙衣一套,来设庆仙衣会。老君、王母具奏玉帝,传宣李天王引领天兵十万及诸神将,至花果山与大圣相战失利,巡天十力鬼上告天王,举灌州灌江口神曰小圣二郎,可使拿获。天王遣太子木叉与大力鬼往请二郎神,领神兵围花果山。众猴出战,皆败,大圣被执当死。观音上请于玉帝,免死;令巨灵神押大圣前往下方去,乃于花果山石缝内纳身,下截画如来押字封着。使山神、土地镇守,饥食铁丸,渴饮铜汁。待我往东土寻取经之人,经过此山,观大圣肯随往西天,则此时可放。其后,唐太宗敕玄奘法师往西天取经,路经此山,见此猴精压在石缝,去其佛押出之。以为徒弟,赐法名吾空,改号为孙行者,与沙和尚及黑猪精朱八戒偕往。在路降妖去怪,救师脱难,皆是孙行者神通之力也。法师到西天受经三藏东还,法师证果栴檀佛如来,孙行者证果大力王菩萨,朱八戒证果香华会上净坛使者。'")

"到车迟国,和伯眼大仙斗圣的你知道么?你说我听。"

绪论

"唐僧往西天取经去时节,到一个城子,唤做车迟国。那国王好善,恭敬佛法。国中有一个先生,唤伯眼,外名唤烧金子道人。(《西游记》云:"有一个先生到车迟国,吹口气,以砖瓦皆化为金,惊动国王,拜为国师,号伯眼大仙。")见国王敬佛法,便使黑心,要灭佛教。但见和尚,拿着曳车解锯,起盖三清大殿,如此定害三宝。一日,先生们做罗天大醮,唐僧师徒二人,正到城里智海禅寺投宿,听的道人们祭星,孙行者,师傅上说知,到罗天大醮坛场上藏身,夺吃了祭星茶果,却把伯眼打了一铁棒。小先生到前面叫点灯,又打了一铁棒。伯眼道:'这秃厮好没道理!'便焦燥起来,到国王前面告未毕,唐僧也引徒弟去到王所,王请唐僧上殿,见大仙打罢问讯,先生也稽首回礼。先生对唐僧道:'咱两个冤仇不小可里。'三藏道:'贫僧是东土人,不曾认的,你有何冤仇?'大仙睁开双眼道:'你教徒弟,坏了我罗天大醮,更打了我两铁棒。这的不是大仇?咱两个对君王面前斗圣,那一个输了时,强的上拜为师傅。'唐僧道:'那般着?'伯眼道:'起头坐静,第二柜中猜物,第三滚油洗澡,第四割头再接。'说罢,打一声钟响,各上禅床坐定,分毫不动,但动的便算输。大仙徒弟名鹿皮,拔下一根头发,变做狗蚤,唐僧耳门后咬,要动弹,孙行者是个胡孙,见那狗蚤,便拿下来磕死了。他却拔下一根毛衣,变做假行者,靠师傅立的。他走到金水河里,和将一块青泥来,大仙鼻凹里放了,变做青母蝎,脊背上咬一口,大仙叫一声,跳下床来。王道:'唐僧得胜了。'又叫两个宫娥,抬过一个红漆柜子来,前面放下,两个猜里面有甚么。皇后暗使一个宫娥,说与先生,柜中有一颗桃。孙行者变做个焦苗虫儿,飞入柜中,把桃肉都吃了,只留下桃核出来,说与师傅。王说:'今番着唐僧先猜。'三藏说:'是一个桃核。'皇后大笑:'猜不着了!'大仙说:'是一颗桃。'着将军开柜看,却是桃核,先生又输了。鹿皮对大仙说:'咱如今烧起油锅,入去洗澡。'鹿皮先脱下衣服,入锅里。王喝采的其间。孙行者念一声'唵'字,山神、土地、神鬼都来了。行者教千里眼、顺风耳等两个鬼,油锅两边看着,先生待要出来,拿着肩膀摁在里面。鹿皮热当不的,脚踏锅边待要出

来，被鬼们当住出不来，就油里死了。王见多时不出时，'莫不死了么？'教将军看。将军使金钩子，捞出个烂骨头的先生。孙行者说：'我如今入去洗澡。'脱了衣裳，打一个跟斗，跳入油中。才待洗澡，却早不见了。王说：'将军，你搭去，行者敢死了也。'将军用钩子搭去，行者变做五寸来大的胡孙，左边搭右边躲，右边搭左边去，百般搭不着。将军奏道：'行者油煎的肉都没了。'唐僧见了啼哭。行者听了跳出来，叫：'大王，有肥皂么？与我洗头。'众人喝采，佛家赢了也。孙行者把他的头，先割下来，血沥沥的腔子立地，头落在地上。行者用手把头提起，接在脖项上依旧了。伯眼大仙也割下头来，待要接，行者念'金头揭地，银头揭地，波罗僧揭地'之后，（《西游记》云："释迦牟尼佛在灵山雷音寺，演说三乘教法，傍有侍奉阿难、伽舍诸菩萨、圣僧罗汉、八金刚、四揭地、十代明王、天仙地仙。"观此，则"揭地"神名，然未详何神。）变做大黑狗，把先生的头拖将去。先生变做老虎赶，行者直拖的王前面飏了，不见了狗，也不见了虎，只落下一个虎头。赐唐僧金钱三百贯，金钵盂一个。赐行者金钱三百贯打发了。这孙行者正是的，那伯眼大仙，那里想胡孙手里死了。古人道：'杀人一万，自损三千。'"国王道：'元来是一个虎精。不是师傅，怎生拿出他本像。'说罢，越敬佛门。

"宋舍看春去来。"

"我不去，其实怕看去，我从来不曾看。"

"你休强不要去。"

"你自听我说，强如亲自看。那牛厂里，塑一个象一般大的春牛……一个塑的小童子，叫做芒儿……立地赶牛。顺天府官、司天台官众官人们，街上两行摆着行，前面动细乐大乐吹角。第二，一个十分可喜的衒衒，妆二郎爷爷。（二郎，神名。爷爷，尊敬之称。今辽东城内有二郎神庙。按《西游记》："西域花果山洞有猴精，号齐天大圣，神变无测，闹乱天宫。玉帝命李天王领神兵往捕，相战失利。灌州灌江口立庙有神，曰小圣二郎，又号二郎贤圣。天王请二郎捕获大圣，即此庙额曰：'昭惠灵显真君之庙'。"

绪论

然未知何神。打春之日,取此塑像,盖亦未详。又见孙行者注下。《宣和遗事》云:宣和七年十二月,有神降,坤宁殿修保观,观者乃二郎神也。都人素畏之。)身穿黄袍,腰系白玉带,头戴幞头,脚穿朝云靴,手拿结线鞭,骑坐白马珠鞍,一个小鬼拿着大红罗伞,马前马后跟着的大小鬼卒,不知其数……这般摆队行,……这般闹起来,打的打、躔的躔。这般战场里,干无来由做甚么去?常言道:'好儿不看春,好女不看灯'"

由以上两种残文透露的信息看,平话《西游记》在元末明初时的存在,已经没有太大的疑问,只可惜飞龙在天,仅仅留下几片甲麟,我们还不能完整地窥见其全貌。

还有一种可以证明平话形态取经故事确实存在的资料,是研究者也很重视的《销释真空宝卷》,其中也谈到了《西游记》的取经故事,实际上可以认为它是平话《西游记》的一份情节梗概:

> 唐圣主,烧宝香,三参九转。祝香停,排鸾驾,送离金门。将领定,孙行者,齐天大圣。猪八界,沙和尚,四圣随跟。正遇着,火焰山,黑松林过。见妖精,和鬼怪,魍魉成群。罗刹女,铁扇子,降下甘露。流沙河,红孩儿,地涌夫人。牛魔王,蜘蛛精,设入洞。南海里,观世音,救出唐僧。说师父,好佛法,神通广大。谁敢去,佛国里,去取真经?灭法国,显神通,僧道斗圣。勇师力,降邪魔,披剃为僧。兜率天,弥勒佛,愿听法旨。极乐国,火龙驹,白马驮经。从东土,到西天,十万余里。戏世洞,女人国,匿了唐僧。到西天,望圣人,殷勤礼拜。告我佛,发慈悲,开大沙门。开宝藏,取真经,三乘教典。暂时间,一刹那,离了雷音。取真经,回东土,得见帝王。[1]

---

1. 郑振铎. 什么叫做变文?和后来的宝卷、诸宫调、弹词、鼓词等文体有怎样的关系[C]. 郑振铎古典文学论文集:上 上海. 上海古籍出版社,1984,490.

由于它也是以通俗语体出现，因此通常都认为它与平话《西游记》有同源或者近亲关系。

这部《销释真空宝卷》的篇幅不长，但很重要，因为它罗列了当时唐僧取经故事的主要情节，相当于一份专门的情节梗概。那么，它又是何时形成的呢？

宝卷主要流行在佛门和佛教信众之中，算是一种宣讲佛教教理教义的通俗方式，其功用与变文相似，其形式也被认为与变文有密切关系。郑振铎曾有一篇短文谈宝卷与变文的关系，除了说宝卷是变文的长房子孙外，还说到"初以为宝卷是很近代的东西的假设是完全被破坏了。虽然宋版的宝卷尚未被发现，然元代写本的《目连救母出离地狱升天宝卷》一册已足以证明宝卷的生命力是紧接变文的"。《销释真空宝卷》在20世纪初与元代西夏文藏经一起被发现，因此最初它本身形成的时间颇费猜详，郑振铎以为当是元代遗物，胡适却认为此卷是明朝甚至是晚明的写本。我最初的意见是：这本《销释真空宝卷》不可能是元代的，因为在这个故事中，孙悟空已经被叫作"齐天大圣"，以上我们仔细分析过，"齐天大圣"应该是在杂剧《西游记》形成的元末明初被引进了取经故事，带有"齐天大圣"标志的取经故事应该不会早于那个时期，或者至少不会早得太多；但这个宝卷也不会形成于吴承恩《西游记》之后，因为被证实或被公认带有明代文化背景，带有吴承恩个人气息的故事如朱紫国、玉华县、比丘国、木仙庵、神狂诛草寇、真假美猴王等都还没有出现。所以我认为应当是明前期的东西，与平话《西游记》大约是同期，也可能同源。后来我们从马西沙、韩秉方先生的《中国民间宗教史》找到了一些能够弄明白《销释真空宝卷》的材料，原来它是明代民间宗教罗教的经卷。

罗教，又称无为教、罗祖教，是明代中后期诞生而对明清民间各教各派都产生过深巨影响的一种民间宗教。创始人罗梦鸿（1442—1527），主要活动在弘治、正德间（1488—1521）。罗教的经典称"五部六册宝卷"，形成于正德四年（1509），其中的《叹世无为卷》《巍巍不动泰山深根结果宝卷》等都提到了唐僧取经故事。据《中国民间宗教史》第五章介绍，罗教"实质是一种释、道、儒三教融合或杂糅的产物，而以佛教的色彩较为突出"，它"把三教玄妙的哲学思

想世俗化，转化为老百姓容易接受的道理，然后用一种群众喜闻乐见的宗教文学形式——宝卷——表达出来"。罗教讲究悟道明心，成佛成祖，到达"真空妙有"的境界。"真空"是罗教常用的一个术语，有时指世界本源，要求信徒体悟出"我是真空"的境界；有时又将冥冥之中无所不在的真空拟人化为"老真空"，他们的宝卷中有《销释真空扫心宝卷》（简称《真空宝卷》）、《销释童子保命宝卷》、《销释印空世纪宝卷》等，其中都提到了"真空""老真空"。

罗教的很多经典都喜欢用唐僧取经的故事为譬喻，除前面提到的《销释真空宝卷》之外，还有如"五部六册宝卷"宝卷中的《叹世无为卷》：

  三藏师，取真经，多亏护法。孙行者，护唐僧，取了真经。
  三藏师，取真经，多亏护法。猪八戒，护唐僧，度脱众生。
  唐三藏，取真经，多亏护法。沙和尚，护唐僧，取了真经。
  老唐僧，取真经，多亏护法。火龙驹，护唐僧，取了真经。
  三藏师，度众生，成佛去了。功德佛，成佛位，即是唐僧。
  孙行者，护佛法，成佛去了。他如今，佛国里，掌教世尊。
  猪八戒，护佛法，成佛去了。他如今，现世佛，执掌乾坤。
  沙和尚，做佛法，成佛去了。他如今，在佛国，七宝金身。
  火龙驹，护唐僧，成佛去了。他如今，佛国里，不坏金身。

又如同为"五部六册宝卷"的《巍巍不动泰山深根结果经》：

  皇天护法重恩，久后脱化净土西天，……
  圣者朱八界、沙和尚、白马做护持
  度脱众生，护法都成佛去了。

这些宝卷都是罗教早期的经，形成于弘治后期，首次刊刻于正德四年（1509）。

根据这个线索，我们可以找到后来百回本《西游记》中为何会出现心猿、意马、金公、木母之类金丹道术语的原因。这在《西游记》的版本演化中也是重要问题，但因与我们的本次考察关系较小，因此有关论述不作展开，有需要可参见

《〈西游记〉的诞生》。

文化定型的取经故事——以百回本小说《西游记》为基准

唐僧取经故事从玄奘法师西行的本事的最初发酵开始，经过九百多年的演进，最后破茧化蝶，经吴承恩之手定型于百回本通俗小说。

从文本的角度看，吴承恩是一位才华惊天的终极写定者。他超越了曾经有过的或者今后可能出现的形形色色的故事创造者，封了他们的手，堵了他们的嘴，断绝了他们一切染指取经故事的念头——事实就是，吴承恩之后，所有不甘寂寞者都只能做一些"后""续""补"的文章，却再也没有人敢在百回本之外另起炉灶。

从文学的角度看，吴承恩是重铸取经故事灵魂的创造者。最初诞生的零星取经故事，接受了玄奘法师本事的先天禀赋，带有强烈的进取精神，这是它能够进化的根本原因；这些故事又饱受岁月浸润，包藏了丰富的文化、政治、道德等诸多信息，这是它进化的潜在价值；但取经故事原本毕竟只依托于宗教，心境不宽，因此可行之路不远。是吴承恩以儒学精神融汇释道以立德，以明确的是非善恶标准以立言，赋予了《西游记》更广义的文化精神，更明确的社会道义，而造就了一部历久不衰的人文经典。

解读《西游记》的价值在一定意义上就是解读吴承恩。其中最基础的工作就是确认吴承恩的身份与确定他究竟做了哪些。郑振铎在《〈西游记〉的演化》中也曾说过一段经典的话：

惟那么古拙的《西游记》被吴承恩改造得那么神骏丰腴，逸趣横生，几乎另成了一部新作，其功力的壮健，文采的秀丽，言谈的幽默，确远在罗氏改作

绪论

《三国志演义》，冯氏改作《列国志传》以上。只要把《永乐大典》本的那条残文和吴氏改本第九回一对读，我们便知道吴氏的功力是如何的艰巨。

这是他的意见，非常正确，但限于当时的研究水平，他并没有确认吴承恩创造了哪些故事，改造了哪些故事。

现在的条件应该说比前贤要优越得多，尤其是队戏《唐僧西天取经》角色排场单的发现，使我们已经能够整理出一条比较完整的取经故事的演进线路，我们不妨试试完成前贤事实上已经提出的课题：考量吴承恩。

考量之一：吴承恩的作者身份确定吗？确定！

20世纪二三十年代，鲁迅根据前辈学人的零星记载和有关文献，第一次在现代意义上的小说研究专著《中国小说史略》中，提出了《西游记》作者为淮安人吴承恩的观点——尽管此之前已有人涉及，但我觉得真正的研究还是起步于这里。稍后胡适、董作宾和郑振铎、赵景深等人也开始了对吴承恩的研究，赵景深还于1936年首次撰成《西游记作者吴承恩年谱》，至此原本在清代学人笔下尚且模糊的吴承恩的轮廓逐渐被勾勒出来。这一时期研究的重点，主要仍在吴承恩其人其事，原因大约因为资料的积累还不足以支撑更多的扩展。但特别值得一提的是，刘修业先生从故宫馆藏中抄出了《射阳先生存稿》，这份珍贵的资料50年代由古籍出版社出版，定名为《吴承恩诗文集》，这为后来吴承恩《西游记》研究的飞跃打下了坚实的基础。

80年代初，吴承恩研究有了明显的进展和变化。苏兴先生的《吴承恩年谱》《吴承恩小传》相继出版，加之发现了很多有关吴承恩的重要资料，终于促成1982年以吴承恩逝世四百周年的名义，在其故乡淮安召开了首届全国《西游记》学术讨论会。这一阶段的研究，不仅使得吴承恩的形象被描绘得更为清楚，而且吴承恩与《西游记》的关系开始占据重要位置，诸如吴承恩何时何地写成《西游记》，吴承恩身世、经历以及他的性格、思想与《西游记》的关系，《西游记》题材来源与地域文化氛围等重要问题都有了初步成果。

随着研究的深入和研究者对资料越来越精细的剖析，作为吴承恩与《西游

记》之间联系桥梁的一些重要资料尚有一定模糊性的缺陷开始暴露出来。1983年章培恒先生撰文提出怀疑,认为明清史料著录的吴承恩的《西游记》,并不能指实为是一本通俗小说,而很可能属于地理游记,写定通俗小说亦即百回本《西游记》的也许另有其人。这一说虽然出现在章先生的笔下,但却代表了一批研究者郁结在心中的疑虑,所以一经提出,即刻便引起广泛关注,争论陆续延续到90年代,逐步形成了"挺吴"与"疑吴"两种鲜明的观点。

疑吴的观点主要体现在:章培恒《百回本〈西游记〉是否吴承恩所作》,《社会科学战线》1983年第4期;《再论百回本〈西游记〉是否吴承恩所作》,《复旦学报》1986年第1期;杨秉琪《章回小说〈西游记〉疑非吴承恩所作》、《内蒙古师大学报》1985年第2期;进入90年代后有李安纲《吴承恩不是〈西游记〉的作者》,《山西大学学报》1995年第3期;《再论吴承恩不是〈西游记〉的作者》,《唐都学刊》2004年第4期等。1986年,坚定的"挺吴"派、已故苏兴先生以《介绍、简评国外及我国台湾学术界对〈西游记〉作者问题的论述》一文对海外的否定意见作了比较全面的介绍。

疑吴的观点归纳起来主要有以下几条:

第一,《淮安府志》在著录"吴承恩……《西游记》"时,并未注明这里的《西游记》多少卷多少回,是一部什么性质的著作,所以便有同名异书的可能,《西游记》未必就是通俗小说;

第二,旧例方志一般不录通俗小说,这也间接说明吴承恩的《西游记》可能不是通俗小说;

第三,吴承恩"所著杂记数种,名震一时",但这"杂记"也不一定就是通俗小说,将通俗小说称为"杂记"少见;

第四,与吴承恩直接接触过的同时代人或稍晚的李维桢、吴国荣、陈文烛、丘度等人对吴承恩的诗文均有评论,但均未提及《西游记》;

第五,《西游记》有可能是《西湖记》之笔误;

第六,清初黄虞稷在《千顷堂书目》中将"吴承恩《西游记》"纳入"舆地类",表明吴承恩的《西游记》很可能与小说《西游记》不是同一回事。

绪论

挺吴的主要观点体现在：苏兴《也谈百回本〈西游记〉是否为吴承恩所作》，《社会科学战线》1985年第1期；苏兴《吴承恩年谱》《吴承恩小传》；谢巍《百回本〈西游记〉作者研究》，《中华文史论丛》1985年第4期；谢巍《百回本〈西游记〉作者又研究》，淮安市"西游记研究会"编辑《西游记研究》第2辑，1988年；蔡铁鹰《关于百回本〈西游记〉作者之争的思考与辩证》，《明清小说研究》1990年第3、4期合刊；刘怀玉及淮阴师院颜景常等多位先生的方言研究；刘振农《"八公之徒"斯人考》，《中国人民警官大学学报》1995年第2期；《再论〈西游记〉的作者与性质》，《中国人民警官大学学报》1997年第1期；蔡铁鹰《〈西游记〉作者确为吴承恩辨》，《晋阳学刊》1997年第2期等。

挺吴的主要证据是天启《淮安府志》的著录："近代文苑：吴承恩，性敏而多慧，博极群书，为诗文下笔立成，清雅流丽，有秦少游之风。复善谐剧，所著杂记几种，名震一时。数奇，竟以明经授县贰，未久，耻折腰，遂拂袖而归，放浪诗酒，卒。有文集存于家，丘少司徒汇而刻之。淮贤文目：吴承恩：《射阳集》四册□卷、《春秋列传序》《西游记》。"以及此后资料如康熙《淮安府志》、吴国荣的《射阳先生存稿跋》、吴玉搢《山阳志遗》，等等。挺吴者认为，从天启《淮安府志》开始的证据链应该说已经具有相当的说服力：先是《淮安府志》作了记载；然后是所有的人予以认同并补充了证据——的确是"所有人"，我们至今没有发现一位古人有过怀疑；再就是针对吴承恩"性敏多慧""博极群书""复善谐剧"这些特点和"记中多吾乡方言"，与《西游记》作者所应具备的条件非常相符。

我在《〈西游记〉的诞生》中已经详细地列举了双方的理由，此处不再赘述。重要的是，进入21世纪以来的十多年中，反对吴承恩的声音已经非常微弱，且都是老调重弹，已经构不成学术上的质疑。这主要是得益于吴承恩生平研究的进展，以及由此而形成的新的证据链——

这条证据链的一端是最早的百回本《西游记》金陵世德堂本前面所附的陈元之《序》，其中提到《西游记》底稿的来源："《西游记》一书，不知其何人所为。或曰出今天潢何侯王之国，或曰出八公之徒，或曰出王自制。"另一端则

是附在吴承恩《射阳先生存稿》之后的一篇跋文——吴国荣的《射阳先生存稿跋》，作者号称是吴承恩的"通家晚生"，其所言吴承恩事迹公认最细致也最可靠，其中提到吴承恩晚年在长兴任职之后"有荆府纪善之补"，后又在淮安发现吴承恩棺头版上刻有"荆府纪善"字样，也证实了这一任命的实际存在。

研究的进展主要体现在这条证据链中若干节点得到确认，从而连接了两端。

第一个已经被确认的节点：吴承恩长兴任职的时间。

已故苏兴先生在《吴承恩年谱》中根据地方文献记载的缺项和吴承恩与李春芳的交往，考出吴承恩任职长兴的时间应该在嘉靖四十五年（1566）。本次考察我们也将杭州、长兴列为一站，根据吴承恩在此期间留下的若干篇诗文寻访了一些旧址遗迹，算是对吴承恩嘉靖四十五年任职长兴县丞的一种证实，也算是表达了对苏兴先生的一点敬意。详情见后。

第二个可以被确认的节点：吴承恩长兴下狱的原因。

苏兴先生认为，地方文献记载中因为贪赃下狱的县丞应该就是吴承恩。这是正确的，但他只推测这件事与归有光在长兴的粮长制度改革有关，细节却语焉不详。这中间的空白导致后来很多二手描述都说归有光、吴承恩张扬正气，为民请命，在长兴任上并肩作战，抗击劣绅，最后因黑恶势力的强大归有光被外调，吴承恩蒙冤下狱。这种描述其实是不太符合事实的。为了解开吴承恩是否到任荆府纪善的问题，这几年我们仔细翻检了归有光的《震川先生集》以及与明朝粮长制度、漕粮转运制度的有关文献，终于大致弄清了归有光为了粮长的设立与上司龃龉的前后因果，以及吴承恩蒙冤的真正根源所在。大致说来就是因归有光竭力为小民请命坚持粮长制，抵制浙江普遍推行的里递制而得罪上司；后来在他嘉靖元年年底入京朝觐时，浙江巡抚和湖州知府派来的代理摄令，尽行废除归有光的征粮安排出了一口恶气，但却因此延误漕粮转运的限期；为了规避责任，摄令主动向湖州府认罪，担了个贪赃的轻罪，而身为县丞负责征粮的吴承恩也只有一起认贪赃罪以避祸。[1]

---

1. 蔡铁鹰. 归有光、吴承恩狱案及其背后的文学纠葛[J]. 社会科学探索，2011（2）.

绪论

第三个能够推定的节点：吴承恩脱出狱案并补荆府纪善的时间。

吴承恩如何脱出狱案并于何时得到补授荆府纪善的名誉补偿，是一个顺理成章要查清的问题。苏兴先生最初根据吴承恩的一篇应酬文章《赠邑侯汤宾喻入觐障词》，认为吴承恩在隆庆二年（1568）年中已经出现在淮安，因此他应该是借助李春芳的帮助很快就脱出狱案得到荆府纪善的名誉补偿，然后拂袖而去回到了家乡，并没有去湖北的荆王府实际到任。这一说的实际影响很大，否吴者往往都借助于这一假说，试图淡化吴承恩与荆王府的关系，并进一步否定上述从世德堂本陈元之《序》中三个"或曰"延伸而来的证据链。后来证明苏先生对上述障词有误读，吴承恩自从嘉靖四十五年离开淮安赴长兴上任之后再次出现在淮安的时间最早是隆庆四年（1570）七月。这样问题就很明显了：在隆庆元年年底至四年七月之间，吴承恩肯定不在淮安，也不在浙江。

这段时间里，嘉靖四十五年至隆庆元年十月吴承恩是在长兴任职的，元年年底下狱，这没有太大的问题。但他到底坐了多长时间的牢房，又在何时出狱何时补授为荆府纪善，最后是否实际到任，这么长的时间内为何无声无息？鉴于这个问题极为重要，我在近几年中，集中精力探讨了这个问题，得出了与苏兴先生完全不同的结论。

第一，吴承恩下狱的时间是在隆庆元年十二月，这是确定的，因为根据归有光的记载，此事十二月底前已经传至京城；而吴承恩在两年半之后才在淮安出现，这也是确定的。这期间有两年半的时间，吴承恩不可能呆在长兴的大牢里。

第二，吴承恩得助于李春芳迅速解脱狱案，应该也是确定的。吴承恩赴长兴任职，是一年多前李春芳任礼部尚书或吏部尚书时运作的结果，一个十几年前的老岁贡能够谋得一个县丞的职位，在当时是一件不太容易的事；而事发时李春芳已经是内阁首辅，他对于自己一手保荐到任的吴承恩不可能撒手不管，也只有他，才能为年逾花甲的吴承恩弄到个具有名誉补偿性质的荆府纪善。

第三，吴承恩在狱的时间应该很短，出狱应该很快。长兴县摄令贪赃这件事本身的主角是浙江巡抚和湖州府的心腹，到来长兴是为了给归有光难堪，实在是不慎犯错后为避重就轻认了个贪赃之罪。因此陪同认罪的吴承恩的案子，除了有

89

李春芳的关照外应该还有浙江巡抚和湖州府上司的庇护,这两方面的合力就有可能使荆府纪善的补偿性任职令很快就会到来。吴承恩有迹象在冰雪尚存的春天已经到达了湖北蕲州荆王府,这个初春应该就是隆庆二年的正月或者二月,时间上与他下狱的元年十二月正好衔接。

第四,吴承恩出于情理,不可能此时拂袖回乡,他需要为自己的声誉证明,也需要对李春芳负责,他更应该到湖北任职。关于他确实到了湖北的直接证据,目前欠缺,这就是出现所谓未曾到任说的主要原因。但间接证据还是有的:其一,《射阳先生存稿》中没有出现任何隆庆元年底至隆庆四年七月这段时间内吴承恩在浙江或者淮安的证据,吴承恩生平中如此长的时间行踪不明,只有这一次。这就提出了他在哪儿的问题。其二,《射阳先生存稿》中有若干篇诗文因为时间地点不确定而无法系年,但如果把吴承恩在湖北的一段经历和地域背景带进去考察,那么那些无解诗文产生的时间地点都会得到合理的解释。其三,《西游记》里的玉华国故事,应当就是以荆王府为背景而形成的。玉华国的故事在此前的取经故事里从未出现,确定属于吴承恩的首创,而在情节上与荆王府的对应,则多达十余处之多,可以认为这是吴承恩任职湖北的结果。

如果吴承恩确实到了湖北蕲州荆王府做了王府的纪善官,那么上述由陈元之《序》引起的证据链就相当地完整清晰,吴承恩的作者身份也就不会再生非议。因此我们本次考察也把湖北蕲州荆王府列为重点,尤其是找到了长期只在民间流传、记录荆王府资料的《荆藩家乘》,确定了"玉华"的来源。这对于加强上述证据链,进一步肯定吴承恩的作者身份有重要意义。

考量之二:吴承恩做了什么?改造和新创!

根据前面已经排出的取经故事的演进线路,我们现在将此前已经列举的主要资料中包含的取经故事一一拈出:

1. 西域流传的原生取经故事——西域古道上的蛛丝马迹,包括:

   毗沙门大梵天王、火焰山、深沙神、车迟国、地涌夫人、女儿国、僧行七人、晒经台(通天河)、高昌国(御弟)、多心经、十世修行。

绪论

2. 早期集结的寺院取经故事——俗讲《大唐三藏取经记》：

唐王（应有）、玄奘、猴行者、毗沙门大梵天王、火焰山、深沙神、香山寺、蛇子国、狮子林、树人国、火类坳、白虎精、九龙池、深沙神、鬼子母、女人国、王母池、沉香国、菠萝国、优钵罗国、竺国、香林寺、陕西河间府。

3. 宋金走向世俗的取经故事——队戏《唐僧西天取经》：

唐太宗驾、唐十丞相、唐僧、孙悟空、朱悟能、沙悟净、白马、师陀国、黑熊精盗袈沙、黄风大王（灵吉菩萨，飞龙柱杖）、宝象国（黄袍郎君、绣花公主）、镇元大仙、蜘蛛精、地勇（李天王、哪吒）、多目妖怪（蓝波降金光霞佩）、孩儿妖精、车迟国、乌鸡国、文殊菩萨降狮子精、八百里（小罗女、铁扇子、牛魔王，即火焰山）、万岁宫主、胡王宫主、九头附马、女儿国、蝎子精、昴日兔、半截观音（疑即地勇）、贫婆国。

4. 元代重新整合的取经故事——杂剧《西游记》：

唐僧（江流儿）、唐丞相、村姑、回回、白马、华光、孙悟空（闹天宫）、沙悟净、猪悟能（裴家庄）、鬼子母、女儿国、火焰山、贫婆。

5. 元明语体转换的取经故事——平话《西游记》与宝卷取经故事：

唐太宗（应有入冥部分）、孙行者（闹天宫）、猪八戒、沙和尚、白马、黑松林（疑黑熊精）、火焰山（牛魔王、罗刹女、铁扇子）、红孩儿、地涌夫人、蜘蛛精、灭法国、车迟国、戏世洞（薄屎洞）、女人国、师陀国、黄风怪、多目怪、狮子怪、棘钩洞。

现在我们再以上述故事与吴承恩定型的取经故事百回本《西游记》对照。世德堂的《西游记》可以分解为以下：

孙悟空（闹天宫）、唐僧（江流儿）、唐太宗（入冥）、八戒、沙僧、

白马、双叉岭遇怪（刘伯钦打虎）、黑熊精、黄风怪、四圣显化、五庄观（镇元大仙）、白骨精、黄袍怪（宝象国）、金银角大王、女人国、车迟国、乌鸡国狮子怪（文殊菩萨降狮子）、红孩儿、车迟国、金鱼怪、青牛精、琵琶洞（蝎子精）、真假美猴王、火焰山、祭赛国九头鸟怪、荆棘岭（木仙庵谈诗，疑即棘钩洞）、黄眉童子、稀柿衕、朱紫国（金毛吼）、蜘蛛精、多目怪、狮陀国、比丘国、地涌夫人、灭法国、豹子精、凤仙郡、玉华县（黄狮精、九头狮）、金平府（犀牛精）、玉兔怪、铜台府、通天河。

这样比较以后，吴承恩在百回本中究竟自己创造了多少取经故事便已基本清楚了。在扣除有继承关系的故事之外，可能属于吴承恩创作的故事或者由吴承恩进行了重大改动的故事就剩下：

双叉岭遇怪、金银角大王、真假美猴王、木仙庵、黄眉童子、朱紫国、比丘国、豹子精、凤仙郡、玉华县、金平府、铜台府。

我们通常认为与吴承恩有直接关系的几个故事如朱紫国、玉华县、灭法国都在其中。

这就形成了两个概念：

第一，吴承恩的改制。百回本《西游记》的大部分取经故事都有其文化渊源和形成过程，是集中了数百年间无数故事创造者的才华而形成的积淀。但毫无疑问，所有的故事，无论是在哪个阶段形成的，都已经不是其原生模样，都已经经过了吴承恩的改造。用郑振铎的说法，吴承恩功力壮健，文采秀丽，言谈幽默，因而将原本古拙的取经故事改造得神骏丰腴，逸趣横生，成就远在罗贯中改作《三国志演义》、冯梦龙改作《列国志传》之上。

经改造的故事变化之大，我们可以举"大闹天宫"为例。以介绍孙悟空身世为线索的"大闹天宫"故事占据了《西游记》的前七回，无论分量还是影响都超过任何一个单独的取经故事，这个故事的雏形最早见于杂剧《西游记》，其主要情节也就是我们前面引过的一段话交代：

绪论

一自开天辟地,两仪便有吾身,曾教三界费精神,四方神道怕,五岳鬼兵嗔,六合乾坤混扰,七冥北斗难分,八方世界有谁尊?九天难捕我,十万总魔君。小圣弟兄姊妹五人:大姊骊山老母,二妹巫枝祇圣母,大兄齐天大圣,小圣通天大圣,三弟耍耍三郎。喜时攀藤揽葛,怒时揽海翻江。金鼎国女子我为妻,玉皇殿琼浆咱得饮。我盗了太上老君炼就金丹,九转炼得铜筋铁骨,火眼金睛,瑜石屁眼,摆锡鸡巴。我偷得王母仙桃百颗,仙衣一套,与夫人穿着,今日作庆仙衣会也。

今天的"大闹天宫"源出于此,没有任何问题,但无论在道德层面、社会层面还是文学层面,两者都不可同日而语,这就是郑振铎所说的"功力壮健"。

第二,吴承恩的创制。百回本的四十余个故事中,有大约三分之一此前没有见过任何已经流传的线索,其中有部分又有比较明显的吴承恩个人经历的影子,因此我们通常将其认定为是吴承恩的创制。

我们举"木仙庵谈诗"为例。故事说唐僧迷路在木仙庵这个地方遇到了四个树精,都是风姿高雅的老者打扮;后来又来了一个女妖精,美丽当然是不用说了,还是个出口成章的才女。这几位谈诗兴致盎然,合辙押韵,有理论,有典故,从来不近女色的唐僧似乎也有点发晕。这个故事谁写的?吴承恩。这里面那种"书中自有颜如玉""红袖添香夜读书"的情调,哪是以往那些地摊上说书的艺人能做到的?非吴承恩这样的正牌文人莫属。这个故事的情节元素来自唐牛僧孺《玄怪录》中的《元无有》一篇,大意说有个叫元无有的人郊游遇雨,只得在一处空庄上栖息。入夜,堂上有不同形貌的四人出现,各自吟诗,相互褒赏,倒也热闹,天明则散去。无有寻找,见堂上只有烛台、水桶、故杵、破铛四件旧物,原来夜间四人即此旧物所变化。原文通篇仅有三百余字,而到了百回本,则变成了一篇洋洋近万字的故事。而对于牛僧孺的《玄怪录》,吴承恩在《禹鼎志》中曾经明确表示,这是他非常钟爱的一本书。

这两个例子还只是说明取经故事经过吴承恩之手后文字分量的变化、文学描述的变化,至于更重要的文化的、道义的变化,请看下一条。

考量之三：吴承恩的核心贡献:文化和道义

其实我们更需要关注《西游记》诙谐幽默、玩世不恭的艺术特征所承载的文化与社会意识。诙谐幽默是读者接受《西游记》的重要原因，但还远不是全部——一位读者儿童时期喜欢《西游记》可能是因为孙悟空的一把毫毛变出一堆小猴子，但当他过了舞枪弄棒的年龄却仍然喜欢《西游记》，就需要另外的解释了。仅仅将《西游记》当作儿童作品，或者说它惩恶扬善、伸张正义，这多少有点小瞧了《西游记》。李希凡先生有一段话我觉得应该重提一下：

> 就神魔小说这一类型作品而言，能够通过这种题材创造出伟大的艺术精品，而有超脱于神魔的"幻惑"，使其作品具有强烈的现实意义，这却只有《西游记》一部。[1]

更具体一点说，它是一部中国封建社会儒学伦理道德体系的形象教科书，是中国古代知识分子以"三教合一"为目标的文化理想，是当时那个社会政治活动的一种生动形式的再现。欧洲有一部与《西游记》几乎同时诞生、艺术风格有点相似的小说《堂·吉诃德》。从文字的最表层看，《堂·吉诃德》也只够得上"荒诞不经"四字——有谁真的会提着长矛去挑战风车吗？有谁真的会拿羊群当马兵吗？但欧洲人给了《堂·吉诃德》以极高的地位，说它广泛反映了16世纪的欧洲社会和作为中世纪标志的骑士制度，是欧洲文艺复兴的代表性成果。西班牙政府还郑重其事的把作者塞万提斯的铜像作为礼品，送到中国，让他坐落在中国的最高学府——北京大学的草坪上。这样的态度我们应该引为参照。

我觉得吴承恩做到了三点：

1. 执着信念，追寻理想——对民族精神的深刻把握

---

[1] 李希凡. 西游记的演化及其神话浪漫精神的特色[M]//李希凡.论古典小说的艺术形象.上海.上海文艺出版社，1962，2.

绪论

我们都知道唐僧取经原本是一个在佛教文化背景下酝酿出来的佛教题材故事，但这并不是取经故事能够流传的终极原因。因为我们更应该看到，首先对玄奘取经予以极大肯定的唐太宗、唐高宗父子并不是虔诚的佛教徒；后来以各种形式传颂玄奘实际事迹的比如山西潞城的农民也不全是佛教徒。我曾多次引用过当代德国哲学家恩斯特·卡西尔的一段话：

> 作为一个整体的人类文化，可以被称之为人不断自我解放的历程。语言、艺术、宗教、科学，是这一历程的不同阶段。在所有这些阶段中，人都发现并且证实了一种新的力量——建设一个人自己的世界，一个"理想"世界的力量。[1]

这是关于"文化"的一段哲学化的归纳，如果换成通俗的语言，就是他认为——当然也是我们认为——"文化"（包括语言、艺术、宗教、科学）的核心，乃是人类对理想的追求，人类"发现"和"证实"理想的过程，就是文化的形成过程。

在哲学意义上，玄奘为所有人——不仅限于佛教徒——证实了任何人都是可以具备理想的。

《大慈恩寺三藏法师传》告诉我们，当年玄奘归国到达于阗时（今新疆和田），曾忐忑不安的上表给朝廷，表示了对多年前私自出关的歉意，希望得到谅解。但让他意想不到的是，李世民不仅亲自给他回了信，而且安排于阗至长安一路的官员沿途接送。玄奘进城那天，除了官员在城门外迎接，长安城里的百姓也倾城而出，欢迎这位从西天取经归来的大法师，按照《大慈恩寺三藏法师传》的说法，"其从如云"；数日后观看法物展示的官吏、僧侣和百姓，排成数十里的长队，以致有关部门为防止发生踩踏事故严令观看的人不得移动。百姓们并不了

---

1. 恩斯特·卡西尔. 人论[M]. 上海：上海译文出版社，1984，28.

解这位玄奘法师的过去经历也并不全都信佛，为何迸发出如此热情？

20年后玄奘逝世，安葬在长安城东的白鹿原。这一天，方圆五百里内有一百多万人赶来；入夜后，有三万多人露宿在他的墓旁。再五年后，玄奘迁葬到樊州（今陕西西安南）。迁葬那天，许多人又来送葬，情景不下于五年前初葬时。这是相当令人不解的，虽然他翻译出卷帙繁浩的佛经数十部，也基本奠定了唯实宗的基础，但这与普通百姓的关系毕竟有限，为何竟有百万之众为他送葬？

即以李世民而论，他对玄奘的兴趣与关心似乎也与佛学无关，因为他在政治上号称是道教祖师老子的后裔。玄奘归国的第二年，当玄奘按照要求完成《大唐西域记》并与新近译出的佛经一起呈上时，他说了一段大实话："朕学浅心拙，在物犹迷，况佛教幽微，岂能仰测？请为经题，非己所闻。又云新撰《西域记》者，当自披览。"这段话出自《答玄奘法师进西域记书诏》，记录在《大慈恩寺三藏法师传》里，表现了李世民对佛经与对《大唐西域记》完全不同的态度：佛教太高深，为佛经题名的事请免吧，但《西域记》一定是要看的。

应该说，当时的人们——包括李世民父子——对玄奘的热情乃是基于以上题记里说到的"发现"和"证实"。玄奘的西行，最本质的内容就是体现了人类对理想的执着追求，以及追求所必须有的信念和征服各种阻碍的毅力。玄奘的理想并非高不可攀，但他的信念、毅力却是常人所不具备的，难怪李世民在《大唐三藏圣教序》用一句"诚重劳轻"评价玄奘，把玄奘百折不回的诚意看得最为重要。对于所有的人，理想都是永恒的存在，白日尚可做梦，何况入寝之后，套用时下的流行语，"一个不小心"，就有了数不清的美梦。但大家也都知道，美梦成真的前提是很苛刻的，常人并不具备那种信念和毅力，因而在和自己的对比中，每个人都会由衷的、特别感受到玄奘的可敬可佩。这是玄奘的取经为何会变为永久故事的第一个答案。

在现实意义上，玄奘证明了任何理想都是可能的。这是唐初特有的社会背景赋予玄奘西行的意义。我们回顾历史的时候，往往慨叹唐朝人气势的恢宏与自信，想一想贞观初年玄奘出走时，正逢朝廷为防突厥骚扰而封闭玉门关，玄奘历尽千辛万苦；而他回程归国时，大唐的势力已经到了数千里之外的于阗，李世民

绪论

在答玄奘的信中已经可以很轻松地说：沿途我已经安排了官员接送，他们不会让你再遇到困难。这仅仅是才过了十多年。李世民接见玄奘的时候，正在洛阳组织兵马征讨辽东，而他心里想的却已经是如何解决又在极西的西突厥，这种雄才，怎能不影响社会的时尚？通过玄奘的成功，刚刚完成统一壮举跨入盛世的人们再一次证实了追求理想的可能和发现了达到目的的力量，于是就由好奇而至由衷地钦服并直接表现为巨大的热情。这种热情的迸发，与我们今天对体育、探险、发明等超人行为的兴趣和崇拜是完全一致的，其意义已经完全超越了玄奘取经的具体目的。而正是这种超越了具体目的的意义，使玄奘的取经具备了成为文学表现对象的价值。

在文学的意义上，玄奘的西行，提供了文学必须的自由创作空间。文学的形成，除了核心的哲学支柱与合适的社会背景之外，还需要事件本身具有必须的自由创作空间——历史上许多惊世骇俗的壮举，之所以没有被文学吸收，重要的原因就在于缺少这种空间。玄奘取经事件的宗教色彩和西域的传奇色彩恰恰为文学提供了充分的创作空间——宗教是神秘的，异域是新奇的，神秘和新奇都是酝酿文学的土壤。尽管玄奘并没有刻意渲染，但他的《大唐西域记》"采其山川谣俗"却不可避免地承袭了印度的许多宗教传说。这些传说，都被后人视为极好的创作素材，也成了玄奘本事切入文学的重要契机。

玄奘取经所激发出来的热情，是极有活力、极有意义的社会因素，也是制约因素、规定因素，不管取经故事如何变化发展，它不能离开玄奘，也不能离开玄奘的精神。这点吴承恩看得很清楚，把握得也很准确——我们可以理解，当玄奘取经由事件演化为故事时，特别是在离开佛教的氛围之后，不可避免会产生许多世俗甚至是媚俗的关节，会有许多旁枝任性逸出，这会对取经故事的命运产生重要影响。但是吴承恩尽管改造和创新了许多新的事实上与佛教经义无关的故事，却始终没有忘记把这些故事都与锤炼唐僧师徒的意志联系在一起，他知道一切都必须服从于题材的根本价值，整个故事如果与不懈的顽强的取经分道扬镳渐行渐远，那么故事的存续之路也就快要到头了。这是一种非常值得称赞的创作意识，一位摇笔杆的人最后是成为一位伟大的作家还是流于辛苦谋生的写手，这是一条

97

重要差距。我们不妨回顾一下最后定稿的《西游记》,那里故事的实际主角已经演变为孙悟空,然而围绕孙悟空而产生的情节不管多么眼花缭乱,始终不离取经这一条主线,唐僧的坚韧不拔的精神仍然是不朽的灵魂——孙悟空离开取经只会是在花果山称王的妖猴。

2. 融汇三教,归之于儒——对道义精神的明确宣示

前面我们已经介绍了取经故事演变过程中宗教文化色彩的变化:最初它主要诞生在佛教文化的土壤里,后来受到过道教文化的浸润——有些爱好者经常会问:为什么取经故事一会儿道,一会儿佛,而佛道都有大牌人物,但又并不受到尊重?为什么孙悟空的神通一会儿大,一会儿小,大到天宫敢闹无法无天,小到是个妖怪他就治不了?其实了解取经故事成书的过程之后就一切都真相大白了。因为取经故事有不同的文化背景,它们的先天禀赋不同,也就是文学的前提规定性不同。比如孙悟空,他最初是作为佛教的护法神出现保护唐僧取经,创造这个故事的初衷是要体现佛法的伟大,因此孙悟空不能太强悍,更不可能具有反叛精神,他必须依赖佛法的威力才能完成指定的任务;但后来合并进道教的齐天大圣的故事,形成了前七回闹天宫的故事。这位闹天宫的齐天大圣本来就是占山为王、偷盗成性、生性好色的妖猴,吴承恩把它美化了,也利用了他的原本经历创造了这个猴顽劣但正直,好斗胆合理的大闹天宫系列故事,所以《西游记》孙悟空形象的前后就有了不同。

但是,归根结底,最后定型的《西游记》以儒家文化为本。

儒学可以表述得很复杂,也可以表述得非常简单。简单到用我们都很熟悉的几句话就可以表述:王道、德治、仁政、民本。儒生的基本追求,则是修身、齐家、治国、平天下;基本道德则是居庙堂之高则忧其民,处江湖之远则忧其君。吴承恩的意识中应当浸透了这样的原则,他没有成为良相的机会,但却不会忘记忧其民、忧其君——这就是范仲淹在《岳阳楼记》中说的"进亦忧,退亦忧",也就是吴承恩在《禹鼎志》中说的"虽然吾书名为志怪,盖不专明鬼,时纪人间

绪论

变异，亦微有鉴戒寓焉"。[1]

可以把百回本《西游记》与前此的所有取经故事做一个比较：

我们会发现，除了文学性的扩张之外，吴承恩笔下的唐僧戏份事实上是有了大幅度的增加，或者可以说活跃度在大幅度增加；而孙悟空也不仅仅是一个只承担护法责任的角色。当故事发生时，取经不再只是一种宗教意识的载体，唐僧不再只是一个道具或者是一个等待结果的旁观者，他已经很生动地介入了故事的文化背景、社会氛围和细部情节。尤其是在一些人间国度，玄奘往往会和孙悟空一起扮演道德的宣讲者。那些国王非昏即庸，往往因他们的昏庸而导致了事件的发生，因此在问题解决之后，师徒二人就会对他们有一番说教，比如在车迟国，孙悟空对君臣僧俗各色人等说："望你把三教合一，也敬僧，也敬道，也养育人才。我保你江山永固。"所谓三教合一，正是明中期儒家知识分子热衷探讨的一种消除社会矛盾的治国方策；在乌鸡国，师徒承担起维护皇权正常传承的责任；在玉华国，师徒二人对敬师重道的国王称赞不已；在金平府，警告官员今后再不可"劳民伤财"，等等。

李希凡先生还说过一句话："一个严整有序的天上世界，是《西游记》的首创。"[2]说得非常准确古代各种各样的小说、戏剧、说唱，关于天上世界的描述尽管五花八门，但其起源的确都依赖于《西游记》，甚至在专业化的道书中也没有关于天上世界统一口径的描述，各路、各派、各系的神仙，究竟谁大谁小、谁尊谁卑，一本糊涂账，说不清道不明。的确是吴承恩整理出一个释、道、儒三家摆平、尊卑分明、大小有序的神仙体系，描摹出一个威势森严、包罗万象的天宫世界。自《西游记》问世之后，大家都跟着说：西天是佛的世界，如来最大；东天——也就是我们头上的这块天，玉帝最大，三清老道士太上老君是总顾问，太

---

1. 吴承恩. 吴承恩集[M]. 蔡铁鹰，笺校. 北京：中国社会科学出版社，2014.
2. 李希凡. 《西游记》的演化及其神话浪漫精神的特色[M]//李希凡. 论古典小说的艺术形象. 上海：上海文艺出版社，1962，338.

白金星是总管家。

吴承恩据何而定？似乎有点茫然不可解，但其实吴承恩的心中有一个准则，一个模型。准则，就是"三教合一"。三教相争，横亘中国历史近千年，对文化的负面作用已很明显，而这种相争又显然不会有什么结果。所以到明代，知识分子大多倾向于接受在儒学主导下"三教合一"的调和。因此以儒教中人的身份，吴承恩能够比较客观地置身于佛、道相争和佛、道内部各教派的高下之争的矛盾之外，因而能够摆平佛、道的关系，厘清佛、道内部的派系线索，给各位大神一个合适的位置。由于大家对吴承恩设计的天宫中各教的位置都能接受，因此尽管吴承恩对佛、道都有尖刻地讽刺，但大家似乎都"宽容"地表示了接受，好像没有见到哪家哪派对《西游记》表示抗议，这也说得上是文化史上的一个奇迹。尤其是道教，出于对嘉靖帝佞道的反感，吴承恩对道教尤其是天师道的讽刺批判不可谓不辛辣，但却就是道教对《西游记》特别感兴趣，不知多少道士前赴后继，一定要将《西游记》寄于祖师邱处机，一定要将《西游记》说成是修炼金丹大道的教科书。

以儒学精神塑造《西游记》，原因很简单，因为吴承恩是儒生；但结果却不简单，因为这使得《西游记》在理念上摆脱了宗教宣传的束缚而与主流社会的社会意识共鸣共振，当然也就可以共存。这是《西游记》偶尔也可见到讥讽之言、激愤之言而仍可被容忍以致社会各界"家喻户晓"的一个重要原因。

3. 针砭时弊，惩恶扬善——对社会现实的讥讽批判

《西游记》在吴承恩手中得到了最后的完善，这是共识；但完善不仅在于表现形式的"滑稽""诙谐"，也不仅在于故事情节的"神骏丰腴"，还在于其神话故事形式下现实精神的形成。胡适《西游记考证》曾说过一段非常著名的话：

> 我不能不用我的笨眼光，指出……这部书起于民间的传说和神话，并无微言大义可说；指出现在的小说《西游记》的作者是一位"放浪诗酒，复善谐谑"的大文豪作的，我们看他的诗，晓得他确有"斩鬼"的清兴，而绝无"金丹"的道心；指出这部《西游记》至多不过是一部很有趣味的滑稽小

说，神话小说；他并没有什么微妙的意思，他至多不过有一点爱骂人的玩世主义。这点玩世主义也是很明白的；他并不隐藏，我们也不用深求。

大约后来说《西游记》"玩世"都始于此。但是对这个"玩世"不应有误解。吴承恩的"玩世"其实就是用他自己的方式玩味着一种人生，玩味着一个世界：一个有文学故事讲述的世界，同时又是一个由他眼中看出的世界；一个虚幻的文字世界，同时又是一个现实的世界。

这个世界，就是16世纪的中国——明代，吴承恩生活的那个时代。

吴承恩的确如胡适所言没有什么"微妙的意思"，也就是没有明确的政治诉求，但他在有意无意之间还是带进了他所拥有的文化蕴含，带进了他对世界的认识，带进了一位儒者应有的现实精神。

事实上，吴承恩无意中艺术化、形象化地描绘了中国封建社会的深刻的制度危机。史学家都认为，中国近代的衰弱落后并非一朝一夕之事，并非一人一事之祸，究其根源是制度的问题；而制度出现问题开始制约社会的发展，是在明代。明代是中国封建社会最成熟而走向没落的转折期，标志之一就是它的封建官僚制度已经极为完善，完善到不要皇帝官僚机器照常运转的程度。嘉靖、万历两朝皇帝几十年不理朝政而朝政并不紊乱，就是明证。很有点像现代科幻小说里的机器人世界，人创造了机器人，机器人最后却摆脱了人的控制自行其是。最早察觉到这种成熟的官僚机构厉害的便是皇帝本人。美籍华人史学家黄仁宇在他的《万历十五年》中，由万历十五年（1587）发生的几件事入手，深刻地分析了万历帝为什么由一个早期还算勤勉的皇帝，演变到后来几十年深居后宫而不理朝政。他认为万历帝早期也想有所作为，但朝廷这部自行运作的大机器已经不允许他做任何与惯性不合的事情了，表面看来仍然至高无上的皇上其实已是傀儡，实际当家的是首辅大臣。在与朝臣们的冲突中，皇上屡战屡败，在稍大些的事情上根本就无法以自己的意见左右朝政，而站在对立面的又不是哪一个朝臣而是全体，杀一批换一批都无济于事，只有退居后宫不理朝政以表示一点无奈的抗议。其实，再往前，嘉靖帝的昏庸、正德帝的荒淫，也有史学家肯定地认为不无这方面的原因。

当然，这种由制度决定的皇帝与朝臣的冲突，尤其是皇上败于朝臣的局面，并不是每个人都能理解的，也不是都能解释清楚的。从最直接的后果看，就是皇帝的昏庸、无断，只会说"依卿所奏"。具体表现在嘉靖、万历皇帝身上，就是养一批道士，每天应付一下朝政，然后就躲到后宫去体验老道士的长生不老的"金丹"——不是很像玉帝么？而朝中的大臣，表面上是秉承皇上的旨意，其实是自行其是的处理着朝中大事，嘉靖、万历朝的首辅，不论忠奸，权力都很大，都很出名（如严嵩、张居正），其实就是制度造成的——不是很像太白金星吗？

这时期正是吴承恩生活的时代，秩序谨严而毫无生气的天宫，表象至尊而毫无决断的玉帝，正应脱胎于吴承恩看到的现世朝廷。尽管他可能是不经意的，对其中更深刻的东西未必了解，但他有艺术家的眼睛——会看，就足够了。

绪论

附录一：

纵向回顾——我的"《西游记》成书研究"的起点与节点

以上提供的学术框架是在三十多年中逐步形成的，直到今天——包括在本报告中也还在不断完善。这里主要介绍与我个人有关的各阶段划分的理由与契机，也就是学术的起点，或许有助于更多地深入讨论。

第一，关于"零星原生的取经故事"

如"前言"所言，我于1982年接触《西游记》研究，1986年涉足"孙悟空形象探源"研究专题，1988年对丝绸之路进行了一次自命的"田野考察"。受学识和条件所限，考察自然粗疏，但有些事还是值得一说，把"零星原生的取经故事"作为一个阶段的构想，与此次考察有密切关系。

那次西北之行的目的地是乌鲁木齐，去参加"第三届全国《西游记》学术研讨会"。当时有一次西北行实属不易，且事在七月，时间充裕，因此我为自己附加了考察的使命。考察的第一站是湖北蕲春。那里是明代荆王府的所在地，史料称吴承恩曾经担任过"荆府纪善"一职，但当时未见实际到任的直接证据，因此学界颇有争议，这直接关系到吴承恩是否具备作者身份，自然是我最为关心的问题之一，以荆王府为考察目标自在情理之中。这与以下将要介绍的第六阶段有关，其引出的学术讨论我们留待以后叙述。

按道理第二站应该是西安，因为之前我已经瞻仰过大雁塔，所以在西安并未停留。若干年后，当我真正地沉浸入《西游记》，在心境里已经为玄奘、吴承恩辟出了一块专属之地以后，才意识到西安是玄奘当年西行的出发地，尽管玄奘法师并不是我的直接研究对象，其基本史实也无多大的拓展空间，但从心灵沟通的角度看，这里仍然应该是起点。所以后来我又多次去了西安，两次去了偃师，既

看了作为旅游景点的玄奘故居,也探访了地处穷乡僻壤、传说中的玄奘老家,算是补了点基础课。

再后来在甘肃博物馆我携萧兵先生的手札拜访了著名的西夏史专家陈炳应先生,试图从西夏史料里找一点关于孙悟空形象文化来源的线索——这是我的考察的第三站。前已述及,20世纪80年代出现过一场关于孙悟空形象文化原型的大讨论,我在那场世纪之争中比较倾向于"外来说",也知道证成此说最关键的问题是寻找印度文化或者具体说就是哈奴曼进入中原的文化通道——当时季羡林、金克木、赵国华等先生都在找,因此我也期待在与丝绸古道、与西域地缘有关的一切文化因素中寻找答案,西夏就是我的一种假设。早已成名的陈炳应先生俯身接待了我这个莽撞的年轻人,但断然否定了我的想法,在引导我看了甘肃博物馆的藏品后说,西夏研究非常之难,能读懂西夏文的人屈指可数,大量的文献还被封存在苏联,走这条路目前完全没有可能。但他大约也是被我的莽撞所感动或者是为我的失落而同情,主动写了一封信,介绍我去找时任敦煌研究院美术馆馆长的关友惠先生,说在他那儿也许可以得到更多的帮助。这对我完全是个意外:陈先生的拒绝是意外,当年年轻气盛还不能随时把多种可能都作为选项,对于兴致勃勃的西夏研究梦想竟然在一句话之间灰飞烟灭感到意外;但陈先生的介绍信又是一个意外,这是一个新希望。

第四站是敦煌。我当时已经知道王静如先生披露在敦煌的榆林窟发现了几幅对我们来说意义非常重大的取经壁画,魂牵梦萦,甚至奢望能亲眼一见。当我在敦煌莫高窟见到了关先生提出要看榆林窟的取经壁画时,和善的关先生有点惊异但却坚决地摇了摇头。他告诉说,榆林窟虽然属于敦煌文化系统,但距离敦煌还有40多公里,其间全是戈壁,无路可走,如果要去,得用越野车载上全部生活用品。这当然意味着去看榆林窟已经不可能。但关先生让我不要太失望,他说,取经壁画他们美术所藏有胶卷,只是调用需要一定的手续和时间。他向我介绍了榆林窟壁画的情况,其中提到有一幅并不如王静如先生在披露壁画发现时所称的那样是取经壁画,而是对一幅佛教经变图的误读。后来,可敬的关先生如约寄来了榆林窟唐僧取经壁画的原版照片,其中就包括被误读的经变图。这张图让我大

绪论

为兴奋,因为它虽然与唐僧取经无关,但画面上却是清晰可辨的与孙悟空后来的造型几无二致的猴形神将。我知道日本有许多学者也在关心孙悟空的来源问题,他们比较倾向于认为这个形象的文化源头是佛典中的护法神将,提出了一种叫作"佛典说"的推想,但始终没有找到比较直接的实物证据,现在这个问题却被我在不经意间取得了突破或者说弥补了缺憾。现在想来,其实这张猴形神将图是否可以解决问题并不十分重要,对我来说,意义首先在于它提供了"发现"的惊喜——这是一个完全属于我这个年轻人的发现,鼓励的作用远远大于发现本身的实际意义;其次是它告诉我们佛教中也许有很多"意外"应该是继续寻求"发现"的方向,这是后来我始终把目光盯在西北,盯在佛教文化上的起因和动力。

后来由会议安排的吐鲁番考察被我视为是此行的第五站。当时交河故址已经开放,那种残缺、沧桑的美给每个游历者都留下了深刻的印象,但残存在不远处的高昌故城却尚处于冷冻状态。这个在《大慈恩寺三藏法师传》中有明确记载的古代邦国对取经故事产生的影响,《西游记》研究者可是人人皆知的,可是我们到了那里,却是匆匆一过,原因是条件所限,那里一切如旧,既没有经整理的资料,也没有任何说明解说,所以我们只是匆匆一过。但"高昌故城"已经被深深地铭记在心,尤其是后来反复阅读《大慈恩寺三藏法师传》时,总是遐想当年玄奘在这块废墟上的音容笑貌。本次考察时,高昌故城已经申遗成功,进入世界文化遗产名录,经过修缮的遗址大大方方地敞开了大门,把玄奘当年的行迹如诗如画地展现在朝拜者面前。

在吐鲁番考察的另一个地点是火焰山。时值盛夏,热浪如潮,洶洶炙人,如火的阳光下,导游往赭红色的山体一指的刹那,真有身临其境的感觉。但我并不是一个纯粹的旅游者,我已经读过《北江诗话》中关于这座火焰山得名的记录,因此始终有一种努力分辨真假的感觉。我当时还没聪明到思考"既然是假的,真的在哪里"这类的问题,但对假的火焰山抗拒心理的留存,让我后来在看到地下煤田自燃的材料时,顿时有了一语点醒梦中人的感觉,后来在正式提出"原生的取经故事"这个概念时,火焰山就是我所列举的一个主要例证;而本次考察中,与火焰山故事的煤田自燃,便是我们求证的重点,也是亮点。

那次粗疏的考察——应该是研究者们针对《西游记》的第一次实地考察,虽然没有形成多少具体的成果,但对我个人此后研究方向和学术目标的确定,却有非常重要的意义。后来我校学报为青年教师作专栏时,我写了一篇文章,用比较散文化的笔法记下了其中的一些片段,其中有一段谈到了此行对我的震撼性影响,摘录如下,以志心境:

> 在莫高窟,因为在敦煌研究院的耽搁,我误了车,在戈壁滩上被烈日炙烤了整整六个小时。当我信步踱上莫高窟对面的三危山时,看到了一块许多人都不曾注意过的小小的墓地,那些碎石堆成的坟包仅仅高出地面一点,与茫茫无垠的大戈壁相比,实在小得可怜,但粗糙的石碑,大致都向着对面的莫高窟。长眠者都是敦煌研究院的工作人员——那里不可能有其他的职业——他们对莫高窟迷恋了一辈子,现在仍然对莫高窟顶礼膜拜。也许不会有人关心他们生前死后的行踪,也许他们的墓地上不会出现鲜花,但他们的业绩已不会被历史抹去,他们始终面对着人类最宝贵的遗产,他们有理由感到满足而静静地长眠了。当时,我登三危山的当时,只是一个旅游者,因此也没有想到要记下什么,但当现在对莫高窟无比的文化容量有所理解而不再被漫漫风沙困惑时,他们就和莫高窟一起,在我的记忆中永存了,或许,他们就是我的莫高窟。

文章的标题是《西北万里行:艰难欣喜两心知——谈我〈西游记〉成书史研究的形成》,发表于《淮阴师专学报》;后来亦收入《〈西游记〉的诞生》作为附录。[1]

---

1. 蔡铁鹰. 西北万里行:艰难欣喜两心知:谈我《西游记》成书史研究的形成[J]. 淮阴师专学报, 1991(2). 收入蔡铁鹰. 《西游记》的诞生[M]. 北京:中华书局, 2007.

绪论

第二，关于"早期结集的取经故事"

20世纪80年代初，有两件成果对《西游记》研究影响深远，一是1980年王静如先生披露在敦煌榆林窟发现了取经壁画，一是同时出现了两篇针对《大唐三藏取经记》的全面彻底的翻案文章。前者的影响文章发表的当时即已充分显现，敦煌取经壁画不仅在《西游记》研究中成为热门话题，而且很快成了媒体关心的广义文化话题。但后者虽然从不同的角度、十分充分地证明了《大唐三藏取经记》使用的是晚唐五代时的西北方言，其性质应该是当时寺院的俗讲底本，与传统的论断截然不同，但还是少有人注意到其潜在的意义——还需等待发酵。

在经历了前述1988年的考察之后，我对《西游记》取经故事与西域丝绸古道丝丝缕缕的关系已经有了丰富的感性认识，这个时候再来读刘坚与李时人、蔡镜浩的文章，便对其中"《大唐三藏取经记》使用的是晚唐五代时的西北方言，其性质应该是当时寺院的俗讲底本"结论尤为关注，而且客观上也为其坚实的考证折服。在我看来，这两篇文章选取的角度不同，使用的方法不同，证据材料不同，论证选点也不同，但结论却完全相同，这自身已经具备了强大的说服力；而更令人称奇的是，这两篇文章竟是在同一个月面世，绝对杜绝了相互启发或者先入为主一类的问题，这就更增加了它们的客观性。显然，从这两篇文章的立场出发，我们对《大唐三藏取经记》是有必要重新审视的。

1989年我在一篇文章中首次试图使用上述结论，也就是在西北佛教文化的背景下解析《大唐三藏取经记》故事的构成。当时得到的第一条结论是以猴行者为特征的故事应该是产生于西北敦煌一带的佛教俗讲；第二个结论是《大唐三藏取经记》内容复杂，应是由西北和中原两个不同的故事系统构成，是一个文化的复合体。[1]

---

1. 蔡铁鹰. 取经诗话的成书与故事系统[J]. 明清小说研究，1989（3）.

这两个结论尤其是后一个引出的学术讨论将在下文进行，现在的问题是，我们已经尝试为《大唐三藏取经记》重新定位，显然是认定王国维、罗振玉的判断出了问题，但他们又错在哪里呢？

当我后来看到了已经详细讨论的《迎神赛社四十曲礼节传簿》以及其中保存的队戏《唐僧西天取经》角色排场单后，便觉得这就是以前我猜测的中原系统的取经故事，它与《大唐三藏取经记》之间有递进的关系。队戏《唐僧西天取经》出现的时间地点，再次远离南宋的杭州，也就进一步肯定了王国维、罗振玉的错误，而这时候错在哪里这个问题就像是窗户纸，需要的只是捅破它的那点意识。后来我在一篇讨论《迎神赛社四十曲礼节传簿》和队戏《唐僧西天取经》的文章中，似乎已经将这个问题想透，提出："尽管现存《大唐三藏取经记》原书卷末有'中瓦子张家印'的题款，王国维判定其刊刻于南宋书肆并无可疑，也尽管南宋临安确有一大批话本问世，而'说经'一门的题材性质也可能与《大唐三藏取经记》相似，但将此书判定为南宋临安话本仍是缺乏根据的。因为成书与刊刻显然并非同一回事，'中瓦子张家印'只表示当时在临安进行了一次刊印，证明至迟在南宋已经可以看到《大唐三藏取经记》，但并不能证明这次刊刻所依据的底本也在临安产生。"后来我又把这层意思简化为"误将刊刻当成书"。

诚如此前所说，王国维、罗振玉的名气大，且"中瓦子张家印"这行字有很强的迷惑性，要让更多的研究者接受新的结论并不容易，必须把话说得非常明白。现在把这层窗户纸捅破了，则是从又一个侧面澄清了《取经记》的身份。至此，我觉得《大唐三藏取经记》已经具备了单独成为取经故事形成阶段的意义，尽管它的真实面貌到现在仍然不够清晰，还有相当大的想象空间，但它是早期取经故事的一次结集则毫无疑问。所谓的早期，指中唐至北宋的一段时间。

第三，关于"世俗形态的取经故事"

大约是在1989年，我在一篇讨论古代戏剧史的文章中看到了一则从未见过的引用资料——队戏《唐僧西天取经》的角色排场单，便去信寻访，辗转几次后线索到了陕西师范大学戏曲文物研究所黄竹三先生处。黄先生很快给我寄来了一本

108

绪论

《中华戏曲》第三辑。这期《中华戏曲》基本上是一个专辑，介绍了山西省1985年戏曲文物的一次重要发现，即在普查中发现了一本抄于明万历二年的《迎神赛社四十曲礼节传簿》（以下简称《礼节传簿》）。这本《礼节传簿》是民间赛神祭祀时使用的程序手册，包括了大量祭祀时演出的戏曲名目，其中有二十五个比较重要的剧目甚至还配有字数不等的角色排场单，队戏《唐僧西天取经》即为其中之一，其介绍情节、人物的文字达到三百字左右。[1]

《迎神赛社四十曲礼节传簿》本来只在戏曲研究的圈子里流行，黄竹三先生将其介绍给我；虽然我的道行不高，但仍然看得出来这是远远早于吴承恩百回本《西游记》的一个剧本，而且是一个情节复杂、人物众多且结构完整的一个剧本，这让我真的大感意外。队戏，本来就是一个很古朴的剧种，专辑中所附的若干研究文章都倾向于认为它的存在要比这本《迎神赛社四十曲礼节传簿》抄出的时间要早得多；而我自己观察之后，也觉得《唐僧西天取经》似乎应该是宋金至少是金元时期的剧本，元人吴昌龄杂剧的残本《唐三藏西天取经》极有可能就是这出队戏进化后的形式和遗存；而且它的世俗化程度很高，离佛教已经有了一段文化距离，从进化的角度看，显然它比敦煌的取经壁画，比罗振玉影印的《大唐三藏取经记》都要成熟得多，也晚出得多；但是又比我们知道的诸如杂剧《西游记》、平话《西游记》等要原始得多，这就让我坚定了将其列为《西游记》形成过程中一个单独演化阶段的想法。

这期间又产生了一个重要问题：即队戏《唐僧西天取经》在进化形态上显然要晚于《大唐三藏取经记》，那么王国维、罗振玉既已经圈定《大唐三藏取经记》是南宋时期临安的"说经"话本，那么队戏《唐僧西天取经》又是晚至何时形成的呢？假如《唐僧西天取经》没有我们判定的那么古老甚至就是元明作品，那么"西游记平话""西游记杂剧"出现的最晚界限都明确在元末明初，它们之

1.山西师范大学戏曲文物研究所.中华戏曲：第三辑[M].太原：山西人民出版社，1987.

间又是在一个什么时间、空间维度里演化的呢？换一句话说，就是常识告诉我们，话本《大唐三藏取经记》、队戏《唐僧西天取经》、杂剧《西游记》和平话《西游记》三者不可能在南宋至元末明初这短短的时间内完成进化，三者的时间地位和性质定位必有一错。当时对这一问题百思不得其解，而且始终萦绕不去，这终于导致了对刘坚和李时人、蔡镜浩关于《大唐三藏取经记》研究真正意义的重新发现，也终于发现了罗振玉、王国维的误判，最后又终于大致正确地排出了《西游记》演化的主要阶段。

第四，关于"重新整合的取经故事"

元末明初杨景贤杂剧《西游记》面世已久，公认是规模空前扩大，结构基本成型的一个故事演化阶段，但这个长达六本二十四折的庞大剧本中故事如何构成的问题却长期没有引起注意；而后来有研究者提出这六本二十四折中，整整一本四折唐僧出生故事、一本四折八戒出生故事、两折通天大圣出生故事都是新增补的情节，却还是少有研究者关注，包括我自己。

20世纪90年代末，陆续有消息说福建发现了孙悟空的墓碑，当时大家也就一笑而已；后来消息渐多，直至2005年初新华社转发了一篇《石破天惊新观点：孙悟空是顺昌人》的报道，终于引发出一阵炒作狂潮。从基本的文学常识出发，我们都知道孙悟空是一个艺术形象，其文化源头有学术的研究价值，但其自身却不可能有什么实物的墓碑，更不可能有实体的兄弟，所以我们都认为也许只是好事者的恶作剧而已。在这个过程中，我多次接受了媒体的采访表述了自己的意见，主要是对发现者顺昌县博物馆馆长王益民的反感和批评，有时平和一些，有时则显得尖刻。总的说来，是认为如果墓碑确实时代久远，那可能会有一定价值，但炒作为孙悟空老家则属无聊，当时的综合观点主要反映在一篇题为《福建顺昌"齐天大圣"资料的判读——兼评王益民的"孙悟空祖籍顺昌"说》的文章里，又因为孙悟空老家是当时的热门文化话题，所以辟有"西游记研究"专栏的《淮海工学院学报》紧急调整，在是年第二期刊发，其时距新华社转发有关报道也就一个多月。

 绪论

媒体的报道确实有很多不专业的提法，作为专业的研究者要找出其中的错误痛快淋漓地猛批一顿当然不是难事。但事过之后我总是在想：王益民是一位专业的文博专家，他可能不明白孙悟空与齐天大圣的关系而产生许多误说，但他对那些祭祀碑的鉴定不会有错，那些被他从深山老林中挖出的，已经被确认产生在明初之前甚至更久远的碑刻到底是些什么？

这使我想起了关于孙悟空形象文化来源的"外来说"与"本土说"之争。"本土说"由鲁迅领衔，有大批拥趸，认为中国自古以来有很多的猴故事，典型如唐代的《补江总白猿传》、宋代的《陈巡检梅岭失妻记》等，是这些猴故事衍生出《西游记》里的孙悟空。本人不太赞成用这一说来解释孙悟空的来源，因为事实上它不符合《西游记》成书尤其是早期取经故事形成的实际，然而那些猿猴故事与孙悟空的某些性格又是如此地相似，又怎么能说他们不是孙悟空形象的构成部分呢？

当喧嚣过后，我们可以静下来仔细思索顺昌发现的意义时，我突然意识到王益民先生找到的这几块碑确确实实是重要的发现。早期的取经故事里有一个猴行者，后来称孙悟空，尽管身份来源不那么清楚，但大抵不离佛教，属于护法神性质，一路护送师傅，有据可查；然而到了杂剧《西游记》，这孙悟空忽然有了通天大圣的名号，而且有了偷仙桃仙衣、抢人家女子的性质完全不同的出生故事，这些故事哪儿来的？再查元杂剧有《二郎神锁齐天大圣》《二郎神醉射锁魔镜》等名目，其中也有类似的通天大圣故事，但却与取经没有任何关系，这些故事又是哪儿来的？这个时候我想到了有研究者提出的杂剧《西游记》中两折通天大圣出生的情节系后来补出的意见，意识到这齐天大圣、通天大圣故事其实是另有独立的来源自成体系，证据就是顺昌发现的祭祀碑。换句话说，即原本唐僧取经的故事中有一个佛教的猴，属于护法神性质的；另外南方民间还有一个猴故事系列，是劫财、好色的恶猴系列，本与取经毫不相干，但在杨景贤的杂剧中被引入《西游记》，两猴合并成了一只猴，成了齐天大圣（通天大圣）孙悟空，也就多了一些大闹天宫的故事。这个

观点，不久后被我归纳为《"大闹天宫"活水有源》一文。[1]

这件事发展很快。王益民最初发现的祭祀碑是几块，后来就是几十块，再后来就是一百多块，元明清各时代都有，都是通天大圣、齐天大圣，都与取经没有任何关系，非常明显地让唐宋传奇话本中的猴故事和元代杂剧中的齐天大圣、通天大圣妖猴家族有了着落。在共同探讨中，我与王益民成了好友，我告诉他顺昌的发现虽然与《西游记》有关，但不是孙悟空；它的更直接的意义其实不限于《西游记》而关系到更古老的民间崇拜。后来他们改了提法，从研究民间崇拜入手，称发现了大圣祖庙；又进一步调查，挖掘出了古老的祭祀仪式；又联系上了台湾、东南亚等许多崇拜大圣的地方，一时弄得轰轰烈烈，因为顺昌有实物证据，于是大家公认顺昌是大圣祖庙，这通天大圣、齐天大圣就成了地方上的一张有经济效益的文化名片。

就我的研究而言，我认为这是一个重要的发现。因为它让我看到了取经故事被本土带有道教文化背景的民间崇拜侵蚀的过程，从这个角度去看，不仅《西游记》研究中很多矛盾都可以得到合理的解释，而且我们可以更深一层地注意到其中文化色彩的嬗变。

第五，关于"语体转换的取经故事"

在我所划出的《西游记》成书阶段中，第五阶段被称为"语体转换的取经故事"，也就是把《永乐大典》和《朴通事谚解》中保存的白话语体的取经故事视为一个独立的阶段（通常称为平话《西游记》）。这其中没有太多的理由，语体的改变已经足够显示取经故事的重要演变和其大致的时间阶段。

这些年，这方面没有更多的资料出现，学界和我个人也都没有更多的研究进展。但并不意味这其中缺少想象的空间。对《西游记》版本传承的研究已经发

---

1. 蔡铁鹰."大闹天宫"活水有源[J]. 学海，2006（11）。

绪论

现,百回本小说《西游记》的底本也是一个白话语体的通俗取经故事,这个底本到底是不是在《永乐大典》和《朴通事谚解》中看到些须而始终神龙见首不见尾的平话《西游记》,我们还无法判断,但可以肯定的是,早在元代就已经有了白话语体的唐僧取经故事,而它极有可能就是今日《西游记》的直系祖先。这就有足够的理由把它列为一个演进阶段。

第六,关于"文学定型的取经故事"

这一阶段研究的目标是吴承恩和他整理传世的百回本《西游记》。这方面我有一些心理优势,主要是因为少年时曾经与吴承恩比邻而居,这种优势虽然并不能带来多少资料上的便利,但却能形成注意力的专注。

把吴承恩的百回本划定为一个阶段,而与此前的白话语体的平话取经故事区别开来,我觉得有两方面的定义:一是百回本《西游记》在文学上有大大的进步,吴承恩改造了若干老故事,创造了若干新故事,又使每个故事都充满讽刺幽默,风生水起、摇曳多姿,这已经使得它远远超出了任何前辈;而另一方面,百回本《西游记》的内蕴和文化性质也已经发生了极其重要的变化,该继承的它已经继承了,比如取经这件事最本质的理念;原本没有的它也有了,比如那些降妖伏魔故事社会象征性,这是他的社会文化意义。而这两方面都拜吴承恩所赐。因此我认为,讨论百回本《西游记》也就是讨论《西游记》的最终文本,离开对吴承恩的了解是不可能做到透彻入骨的。

在吴承恩生平的考证上我确实花费了相当的精力,确认了吴承恩与《西游记》的关系并完成了《吴承恩集》的辑校笺注和《吴承恩年谱》的编订。[1]但我觉得最重要的工作还是清理出了由吴承恩完成的《西游记》文化演变的脉络,即:

取经故事最早产生于佛教文化背景中,后来又受到了具有道教色彩的民间崇

---

1. 吴承恩. 吴承恩集[M]. 蔡铁鹰,笺校. 北京:中国社科出版社,2014.蔡铁鹰. 吴承恩年谱[M]. 北京:中国社科出版社,2014.

113

拜的侵润，在世俗化的道路上走的摇摇摆摆，大体上还只是一种宗教工具而尚未具备真正的文学精神；

是吴承恩在佛、道之外增加了儒家的内容，用儒学精神把那些取经故事改造成为与社会相关联的文学故事。这就使得《西游记》与当时流行的三教合一的思潮相吻合，可以为社会的各个阶层所接受。

这是百回本与此前取经故事最大的不同，也是百回本《西游记》这个阶段的主要意义。

绪论

附录二：

横向回顾——近三四十年来《西游记》成书研究状况

"文化大革命"结束后的最初十年，即20世纪80年代，对《西游记》研究而言算是一个黄金时代。当其时，版本、形象、语言、作者等范畴内的每一个论题都会有声浪如潮的讨论，其中魅力最为持久，也走得最远的则是成书研究。

如前所述，敦煌榆林窟取经壁画的发现和关于《大唐三藏取经记》的重新诠释影响深远，正是以其为契机，《西游记》成书研究的视点逐步投向了取经故事的真正发源地西域，投向了由"西域"这个概念扭结起来的历史、地理、宗教、民俗等领域——我们称之为"视点西移"。这是一项意义重大的变革，其初起，如新雪悄若无声；而今蓦然回首，已是春花点点。

以下从三个方面加以评介。

第一个方面：关于敦煌地区取经壁画的继续发掘

在敦煌发现唐僧取经壁画，对于重新定性《大唐三藏取经记》有非常重要的旁证作用，因为它用时间、地点、实物的确定性无可辩驳地证明了取经故事至少在西夏已经被绘成了壁画。

继榆林窟取经壁画被广为关注之后，1989年敦煌学著名学者段文杰先生再次介绍说在敦煌一带榆林窟、东千佛洞已经发现唐僧取经图6幅（但实际只见介绍了5幅），即除榆林窟第二窟、第三窟、第二十九窟的三幅外，还有两幅出现在东千佛洞第二窟的水月观音图中，左右相对各一幅，描绘"唐僧、猴行者及白马驮经步行于海边"。

在山西稷县青龙寺后来也发现了一幅唐僧取经壁画，这幅画的发现经过当时没有见于正式的文字记载，但在1996年的一次学术会议上，经李安纲先生引领，

包括本人在内的全体代表都曾亲见。这幅壁画与上述敦煌壁画大致相似,据说可以确定早于明前期,因为寺院有一处墙面上记载着明代前期重新绘制壁画的日期。从壁画实物看,笔者也相信这是较为古朴的故事,应当是敦煌取经壁画向内地流传的产物。

近年来,有研究者在西北发现了更多的取经壁画,比如张掖大佛寺壁画、童子寺壁画、红崖寺壁画等。首都师范大学攻读美术史的研究生于硕2011年提交了题为《唐僧取经图像研究——以寺院洞窟为中心》的博士论文,其中包括了相当数量的、对西北一带的佛教寺院洞窟进行走访的所得资料。又如兰州大学张同胜老师新近出版的《〈西游记〉与大西域文化关系研究》,[1]对"西域"取了广义概念,搜索资料的范围更为宽广。但这些新见的资料绝大部分都比较晚出,有可能是百回本《西游记》回流产生的影响,学术价值并不高,比如本次考察课题组重点考察的张掖大佛寺壁画、临泽童子寺壁画,都可确认是晚期衍生作品。当然,百回本之后流行的衍生品也有传播意义上的研究价值,但不在本课题定义的范畴之内。

第二个方面:关于《大唐三藏取经记》探讨的继续和展开

20世纪80年代后期对《大唐三藏取经记》的重新探讨引起学界注意,《大唐三藏取经记》新的学术定性遂为各方认可,此后关于《西游记》成书的描述——主要是各类文学史、小说史著述,也大多能采纳新说而不再沿袭南宋说经话本的传统思路。对于《大唐三藏取经记》自身的研究也在逐步深入,如张乘健先生对《大唐三藏取经记》的研究向我们展示了另外一种完全不同的思路——是他首先改用了《大唐三藏取经记》这个名称,他认为这本取经记的前身是中唐著名密宗僧人不空三藏的取经记,记录的是不空由海路前往印度取经的经历,只是到晚

---

1. 张同胜.《西游记》与大西域文化关系研究[M]. 北京:中国社会科学出版社,2013.

绪论

唐密宗消退后，零散的玄奘取经故事才乘机侵入将其改造成一本新的换了主人公的取经记。[1]这个观点目前还没有办法得到其他印证，但就其考证本身而言，应属有理。其思路虽然与刘坚和李时人、蔡镜浩有所不同，但两个思路并不排斥，重合的空间是完全存在的。

再一个展开是夏敏先生对沙僧形象原型的研究。他认为，"稽索沙僧原型，一定要与西域联系，……历代取经故事提供给我们的关于沙僧形貌的描绘和勾勒，约略能够说明这个人物在相貌和穿戴上均反映西域之人的特点"。具体而言，就是沙僧从最初开始，相貌、装束、称呼以及角色，都表明他具有明显的异域异族特点，是作为皈依佛教的异教异族神的代表而进入取经队伍的。他还提到《大唐三藏取经记》中深沙神项下的骷髅，其习俗来源于印度，在玄奘《大唐西域记》描绘外道时曾经提到。[2]夏敏的研究别具一格且非常具有启发意义，西域一带的佛教尤其是密宗，从印度的婆罗门教中带来很多神的形象，这些被佛教显宗称为外道的神后来很多都在西域一带被本土化，与佛教混为一家。最典型的就是《大唐三藏取经记》中毗沙门大梵天王，它正是由婆罗门教进入佛教密宗而成为西域佛教大神。

另外，张锦池先生在90年代初也提出了关于孙悟空形象来源的"石槃陀说"，即认为原型是《大慈恩寺三藏法师传》中提到的玄奘在瓜州收留的弟子石槃陀。张先生认为是北宋人从《大慈恩寺三藏法师传》的文字中吸收营养，以基本上独立创作的状态完成了《大唐三藏取经记》。张先生显然已经察觉了旧说的拘束局促，所以他将其年代提前到"北宋中后期"。[3]

---

1. 张乘健. 大唐三藏取经记史实考原[J]. 文史：第38辑. 后收入张乘健. 古代文学与宗教论集[M].长春：吉林人民出版社，2001.
2. 夏敏. 玄奘取经故事以西藏关系通考[J]. 西藏研究，1991（1）；夏敏. 沙僧与西域因缘考释. 西域研究，1998（1）.
3. 张锦池. 西游记考论[M]. 哈尔滨：黑龙江教育出版社，2003.

《西游记》成书的田野考察报告

第三个方面：在新的基础上融受新资料的问题

队戏《唐僧西天取经》的资料1987年公布，全文影印于《中华戏曲》第三辑，戏剧史研究者在第一轮的研究中已经明确指出，队戏《唐僧西天取经》至迟是元代的剧本，很可能是宋元、宋金甚至更早。这一意见，既有被采纳的例证，也有不同的观点。

福建顺昌发现通天大圣、齐天大圣民间崇拜的问题，近年可以佐证的资料越来越多，证明这个崇拜于宋元时期曾经广泛流传已经不成问题。我们课题组在顺昌县和附近的县市亲眼见到了许多分布在荒山野岭中的祭祀碑，有些祭祀碑碑身即有明确的宋元年份记录，有的具有典型的宋元风格，明清的则比比皆是。它们都有一个共同的特点，即不与唐僧取经和孙悟空发生联系，这就很质朴地证明了通天大圣、齐天大圣崇拜在民间的独立性，为我们研究这个崇拜在元末明初时融入取经故事——以杂剧《西游记》为标志——提供了原始状态的样本。到本报告提交为止，仅顺昌一地就发现了类似实物一百多处，而且还发掘出了整套的祭祀仪式，央视国际频道《走遍中国》栏目曾专为制作过一集纪录片题为《拜猴奇俗》；顺昌县政府已经举办过四届文化与经济挂钩、面向海峡两岸和东南亚的"齐天大圣文化旅游节"。

还有一件非常值得注意的资料是20世纪末在日本发现的大型画册《唐僧取经图册》。[1]此图册由三十二幅绢画构成，以连环画的形式首尾完整地表现了唐僧玄奘西行取经的全过程。日本著名学者矶部彰、板仓圣哲，中国学者黄霖、曹炳建先生已经对图册做了基础研究，据介绍，图册的作者为元代画家王振鹏，曾经被清人梁章钜收藏，后不知何时流落日本。尽管后来我在《〈西游记〉的诞生》等著述特别是在《西游记资料汇编》中，对图册及上述学者的研究作了详细的介

---

1. 矶部彰，等. 唐僧取经图册[M]. 东京：二玄社，2003.

绪论

绍,但至今却还没有见到更多的新成果面世,殆因这个图册介绍的唐僧取经故事与现在所知的杂剧《西游记》、平话《西游记》、百回本《西游记》均有极大的区别,甚至可以认为完全不属同一体系。这就把我们带进了一个更复杂的学术环境,也为《西游记》的成书研究增添了一个难解之谜。

这些应该说都是近三十多年来《西游记》研究的新进展。

就目前的状况而言,"视点西移"对《西游记》研究的整体影响已经显示出来,《西游记》研究的新领域渐次被打开。

首先是新的《西游记》成书演变过程的轮廓被描绘出来,"原生的取经故事"这一全新的概念被提出,并且得到了肯定,在学术会议和学术网站上反响都属热烈,新的演化线路图即成书过程六个阶段也得到了更多的接受。

其次是在研究领域上的重要开拓。2003年在河南大学承办的"《西游记》与中国文化国际学术研讨会"上,胡小伟先生的一篇题为《从〈至元辩伪录〉到〈西游记〉》的论文引起注意。该文由元蒙初期蒙哥汗八年(1258)忽必烈主持的一次史称"戊午之辩"的僧道论辩说起,追溯了中国历史上的佛道相争对中国思想史、文学史的影响,认为这样的争斗对《西游记》故事的形成有广泛的影响,应是某些情节如车迟国斗圣等的来源。[1]该文的思路和引用材料的范畴,都是以往很少涉及的。2005年,胡小伟发表了上文的姊妹篇《藏传密宗与〈西游记〉》,比较系统地介绍了密宗的三次输入及其对中原文化的影响,进而介绍了唐僧取经故事演变中密宗成分的渗透。[2]至此,胡先生的思路已经比较清楚,就是在把眼光放宽到唐代以来佛、道教之间的文化争斗与变异,在长达千年的背景上看宗教思想的演变对取经故事丝丝缕缕的影响,其整体感和深度较之以往点对点的细节对应比较,已不可同日而语。

---

1. 胡小伟. 从《至元辩伪录》到《西游记》[J]. 河南大学学报,2004(1).
2. 胡小伟. 藏传密宗与《西游记》[J]. 淮阴师院学报,2005(4).

领域的开拓还表现为对西域点点滴滴取经遗迹的搜寻。2002年杨国学先生发表了《丝绸之路〈西游记〉故事情节原型辨析》[1]一文，稍后又在学术会议上，与朱瑜章合署提交了题为《玄奘取经与〈西游记〉"遗迹"现象透视》的论文。这两篇文章粗看之下，所谓"遗迹"全似附会，但细读却不尽然。其一，作者曾长期在安西县（按，今已改称瓜州县）工作，数次前往榆林窟和东千佛洞等地考察。其二，作者对处理这些资料的原则非常清楚：希望明确分辨出哪些出于对玄奘取经经历的附会，哪些则可能产生于《西游记》成书之前，属于《西游记》创作过程中的重要素材。在前述于硕的博士论文中，涉及的北方及西北一带的取经壁画已经达到了数十处，其中虽然看起来大部分产生于百回本《西游记》之后，但不排除这些数量可观的壁画中蕴藏着对历史回应的因素。

如前所述，"视点西移"打开了《西游记》取经故事研究的广阔空间，如果从西域玄奘东归途程说起，那么在百回本《西游记》问世之前，取经故事就有了九百多年的演变时间；在地域上，则呈现了从极西极远向内地渐次过渡的演进线路；而在文化上，也体现了从纯正的佛教逐步本土化，并一步步与道教、儒教融合的进程。这对我们来说，其中相当多的内容还是陌生的。但经过近三四十年相当一批研究者的努力，我们毕竟已经摸索出了一个方向，可以预期，在以下的领域里，将有可能看到研究的迅速进展和向纵深的深入。

---

1. 杨国学. 丝绸之路《西游记》故事情节原型辨析[J]. 明清小说研究，2003（3）.

报告

报告
——以实证为目标的田野考察

中国古代通俗小说的发展经历过一个以"世代积累，个人写定"为创作模式的阶段，并诞生了《三国演义》《水浒传》《西游记》《封神演义》等一批重要作品。这种模式下的作品——并不局限于《金瓶梅》诞生之前——有漫长的成书过程，经历过多种文化的冲突与平衡，浸润有不同时代的政治社会信息，因此形成了特殊的价值，也因此形成了专门的学术分支——通常被称为"成书研究"，比较系统的则称为"成书史研究"。这种特定的"成书研究"主要包括本事、原型、传承、形态、作者和文化精神、社会意义等学术范畴。已经形成的共识是：不能厘清作品复杂的形成过程，就意味着对作品的了解存在重要缺失；不能开掘作品形成过程中形成的丰富内蕴，就意味着对作品价值的判断有重大疏漏。因此各类文学史（小说史）都会将上述一类作品的成书研究或者成书过程的描述列为不可或缺的内容。

就《西游记》而言，成书研究产生了非常重要的影响。一个最为显著的例子就是：经过20世纪最后二十年狂飙式的爆发之后，中国古代文学尤其是古代小说的研究近十年来似乎遇到了瓶颈，好像该说的都说了，该讲的也讲了，研究课题因此无可奈何地进入了拾遗补阙扫扫边角的状态。但唯独《西游记》研究却风生水起，且不断衍生出新的课题，取得了令人瞩目的重要进展。以国家社科基金资助的课题为例，十余年间国家社科基金资助的直接有关《西游记》的研究课题

达到十余项，包括一项重大招标项目，而其中又有五项与成书有关，[1]这对于任何一部文学作品——无论古今中外，都是殊遇，由此可见蕴藏在成书研究中的历史、文化与社会、文学的价值已经被广泛关注。

如所周知，成书史研究对原始资料有高度的依赖性。《西游记》研究能够突破瓶颈成为例外，就在于它有幸在近几十年大规模中（中原）西（西域）文化交流研究的背景下，得到了跨学科田野考察成果的重要支撑，发现了大量以壁画、碑石、民间写本等非传统形式出现的田野资料，从而在若干空白领域形成突破，并由于研究者的努力，陆续将一个个"点"连成了"线"，又扩展成了"面"，呈现出跨学科、多领域、多视角、多层面的良好状态，具备了在成书研究的范畴内拓开视野，取得新成果的基本条件。我们经常提到的重要田野资料包括：敦煌经卷里的藏文本《罗摩衍那》、敦煌莫高窟榆林窟的取经壁画、山西宋金期间民间祭祀用的队戏《唐僧西天取经》、河北的石刻墓道《唐僧师徒取经规程图》、福建顺昌的齐天大圣崇拜遗迹等在"绪论"里已经交代的资料；还有散见于古丝绸之路上的一些西游故事原型信息如地下自燃煤田等，包括玄奘法师西行印度途程携带的文化交流信息如金毛鼠故事等。正是这些资料引导我们开始了取经故事演化全程分阶段的探索。

鉴于新见资料的重要，我们于2012年申报了"《西游记》成书的田野考察与成书史研究"课题。课题希望以"田野考察"的形式，对"文化大革命"结束之后（1976）至今发现的重要资料做一次比较全面的包括实证和拓展两个方面的考察。实证考察指上述若干资料多因一些偶然机缘而被发现，作为研究者，有必要

1.国家社科基金重大招标项目："西游记跨文本文献资料整理与研究"，胡胜，2017年。年度项目："《西游记》版本流变研究"，曹炳建，2009年；"人文本《西游记》勘误"，李洪甫，2009年；"《西游记》的跨文本研究"，胡胜，2010年；"《西游记》成书的田野考察与成书史研究"，蔡铁鹰，2012年；"《西游记》汇评汇校"，张平仁，2013年；"'西游'说唱文献整理与研究"，胡胜，2017年。

亲见做出自己的直接鉴别和判断，去伪存真；拓展考察乃是指课题申报人认为，凭借已有的线索，还有可能再发现更多的资料，做这样一次系统的田野考察，本质上就是由等待资料被发现转为主动寻找、主动发现。事实证明，这个方法是可行的，现在不仅对前此已经公布和使用的资料有了更为丰富的认识，有了更为理性的解读，而且循其线索有了更多的发现。

对于课题的结题形式，正如"前言"中已经交代的那样，之前曾经有撰写一本《西游记成书史》的设想，但越是有新的认识和发现，就越不敢轻下断言。鉴于此，我们最后想到了用"考察报告"的形式，也就是把我们的考察经历和考察结果，除做一些简单的归类编排外，其余一概都原原本本地交代给所有研究者，有条件的还要尽可能地用图片展示。这些图片绝大部分是我们考查行程中手自摄录，其可靠性无可置疑——当然会附上我们的意见，但意见基本上只是针对资料本身，如果需要更多的了解，请参看"绪论"的相关部分。

西域古道专题

本专题考察主要对应于"绪论"所列《西游记》成书的第一阶段"零星原生的取经故事"、第二阶段"早期结集的取经故事",其意义在于感受玄奘当年西行的经历和寻找最初那些取经故事形成的文化线索。

玄奘故居:家祠与故里

《西游记》故事的源头,乃是唐代高僧玄奘去印度求法的事件。在《西游记》里,已经故事化了的玄奘通常被称为唐僧——这很有必要,因为《西游记》里的唐僧,毕竟已经不同于他的历史原型玄奘,在称呼上形成一些区别会避免很多不必要的误解误读。

不朽于历史与宗教的玄奘向来有仰之弥高的地位,这对属于大众阅读的《西游记》有至关重要的影响,所以尽管大众阅读会优先使用神乎其技、张扬秘术、渲染夸张等吸引眼球的技法技巧,比如《西游记》中孙悟空、猪八戒就都有抢镜头的经历和神通,但它也必须遵守一条文学的铁律,那就是必须形成自己的"主脑",这一点与任何精英文化都是一致的,所区别者,形式而已。《西游记》的主脑——现代的主题,显然首先并不是孙悟空张扬正义、惩恶扬善的种种行为,最根本的仍然是在颂扬唐僧取经所秉持的理想信念与坚韧不拔,一切艰难险阻、生死历练均与取经相关,否则无从谈起,所谓的唐僧手无缚鸡之力、愚钝糊涂、不近人情等,无非不过是为了映衬前途的艰难,为徒儿们的施展腾出空间。这一

点，阅读《西游记》时稍有深度都可理解。

所以，在我们构设的成书研究框架中，玄奘本事占据了起始的重要地位，考察也就从玄奘开始。

受惠于玄奘本人的《大唐西域记》和《大慈恩寺三藏法师传》《续高僧传》等，历史人物玄奘法师的身世行迹清晰明确，但是他的出生地即《大慈恩寺三藏法师传》卷九中"缑氏县之东南凤凰谷陈村亦名陈堡谷，即法师所生地也"一句的落实，却有争议。

现在有两个玄奘的故居。一个叫"玄奘家祠"，在今巩义境内，民办；一个叫"玄奘故里"，建在偃师缑氏镇陈河村，是政府认可的旅游景点。

2003年在开封河南大学参加一次学术讨论会，话题涉及玄奘故居时，有当地研究者告知，除了已经作为旅游景点开放的偃师缑氏镇"玄奘故里"外，还有一个巩义的"玄奘家祠"，当地传为正宗。这让我很感兴趣。于是会后在当地研究者陪同下，与《西游记》研究名家刘怀玉先生一起去了巩义与偃师交界处的一个陈河村。后来我在《西游记的前世今生》一书中对这座家祠作了介绍。[1]"玄奘家祠"究竟是不是真正的古迹，我们一时无法证实，姑且暂立存照。

本次考察我们把作为旅游景点的"玄奘故里"列入了计划。此前，我曾摘录过旅游网站对这个未曾见面的心灵胜地的描绘：

> 北依白云岭，南望伏牛山，东临轩辕雄关、西瞻伊阙龙门，沃野千里，河谷纵横。进入陈河村，是青山环抱的凤凰谷，深巷古街内，土屋相连。淳朴民风依旧，村民悠然自得，似乎自己的世界更精彩。

但实际的观感却远不那么有诗情禅意。故里紧靠缑氏镇，建在一座小小的高塬上；整个院落格局为南北长方形，分前后院，按自然地势，渐次升高；建筑用青

---

1. 蔡铁鹰. 西游记的前世今生[M]. 北京：新华出版社，2008，17.

瓦白墙、朱门红柱,布局巧妙,错落有致,也算充分仿制出了隋唐时期的风貌。大院中有一棵葱茏翠绿的皂角树,却是新长在一棵早枯的老槐树上,相抱相生;皂槐树旁边,现存古井一口,人称"慧泉",伴随这些的,都有关于玄奘的传说。屋内陈列着《大唐西域记》的各种版本,唐僧所译的经卷以及凭吊玄奘的墨迹、玄奘的生平故事挂画。这里纪念馆的性质十分明显,已经不是一处自然状况下的遗迹,缺少了一种我们喜欢的古朴,显然更适合旅游者参观。尤其是镇上正在大兴土木,为玄奘建造一处宏伟辉煌的皇陵式的寺庙群,迤逦而来的建筑中轴线从故居门前穿过,走向更远。大则大矣,但已失去了故居的风范,恐怕这处本来就可疑的故居也会被完全淹没。

缑氏镇不远处,有一座颇有名气的玄奘寺,紧傍207国道就在路边,山门是一座高高的牌楼。天下多有玄奘寺,但据说本寺声名最著。寺始建于北魏,原名

偃师缑氏镇"玄奘故里"纪念馆

玄奘故居的慧泉和皂槐树

灵岩寺，隋大业年间幼年的玄奘曾多次到该寺聆听佛法，取经返回后也曾回寺看望僧众。为了弘扬玄奘坚毅卓绝的精神，唐太宗赐地40顷敕令重修，改名为"兴善寺"；武周圣历二年（699）武则天赐金重修，赐地百顷；后又改名为唐僧寺，1996年中国佛教协会会长赵朴初老拜谒唐僧寺，提议更名为"玄奘寺"，遂沿用至今。

偃师缑氏镇的玄奘寺

长安遗踪：大雁塔与兴教寺

玄奘取经的真正出发地是当时的京城长安（今西安市）。《大慈恩寺三藏法师传》《唐高僧传》关于当年这位年轻的僧人申请西行求学和混在饥民中溜出长安的描述，非常具有故事性，但可惜遗迹已无从考察，现今留在西安的玄奘遗迹均为其回国后活动的场所，主要有大慈恩寺、大雁塔和兴教寺。

大慈恩寺位于西安城内，大雁塔在慈恩寺内。唐贞观二十二年（648）太子李治为追念其生母文德皇后，下令在京城内择地建寺，落成后命名为慈恩寺；又诏令当时已经回国，栖息在弘福寺译经的玄奘法师移就慈恩寺译经并充上座即担任住持。此事在《大慈恩寺三藏法师传》卷七有详细记载。永徽三年（652），玄奘法师以"恐人代不常,经本散失,兼防火难",又在寺内主持修建了大雁塔,用以保存西域取回的大量经卷、佛像和佛舍利,两年后落成。大雁塔的得名与玄奘在西域的一次经历有关,据《大唐西域记》卷九记载,从前印度摩揭陀国的一个寺院信奉小乘佛教,可吃三净肉。一天,空中飞来一群雁,有和尚见到群雁便信口戏谑说:"今天大家都没有吃什么东西啦,佛祖应该知道我们肚子饿呀!"话音未落,一只雁退出行列,坠死在和尚面前。和尚顿时憬悟,遍告寺内众僧,大家都认为这是如来在教化他们,于是就在雁落之处,建了一座塔,以隆重的仪式将那只雁埋葬在塔下,塔便被称为雁塔。[1]玄奘在经过这座塔时,曾经肃穆凭吊,回国后便也就将慈恩寺内这座新建的塔命名为大雁塔。大雁塔是现存最早、规模最大的唐代四方楼阁式砖塔,是佛塔这种印度佛寺的建筑形式随着佛

▼远眺慈恩寺中的大雁塔

▲慈恩寺前广场上的玄奘像

---

1. 玄奘. 大唐西域记[M]. 北京:中华书局,2000,770. 按,大乘佛教戒杀生,戒荤腥,但小乘教认为可以吃三种肉——眼不见杀:我眼不见它被杀时的情景;耳不闻杀:我耳不听见它被杀时哀叫的声音;不为己所杀:它之死不是为我而杀者。

教传播而传入中原地区并融入汉文化的典型物证；大雁塔现存七层，陈列了大量经卷、舍利、佛像等法物，作为中印文化交流的证据，极为珍贵。2014年联合国教科文组织将大雁塔作为"丝绸之路：长安——天山廊道的路网"遗址之一列入《世界遗产名录》，2015年印度总理莫迪和习近平主席参观了大雁塔。

玄奘长眠之地：西安护国兴教寺

唐麟德元年（664），玄奘在玉华寺圆寂，初葬白鹿原，后高宗于总章二年（669）有旨在长安城南建塔，迁玄奘灵骨于此，不久又因塔建寺，赐名"兴教"，后遂通称"护国兴教寺"至今。前两年，因为西安市政府以申遗的名义计划拆迁该寺，引起一片大哗。

西安城外有两个兴教寺，一个在户县，西南方向约50公里；一个则是我们所说的护国兴教寺，在城南约20公里。出城后的路况还算不错，期盼之中，尘嚣渐远。说来兴教寺的位置已经是在农村，坐落在一处土塬上，掩映在农户与绿树中，直到近前才看到不大的牌楼。不过回头一看，终南山就在远处，峰峦叠嶂，气势磅礴，禅意仿佛已在身边。

从边上的门进了院子才发现里面其实不小。兴教寺不售门票，只由游客随兴

兴教寺玄奘的灵骨塔　　　　　　民初重修时的灵骨塔题名

施捐功德,也不用花钱买香火,可在香案上自取,显然少了很多商业气息也就是俗称的铜臭,给人印象极好。寺内极清静,只有鸟鸣,没有人声——没有多少香火,自然也就少了喧嚣,相应地鸟鸣就显得更有生气;几进院落都收拾得干净整洁,少数几个旅游者在院子里静静地观看,肃穆敬仰都写在脸上,倒是我们几个到处摄像拍照显得有点刺眼。惭愧的同时,打心眼里都赞叹这才是静心修行的地方,有点像始终飘渺在印象里的王维辋川别墅。

玄奘负笈图

需要从学术上加以澄清的是坊间广泛流传的玄奘法师像——也称《玄奘负笈图》。图中的玄奘大师,手持拂尘,足蹬芒履,前悬灯盏,后负佛经,正是日夜兼程、坚定取经的形象,非常符合人们印象中玄奘跋涉数万里历尽艰辛的情景,因此自然而然地就成了玄奘的标准像,凡论玄奘者,几乎必用此图。

此图就陈列在兴教寺里,刻在玄奘灵骨塔后面大遍觉堂的一块碑上。但碑记说明这是一块摹品,是1933年一位欧阳渐居士所绘刻。那么,原碑何在?

报告

兴教寺所藏《玄奘负笈图》

网络上有博客转出的新加坡文化名人杜南发先生的一篇题为《玄奘追踪记——〈玄奘负笈图〉身份之谜》的文章，提到有资料说原画绘于宋代，现藏日本东京国立博物馆——也就是我们有时也会见到的带色彩的那一幅，据说是当年来中国的日本僧人带回的，流传有序。

杜文首先认为，有证据说明这幅画上确实是一幅古画：

第一，画中的玄奘，一身行脚僧装扮，颇符合古代僧人的行头。在《清明上河图》中也可见有一位背负类似行笈的僧人，证明这种行笈确是宋代云游僧人的行具。

第二，画中玄奘，右手拿着拂尘。沈从文在著作《中国古代服饰研究》中提到这在古代又称"蝇拂"，并得出唐代和尚必手持蝇拂的结论，其作用是可以拂去灰尘，又可以拂赶飞虫蚊蝇。

第三，画中玄奘的左手，许多描述都说是"手持一卷经书"，但如仔细看在他宽大的僧袖后，却露出一截长棍，可知道这其实是一把称为"角杖"的手杖。在明朝画家戴进的《溪边隐士》图中，就有这种手杖的样式。

第四，玄奘身上僧袍的衣袖口，可见到僧袍内所穿的是绛赤色袈裟，这亦符合古代僧侣的服色（袈裟原有赤色之意）。

但也有值得注意的奇怪之处：

第一，画上的玄奘，眉毛竟然是弯曲垂尾的特别长眉！这样特别的长眉，在中国画像中相当少见；如有，也是表示老年的"寿眉"，与中年玄奘年龄殊不符。

131

第二，画上的玄奘，胸前所悬挂的大串圆形饰物，中间穿洞成串，数目只有九颗，仔细看并不是念珠，而应该是"海螺佛珠"。在佛教各宗派中，以密宗最重视白海螺佛珠，视为圣品之一，那么，难道这位画中的玄奘，是和密宗有关？

第三，画上的玄奘，竟然戴着个大耳环！唐人不戴耳环，只有到了晚唐五代，才有类似"耳坠金镮"的词语出现。但在唐代的文献或绘画中，却有少数民族或外国人（胡人）戴耳环或耳坠的记载和图像，如寺院壁画或塑像中的菩萨、天王、力士像等，因为这些神像全都是"外国人"。

因此，杜先生认为，这幅画上的僧人，显然就不是玄奘了！那么又是谁呢？他认为应该是十八罗汉中的伏虎罗汉！这幅《玄奘负笈图》有可能是日本人参考了当时西域的伏虎行脚僧人图绘制的一幅宗教宣传画。

我对于《玄奘负笈图》没有做过研究，但向来不认为它是唐代人为崇尚玄奘绘制的，因为这幅图给人的感觉是有点怪，而且时间上直觉也不会有那么早，现在似乎有点恍然大悟。

这里还要说到另外几幅被认为是玄奘取经图变异品种的图像，简略介绍。

一幅是被坊间称为"日本版的玄奘负笈图"。从杜先生文章引用的资料来看，显然也是不可靠的，应该就是俗称伏虎罗汉的"伏虎行脚僧"了。

杜先生说：在大英博物馆里，有一件百年前英国探险家斯坦因从敦煌藏经洞带走的一幅唐代《行脚僧图》，纸本设色，画中的僧人，背笈、持拂、行脚装，虽然手持的是更早的"麈尾扇"，衣服也有杂点，但这位长眉僧人长得高鼻深目，明显就是个"胡僧"；这位胡僧的身边，多了一只老虎，前上方还有一尊小佛像。这种背笈、持拂、行脚装、身边有老虎、上空有佛像内容的图像，被称为"虎伴背笈行脚僧"图式，在敦煌还不止出现一幅，如法国巴黎吉美东洋美术馆里，就有两件法国汉学家伯希和带走的敦煌绢画，同样内容，只是老虎画得更大，画中僧人也很明显是"胡僧"，而且还有云雾，显示这僧人和虎具有神通，不是凡人。后来中国学者在敦煌莫高窟的壁画上，也发现留存有一幅同样内容的《虎伴背笈行脚僧图》，只是壁画上的僧人多戴了一顶"胡帽"。更有趣的是在中国河南开封，有一座宋代兴建的繁塔，上面有一块明朝的砖雕，被中国许多报刊称为"玄奘取经浮雕",但仔细看,原来也一样是"持麈尾扇,背笈的行脚僧,脚边有老虎,上端有小佛像"的典型图式。这种"虎伴背笈行脚僧"的图式,一再出现,也曾引起学者的注意,如法国敦煌学家戴密微(Paul Demieville),还有日本学者松本荣一、秋山光和等,他们发现,在法国收藏的那两件绢画上,长方形题笺中有写着"宝胜如来"的字眼,显示这是画上那尊小佛像的名称。

坊间所传"日本版的取经图"(原藏日本美术馆)　　坊间所传"欧洲版的取经图"(原藏大英博物馆)　　坊间所传"韩国版的取经图"(原藏韩国国立中央博物馆)

另有被称为"欧洲版的玄奘负笈图""韩国版的玄奘负笈图",应该也是同类的文化产品,与玄奘无关。

对取经图的如此演绎,其实也是一种文化现象,其本质仍然是玄奘事迹的延展与扩散,只不过取了一种特定形式。

武威罗什寺

《大唐西域记》云:"贞观三年秋八月,将欲首途。"但一般认为这个时间

有误,"三年"应为元年之笔误;"秋八月"应是三月或者四月,八月实际上是玄奘离开高昌国的时间。[1]其时玄奘离开长安,经秦州(今天水)、兰州到达凉州(今武威),在凉州停留月余,遇追捕潜至瓜州;在瓜州又作一番整顿,经历了收徒、购马的变故之后,闯过莫贺延碛,到达伊吾(今哈密)后被高昌国使者接走。如果这一系列的记载属实,那玄奘离开长安的时间就应该是贞观元年的三月或四月,这也与长安周边发生饥荒的情况吻合。这是一段非常艰难的时光,玄奘既要躲避官府的追捕,又要应对恶劣的自然环境,尤其是要闯过号称八百里荒无人烟的极旱极热地区莫贺延碛,在高昌又被扣留一个月。但这也是一段不断产生故事对《西游记》发生重要影响的时光,一段又一段惊险而饶有趣味的往事,为后来的取经故事提供了最初的史实和文学灵感。

张掖古称甘州,玄奘经行但并未停留,然而现在这个地级市却是河西走廊的经济文化中心,在其地域内有多处我们考察的目标。

供奉鸠摩罗什舌舍利的塔

张掖有个《西游记》文化研究会,会长是时任市委宣传部副部长多红斌。此公宽身板,红脸膛,大嗓门,直是北方豪爽大汉的模样,非常关心地方文史研究,尤其注意玄奘在这一段的行程故事。我们课题组出西安的第一站是武威,原计划投宿一夜即行,但晚上多部长来电话,直嚷:"玄奘在武威停留了

---

1. 惠立、彦悰. 大慈恩寺三藏法师传. [M]. 孙毓棠、谢方,点校. 北京:中华书局,1983年. 请参考相关注释。

一个多月,不看咋行?"我们解释说在武威缺少线索因此没有目标,多部长说:"那个罗什寺就是目标,值得一看。"

罗什寺是鸠摩罗什舌塔寺的简称,已有1600年的历史,是我国古代著名的西域高僧、佛经翻译家鸠摩罗什初入内地弘法演教之处,寺内立塔供奉鸠摩罗什的舌舍利。据记载,后凉建国初年,吕光奉后秦苻坚之命,挟持西域高僧鸠摩罗什到达武威,为安顿他的身心,便下令召募工匠建寺,建好后命名为鸠摩罗什寺;罗什法师圆寂后,他的弟子遵其遗嘱,将他的舌舍利供奉于寺内,并在供奉舌舍利处造寺塔一座,也就是今天的罗什寺塔。

1934年重修罗什塔时,在塔下发现一通"罗什地基,四至临街,敬德记"碑,为唐初尉迟敬德所立,据称他率军西征时路过凉州曾修整过罗什寺,因此有碑存立。因此贞观年间玄奘经凉州逗留时,可以断定此寺肯定存在,也许讲经说法就在本寺中。

河西走廊和丝绸古道

到达张掖,多部长称,我们的一切计划都会得到安排,但他本人强烈希望我

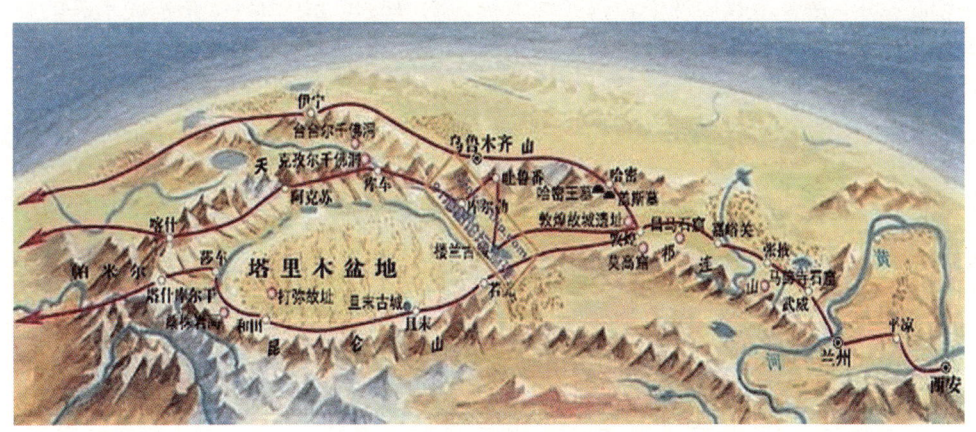

丝绸古道和河西走廊示意图(图片来自网络)

河,指黄河;兰州以西至敦煌这一段狭长通道夹在沙漠和群山之间,故称河西走廊

们增加一项考察内容,就是从南北两端比较完整地感受一下河西走廊和仍然保持原貌的丝绸古道,说唯如此,才能理解为何自古河西一条道。这是一个看似闲笔但让我们大为惊喜的建议,作为一项与古代中西交通密切相关的田野考察,参与者应该有更直观的体验,只是我们从未想到会有这样的机会。事实证明,这对于理解玄奘的西去途程和理解取经故事的产生,是一种极好的身临其境的铺垫。

河西走廊主要在甘肃省境内,因为地处黄河之西,南有祁连山绵延,北有合黎山、龙首山横亘——都是东西走向——中间形成一条狭长的通往西域的古道而被称为河西走廊,其东段起点是奔腾不息的黄河,最西段是嘉峪关、玉门关等被后人千古吟唱的关隘,再往西就是号称八百里莫贺延碛的沙漠戈壁地带。在相当长的历史时期内,这条一千多公里长的河西走廊是内地与西域之间的必经之道,换言之,由长安延绵通往西域深处的丝绸之路,第一段就是甘肃的河西走廊。

上图为一幅来自网络的"河西走廊示意图",已经大致显示了在合黎山、龙首山(北山)和祁连山(南山)之间,由一连串绿洲相联而成的河西走廊。

我们首先北上查找当地人称为北山的合黎山山口。这个山口是古代北上通往内蒙高原的必经之路,既是商道,当然也是匈奴、契丹、满蒙等草原民族铁骑南下的兵道。接下来我们南下,找当地人称为南山的祁连山山口。张掖民乐县的扁都口,远方高峰即祁连山——当地称为南山,是河西走廊上为数不多可以南下青藏高原的山口。

在一个叫正义峡的地方,我们见到了一段据说基本能反映原始面貌的丝绸古道,现代发达的高速公路网裁弯取直把这一段抛弃了,所以它保留了下来。所谓的道,也就是沿河床而行,相对比较平坦而已,远处山巅上的烽火台能证明这曾经是一条西行通道——唐僧师徒的西天之路,应该就是如此模样吧。图中的河流叫黑河,在《西游记》中有这个名称,民间传说中也称通天河。

流沙河、通天河、八戒墩、牛魔王洞

本报告的"绪论"中提到河西走廊有与唐僧晒经故事有关的遗址。倘若扩大范围搜索,可以发现河西走廊围绕取经故事,有更多有关的传说和据称的实物

民乐县的扁都口,前方即祁连山,翻越山口可通往青海

甘州正义峡保留的丝绸古道,山上有当年的烽火台,兴许玄奘曾经过此地

遗迹,比如通天河、八戒墩、牛魔王洞,等等;[1]张掖市西游记文化研究会副会长任积泉先生统计过,在吴承恩百回本的《西游记》里共有13回28处提及"流沙河",还一并使用了"弱水""黑河""黑水河""流沙"等词语若干次,而在张掖境内,流沙河、通天河、弱水、黑河,都是实际存在。[2]

这已经不是"偶然"而属于"群体"现象,它究竟与取经故事与《西游记》有何关系值得研究。

1.可参见杨国学,朱瑜章. 玄奘取经与《西游记》"遗迹"现象透视[J]. 河西学院学报,2004(6).

2.http://www.zyrb.com/art/2013-12-04/content_1104779.htm

《西游记》成书的田野考察报告

左下图是传说中的八戒墩，在临泽县倪家营乡。旷野中的一座土墩，倒有点像《西游记》中的八戒，据说原本土墩要大一些，但形状一直如此。这座经常被引用的遗迹我们认为基本可以肯定属于衍生附会，因为我们在周边调查时，没有发现任何有一点历史依据和可以作为佐证的资料，即使零星的八戒传说也了无新意。

右下图是传说中的牛魔王洞，石碑上刻有"牛魔王洞"字样，在临泽县板桥乡。当地有关牛魔王的故事是一个传说群，附近还有火焰山和红孩儿的传说。这也基本上可以认为属于衍生产品，因为牛魔王、红孩儿与火焰山的组合，只在吴承恩的《西游记》里才有出现，我们没有发现它作为早期故事的蛛丝马迹。

传说中的八戒墩

传说中的牛魔王洞

比较复杂的是流沙河、通天河的问题。在河西走廊地区，确实流淌着这样的河流。这些河流都发源于祁连山，其中主流叫黑河或者黑水河，是西北地区的第二大内陆河，最后北上汇入居延海。其如何得名我们不太清楚，也许与古代的黑水国有关，这个古国的遗址目前还在。黑河有很多条支流，其中一条叫弱水，从山丹县流入甘州与黑河合流；还有一条叫沙河或者流沙河，在临泽县境内汇入黑河，当地百姓又把这条河叫通天河；再有一条叫老盐渡河，也被叫作通天河。这些河流的名称至少可以追溯到宋代之前，因此它们与《西游记》的关系就比较复杂，不太可能是简单的衍生与回流关系。

下图为甘州境内的流沙河，可能是因为水中有沙，沙随水走而被称为流沙河。这条河看似平常，但山洪下来时它会泛滥，所以在古代文献里经常象征着异域殊方的险恶环境。

当地流沙河的河道

当地百姓称为八百里流沙河的旧河道

高台晒(晾)经台

　　晒经台在高台县,据称是当年玄奘回程时在通天河落水晒经的地方。这是我们计划中的考察重点。此处晒经传说的真伪,在《西游记》成书研究中属于疑是难定的特殊问题。我们在多年前看过有关资料并留下了深刻印象,因此始终存有在这个问题上取得突破的期待。

　　当地传说称:当年唐玄奘印度取经返回途中经过此地,随从人等牵马步行,一路风尘。恰好前面有一片风景地,青山绿水,云淡天高,林秀风清,顿觉心旷神怡,便很想在此静安几日,再行登程。又因前面路过通天河时,经箱湿水,于是就此歇脚,打开束装,整理翻晾经卷,数日后才起程东进。这就是此地"晒经台"的由来。传说显然不符合史实。玄奘回程确有一次因经卷落水不得不停留晾晒的经历,但那发生在今天新疆的塔什库尔干地区,文献有记载,后来我们也找到了地方,以下有详述。

　　但这不能排除传说的合理成分。因为据地方史志记载,高台县汉代属乐涫县,后来兴废不一,唐代叫福禄,明初改名为高台,因县有台子寺而得名。《新纂高台县志》说:"明洪武五年,冯胜平定河西,置高台县,因台子寺为名。"又说,当年的台子寺旁有一座戏楼,其上一副对联是:"台虽不高,县名因斯而立;寺本甚大,圣经赖此以藏。"[1]很明确的说了其中因为有圣经,进而有台,又进而有寺,最后因寺而名县的因果关系。[2]这里最重要的一个元素就是,地方史志已经明明白白的告诉我们,台子寺早在明初就已经存在,而且可以相信不仅有寺,且有相当的规模,否则岂可因此而定制为县?与之相关的取经晒经传说,理论上也可以认为在此之前就已经存在。这就有了意义。

台子寺坐落在一个离县城大约20公里的村庄中间,遗存仅仅只是一座土台——也就是最关键的"台子"。台子为夯土,高约1米,总面积大约300平方米,可以理解为是一座大殿的台基(下图),与史料记载正形成呼应。陪同的当地研究者告诉我们,台子上的土墙为20世纪70年代集体粮仓的残留,不要为其蒙蔽。值得关注的是台基,台基的夯土层显示其存在很久远。而我们也相信,这么大的一块夯土台基,有可能是台子寺的大殿遗存。当年有这么一处大殿的寺院,其命名也是需要理由的,既然叫作"台子寺",显然有进一步探究的价值。

高台县台子寺遗址

---

1. 徐家瑞,等. 新纂高台县志.[M]. 民国十年铅印本//中国地方志集成·甘肃:卷四十七. 南京:凤凰出版社,2012.
2. 高台县志辑要[M]. 兰州:甘肃人民出版社,1998,147.

在高台遗址的另一端，有一块刻有"李暠台遗址"碑石。这块碑立于1990年，落款为高台县人民政府，表明这是一处县级文保单位。查：李暠（351—417），东晋十六国之一的西凉国主，唐朝李氏的先祖，曾由敦煌迁都酒泉，称酒泉公。相传因军事需要，李暠曾在乐涫用兵，于台子寺筑墩台，作军备之用。后人建寺其上，为高台十景之一，称"西寺崇台"。

这块碑石使人产生疑惑，究竟孰是孰非？这个高台究竟李暠的台还是玄奘的台？但是仔细想想，并非不能解释。最主要的是，李暠与玄奘在时间上相差了近三百年，有关传说重叠也是可能的，或许原本是李暠筑台，台上后又有寺，因寺而形成玄奘晒经的传说。《高台县志》上即有"崇台创筑溯西凉，想是行军守建康。十亩雄墩千载旧，九重楼台一炉香"诗句，其实也反映出了两者的前后关系。

从我们考察的角度看，台子寺及其传说的存在，提供了一个非常美妙的想象空间。明初看到已经初成体系的唐僧取经故事并不奇怪，如果假定高台在明初建县时已经有了唐僧晒经的传说，那么这个在内地资料上一直未见记录的故事很可能就是一个原生的故事。

张掖大佛寺取经壁画

张掖有座非常著名的大佛寺，大佛寺有一幅争议颇大的唐僧取经壁画。

大佛寺始建于西夏永安元年（1098），相当于北宋中期，因正殿供奉一尊号称全国最大的卧佛而得名。在大佛背面面北的照壁上，有一幅看来古色古香的唐僧取经组图，寺院管理方曾经组织各方专家考证壁画的绘制时间，形成了元代扩建时绘制和清代重修时绘制两种意见。相比较而言，在学者中后者的支持者更多一些，然而大约出于猎奇心理，网络与社会舆论则一边倒地取壁画绘制于元代之说，称早于吴承恩《西游记》三四百年，曾有数十家新闻机构组团参观然后以通稿的形式发布了这类消息。此前我们也参与过有关这幅壁画的讨论，认为从壁画的故事内容联系取经故事的演进过程来看,只能是清代《西游记》流行后的衍生物。[1]但证据毕竟只是网上得来的局部图片和非专业介绍,所以仍需确认。

壁画在正殿大佛的背面,场地比较阴暗局促,不易看到壁画的全貌。由于有张掖《西游记》研究会多部长的引导,大佛寺的管理方破例打开了大殿的北门,使得我们可以观察到壁画的全貌,且可以在自然光线比较充足的条件下仔细观察。下图是我们拍摄的至今为止这幅壁画最为清晰也最为完整的图片。

张掖大佛寺唐僧取经壁画全图

虽然地方研究者都认为这处壁画很古老,但主要还是一种感性认识,还是基于大佛寺悠久的历史事实。实际上这些壁画并不如媒体渲染得那么历史久远,因

---

1. 蔡铁鹰. 张掖大佛寺取经壁画应是《西游记》的衍生物[J]. 西北师大学报,2006(2).

此尽管当地朋友充满期待,我们还是很遗憾地告诉他们,清晰的画面中包含了若干可以确认晚出的情节或者说由吴承恩增添的故事情节,可以肯定这是一幅清代衍生的《西游记》取经壁画。

我们判断的标准有两条:

其一,找出这些壁画的原出处。这个办法在以下将要介绍的于硕博士的论文中已经提到,他指出这些壁画的画面故事出自或者说参照了《李卓吾先生批评西游记》的插图,这很重要。现在我们就把这些画面找出来一一对应。

其二,将这些故事从古老的取经故事中排除。这个办法的依据就在本报告的"绪论"中,在那里我们已经详细列出了产生于各个时代的取经故事的具体目录,而且列出了基本上可以肯定属于吴承恩创造的那些情节,请参看。

比照之一:壁画上出现了红孩儿的故事,画面是红孩儿站在小车上驱动三昧真火大战天兵,旁边还有几辆小车,应该是合成五行的意思。这就是一个漏洞,我们说火焰山是一个早期的取经故事,但不包括相关的红孩儿故事,更不可能出现五行车和三昧真火这样细腻的情节,何况在大佛寺壁画画面另一侧还有三盗芭蕉扇的细节。这都只能说明他们的出现很晚。可为比照的《李卓吾先生批评西游记》百回本插图。左上角有第四十二回字样。

大佛寺壁画局部

《李卓吾先生批评西游记》插图

比照之二：壁画上出现了五庄观救活人参树的情节。注意以下画面中出现的四位人物。由于有突出的脑袋和柱杖，三星可以确认无疑，因此整个画面就应该是福禄寿三星加上五庄观主镇元子大仙。在《西游记》故事中，三星的真正出现只在五庄观救活人参树时，而镇元子的故事，与淮海地区的三元传说有关，可以判断属于吴承恩的创造。详请参见拙著《西游记的诞生》。[1]

大佛寺壁画局部

《李卓吾先生批评西游记》插图

比照之三：壁画上出现了唐僧黜退孙悟空的画面。画面上唐僧与八戒、沙和尚向西而行，唐僧很决绝的向后摆手拒绝，而后面跪着孙悟空。这也是性质无可怀疑的一个画面，这样的细节，在我们现在所知的所有早期取经故事中都没有出现过，而且早期也不可能有如此细腻的情节表现，只能是吴承恩的创造。

以上理由，都有一票否决的功能。

---

1. 蔡铁鹰.《西游记》的诞生[M]. 北京：中华书局，2007.

大佛寺壁画局部

《李卓吾先生批评西游记》插图

民乐童子寺取经壁画

（附：肃南上石坝石窟壁画、武威东大寺壁画）

近年在河西走廊附近发现了若干唐僧取经的壁画。2011年首都师范大学一位研究美术史的博士于硕，在题为《唐僧取经图像研究——以寺窟图像为中心》的博士论文中，在通常所知的敦煌榆林窟、瓜州千佛洞取经壁画之外，又涉及甘肃和青海的多处洞窟取经壁画。《敦煌研究》2013年第3期刘玉权先生《肃南裕固族自治县上石坝河石窟的西游记故事壁画》一文，最新披露了一处未曾见于报道的石窟取经壁画。这些壁画在当地媒体的报道中多被与榆林窟壁画相提并论，认为是早期的取经故事，但实际上却不太可靠。相比之下，于硕的博士论文和刘玉权的介绍都比较客观，如于文认为张掖大佛寺壁画和下文将要论及的童子寺取经壁画，均参考了吴承恩百回本小说系统的明末翻刻本《李卓吾先生批评西游记》的插图。如刘玉权文比较明确表示其所看到的上石碑壁画应该绘制于清代。

肃南县上石坝石窟我们没有到达，殆因我们同意刘玉权先生的判断，认为其性质已经比较明确。以下根据刘文简要介绍一下上石坝石窟的取经壁画。

上石坝石窟位于肃南县一处交通不便、位置偏远的小山沟里，这里的石窟既无文献记载，又无碑碣题记，向来罕为人知。洞窟在山崖上，存有壁画的洞窟现在仅有三四个，而且破损严重，只有少量的画面可供辨认。从画面反映的故事情节看，一与五行山有关，一与芭蕉扇有关，而这两个故事都不古老，应该来自吴承恩的百回本小说。

再如武威东大寺号称有古本《西游记》壁画。但我们仅凭以下一张图片，就可以断定它的壁画衍生的性质，理由是其中有"水帘洞"与"齐天大圣"的旗帜，这肯定属于《西游记》的衍生产品，在"绪论"里我们对齐天大圣的问题有详细论述。

肃南县上石坝河石窟外景，部分洞窟有残存的取经壁画

残存画面：五行山唐僧收悟空，武士当为刘伯钦

甘肃武威东大寺《西游记》取经壁画

残存画面：疑为悟空盗芭蕉扇

报告

比较重要的是张掖境内一处近年发现引起各方关注的壁画——童子寺取经故事壁画。

民乐县童子寺，虽然建筑是复建的，但据说历史很悠久

民乐县童子寺后洞窟

存有取经壁画的一号石窟，距地面近10米

147

童子寺在民乐县境内，距县城大约10公里，据说整座寺庙是复建的，但位置未变，非常古老，寺庙后面石壁上的洞窟是旧物。现场看去，童子寺前临童子坝河，背靠一座名叫东山的砾石断崖；陡峭的崖壁上有大小十几个壁画石窟。据《民乐县志》介绍，这十几个洞窟中，有三个规模较大，分别被编为一、二、三号洞窟。这三个洞窟都有中心石柱，结构均为半面方形，顶部为券顶或平顶，石柱周围开凿了壁龛，壁龛绘了壁画。这其中壁画曾经多次被覆盖，最多的有五层，一、三号洞窟的底层都可以追溯到北魏时期，二号洞窟的底层则属于五代时期，其余的分别为元、明、清不等。[1]

童子寺一号窟的《西游记》取经壁画

实地考察，保存有唐僧取经壁画的是一号窟。这个洞窟虽然离地面只有数米，但看来仍是险峻，需要通过一个窄窄的平台攀爬上去。外观看似乎是两个并列紧靠的窟，但实际上两个窟内部联通，形成了一个整体。石窟内的净面积有十多平方米，三面及壁龛均有壁画，每幅大约半米见方，总数39幅。壁画保存状况不好，污毁严重，但仍能看出表现的均是《西游记》唐僧取经故事。

经过辨认，我们认为这里的壁画也是清代的衍生。直观上看，壁画绘制的颜料、手法，缺少古拙画意；壁画的内容，也显得过于细腻，这就排除了产生于更早年代的可能。后来经过查证，发现这些壁画仍然是取材于《李卓吾先生批评西游记》插图。我们仍然采用比照的方法：

---

1. 民乐县志编纂委员会编. 民乐县志[M]. 兰州：甘肃人民出版社，1996，770.

比照之一：下图描绘的应为"真假美猴王"的情节。

童子寺一号窟的《西游记》取经壁画　　　　《李卓吾先生批评西游记》插图

比照之二：下图壁画应该表现的是孙悟空在斜月三星洞菩提祖师处学艺的场景。它与比照的插图虽然画面略有区别，但画意一致。

童子寺一号窟的《西游记》取经壁画

这两个比照故事，都没有出现在百回本《西游记》之前的任何取经故事里，也就是说，它们都是晚出的故事，可以判断是吴承恩的创造。

当然，上述几处壁画虽然经我们鉴定都是清代的衍生物，与早期取经故事的研究没有太大关系，但仍有价值。它们和其他一些在甘肃、青海、新疆一带发现的若干类似的壁画和遗迹——青海的通天河、罗布泊的女儿国，等等，都是取经故事以小说《西游记》的形态从中原内地回流所致，在传播学上是需要注意的重要实物资料。但应当强调的是，这些必须与早期的取经故事严格分开——它们出现在不同的时期，基于不同的原因，有不同的形态，因此不能互相干扰。

泽州大云寺石刻

在本报告撰写之时，有报道说又发现了一处开凿于元代的取经壁画。报道见2015年5月8日山西新闻网——山西晚报，标题是《没有沙僧的"西游记"石刻比〈西游记〉成书早280年》，其导语是：

> 孙悟空手持的不是金箍棒，八戒手里拎的不是钉耙……在泽州县柳树口镇东中村南的紫金山上，文物部门工作人员发现一座700多年前的寺庙。让人惊奇的是，寺院背后的绝壁上，雕刻有精美的三藏取经摩崖造像。

据报道，这座古老的寺庙位于山西泽州，名为大云寺。报道中提供线索的是"退休老人赵海"，提供专业评价的是"晋城市考古专家、市遗址专题调查队队长裴池善"，撰文为"本报记者李吉毅"。报道最后引用了裴池善的一段话："大云寺摩崖石刻造像是元代的早期雕刻作品……可以这样推断，晋城乃至上党地区是西游记故事重要的发源地。"但我们仔细看了这份报道，却始终心存疑窦。

报道说，大云寺大殿的背后，有座石洞依崖壁而凿，名为"老师洞"，石洞前有一通名为《重修老师洞记》的残破石碑躺倒在地，落款为"大元至元三十年（1293）"，沿"老师洞"拾阶而上，前方壁立如削的陡峭山崖上，有一方形平台，一窟石刻造像雕刻于崖壁之上。整个石刻长约两米，主像是水月观音。水月观音侧身端坐石龛内，右脚抬起踏在佛台之上，左脚踩踏莲花，两名力士分立一旁，狮子、麒麟恭顺身旁。可惜的是，水月观音像上半身被毁，面容难觅。"三藏取经"石刻分列"观音经变"之下的南北两侧，整个石刻所呈现的内容却融为一体。原报道有图：

山西泽州大云寺石窟　　"观音经变"南侧被认　　"观音经变"北侧被认
"观音经变"雕像　　　　为是"三藏取经"的石刻　为是"三藏取经"的石刻

"观音经变"南面的石雕为手持笏板身着朝服的官员、猴行者、白龙马；而北面则是双手合十的三藏法师、八戒和驮经马。

据介绍仔细观察石刻的细节：三藏法师面部虔诚，礼拜观音；头戴僧帽的猴行者双腿交叉站立，右手置于额前"手搭凉棚"，作观望状，左手执棒形法器；壮硕的八戒肩扛长杆，左手执杆尾，杆头挑雨伞、葫芦形水壶，右手牵马，马背驮经书。再仔细观察两匹白龙马，造型却不相同：猴行者身后的白龙马，背上只有马鞍及马镫，四蹄落地，在低头悠闲吃草；而八戒身后的白龙马俯首遥拜，身披鞯褥，前左蹄高抬，扬蹄行走，似为三藏坐骑。《西游记》中人物相比，石刻中看不到沙僧，却多了位峨冠博带的官员。在水月观音的佛台的正中，记者看到一行题记："时大元至元三十年岁次癸巳季春上旬有六日住持大云老人道凝镌观音之记。"题记中的时间落款，恰巧与"老师洞"前的元代的《重修老师洞记》相吻合，而最重要的是，因此，记者认为这尊摩崖石刻造像"三藏取经"距今已有700多年历史。

整个介绍的逻辑不错，而且有明确的题款，似乎不得不承认这处"三藏取经"确实距今有700年历史。但是，我很怀疑这是误认误读。道理很简单，即就我目前所见到的宋元时期的取经故事造像而言，其形象体系非常明确，有几个特征：

第一，从来都是四个人物加白马，其兵器和个人形象也都早已定型；

第二，白马背上都驮了高高的经卷，明确地表示是从西天回来。

可以对照早已流传于世的元代瓷枕取经图，以及下面将要重点介绍的宋金《唐僧师徒取经归程图》、元代王振鹏的《唐僧西天取经图》，一目了然。我们还从来没见到戴图中这样帽子的唐僧，也从未见到这种形象的八戒，更没见到有个官员混在其中，还有两匹不驮经的马！说实在的，如果真有这样的取经队伍，那倒有可能是《大唐三藏取经记》那个阶段的故事进入中原后吸收世俗元素的最初形态，不过，如果这种形态有，那就应该是在宋金时代而不会是大元至正。

所以我怀疑上述报道是误读，也许被认为是取经故事石刻的原本就是另外的故事。当然，也有我们误读的可能，因为毕竟报道提供的图片清晰度有限，无法仔细辨认，最后的结论还是等有条件时我们亲见再说。

瓜州古城（锁阳城）

贞观元年玄奘西行时，唐朝的政权尚没有完全稳定，西北方向的边界也仅仅就在距凉州不远的瓜州一带，因此朝廷有政策禁止普通百姓西出通蕃，凡西行必须申请一种叫过所的证件——相当于今日的护照。玄奘在京城时曾经申请过过所，但没有获批。由于没有合法的证件，玄奘在凉州耽搁的时间较长，引起了凉州都督李大亮的注意；李大亮找到玄奘，要求他迅速返回京城，而这是玄奘不能接受的。在当地僧人的帮助下，玄奘潜出凉州，到达了当时的边界瓜州。这些在《大慈恩寺三藏法师传》里有记载。

瓜州的名称春秋时已经出现，因盛产蜜瓜而得名。据文献记载，瓜州城始建于汉，兴于唐，历史上曾长期存在，但在明代被废；后来清康熙年间复又重视西域经营，重设建制，称安西县；2006年改名恢复旧称瓜州，归酒泉市管辖。唐代的瓜州是河西走廊上的一处重要边关城市，也是丝绸之路上一处重要的枢纽城市，来往内地与西域瓜州都是必经之地，曾经有规模很大的城池，明代城池被废后，因遗址遍地滋生药材锁阳，因此在民间又被称为锁阳城。2014年，锁阳城遗址作为"丝绸之路"的一个部分，成功申报了世界文化遗产。

报告

锁阳城遗址远眺

名贵中药材锁阳,锁阳城盛产此物

锁阳城城楼一角

内城的北门,筑有瓮城,当年玄奘即由此出发踏上莫贺延碛戈壁

《西游记》成书的田野考察报告

我们到达瓜州时,恰逢申遗成功的消息传来,当地领导和有关人员都是一派喜气,县文化局局长李洪伟先生刚刚从卡塔尔多哈归来,说我们是锁阳城申遗成功的第一批客人,因此他会亲自陪同我们去锁阳城。

锁阳城遗址坐落在瓜州县城东南约70公里的一片很开阔的戈壁滩上,周围有几十处古城、古墓、石窟、寺庙,实际上是一处规模宏大的遗址群落。到了现场,我们一下子就真切地感受到了这片区域当年的辉煌,保存最为完整的当然还是锁阳城本身。据李局长介绍,这座遗址分内外两城,外城总面积80万平方米,内城总面积28万平方米,城池上可以分辨出敌台、擂台等古代军事设施,城内可以分辨出官衙、粮仓等生活配置,应该说这座古城虽然在唐代以后至明代的一千多年里经过多次整修,但其形制还是保存了典型的唐代风格。

据《大慈恩寺三藏法师传》记载,当年玄奘在瓜州受到了信佛的刺史独孤达和州吏李昌的礼遇,李昌甚至当场撕毁了凉州发来的追捕公文,但玄奘却为即将面临号称延绵八百里的戈壁而发愁。此时,来了一个名叫石槃陀的"少胡"即年

锁阳城遗址尚存的塔尔寺残迹,即玄奘收石槃陀为徒的地方

轻胡人，表示愿拜玄奘为师，不仅答应引路送玄奘跨越戈壁，还为玄奘引来了一位卖马的老人；老人向玄奘推荐了一匹已经往返戈壁十五次的老马，就是这匹识途老马后来救了玄奘的命。而玄奘与石槃陀这位最早的徒儿却缘分不永，二人深夜溜出瓜州渡过葫芦河进入戈壁后不久，石槃陀即害怕反悔，于是玄奘只得一人前行。

这件事以及石槃陀这个人物在《西游记》研究中备受关注，因此有学者认为这位石槃陀就是孙悟空的原型，详述请见"绪论"部分和报告《〈西游记〉的诞生》。

令我们大为意外的是，据说玄奘当年滞留的寺院遗址至今还在。寺院在唐代时叫开元寺，现在民间俗称塔尔寺、塔儿寺。寺在锁阳城东约1公里处，实际上也是一个寺院建筑的遗址群，因有一座塔而得名。现在可以分辨的大小建筑有十余座，包括寺门、鼓楼、钟楼及僧房数间，院墙正方形，面积约15000平方米。寺院中心有一座高14.5米的覆钵式结构大塔，塔形十分壮观，近行绕塔一圈，更感觉到庄严雄浑。曾有研究者根据这座塔的覆钵式结构，怀疑此处非唐代旧址，李局长对此断然否认，说隋唐是锁阳城的鼎盛时期，如此大的寺院只有在鼎盛时期才可能修建，唐以后的锁阳城事实上已经不具备大规模建设的实力，这样的塔即使经过了重修，但其原物的根基在此不应当怀疑。

是否为唐代原物，对我们其实不那么重要，重要的是1400年前玄奘法师的许多故实确实发生在这座城里。而现在保存相对完好的北门，就是玄奘悄悄与"少胡"石槃陀"夜发"潜出的地点，这不会错，因为他们的目标潭沱河（又称葫芦河）在城北，《大慈恩寺三藏法师传》有记载。一路行去，李局长不断介绍某处某处，而又随意猜想玄奘当在此如何如何。诺大的遗址内，仅有我们一行数人，但身边却又似乎人来人往，川流不息，享受如此真切的瞬间历史穿越，真是一种奢侈的人生享受。

敦煌取经壁画资料

东千佛洞和下一条将要介绍的榆林窟，均属于敦煌艺术系统，其本身都是宝

贵的文化遗产,而由于发现了取经壁画更为研究者关注。这些壁画,与前此在张掖看到的那些是完全不同的问题,它们的年代比较确定——基本都在西夏或之前;画面比较古拙,仅有猴行者伴随取经,绝无复杂的形象系统和细腻的故事情节。在我们的研究里,这一类壁画都被称为原生的取经故事。

前在"绪论"中已经介绍,20世纪70年代后期在榆林窟发现了取经壁画,1980年公布后即引起学界的极大反响,而后在东千佛洞的发现,更是促成了其影响的持久发酵。笔者1988年曾经有过一次简陋的考察,到了敦煌,但却没能如愿看到榆林窟,留下了一个久久难以平复的遗憾。

由于以往壁画的目睹者均非专业从事《西游记》研究,因此大多数介绍都是从文化的角度、艺术的角度谈这些壁画对于《西游记》的影响,从我们成书研究的角度看,显然不够详细,而在客观上,这些介绍还有些不统一的地方。2007年在完成《〈西游记〉的诞生》时,我曾搜集了所能见到的所有信息,对在这一带发现的取经壁画进行了大致的梳理,本次考察,我们当然期待着能够与这些壁画进行一次近距离接触。

以下我们首先梳理一下以往搜集到的敦煌取经壁画资料,以为对照。前已介绍,在榆林窟曾发现过取经壁画,后在东千佛洞又有所发现。关于究竟有几幅,各种说法有所不同,我个人认为去除重复,实际只有三幅,即榆林窟第二、三窟各一幅,东千佛洞第二窟一幅。

下图为第一幅,在榆林窟第二窟,全图是一幅水月观音,面积有数平方米,取经图在右下角。

榆林窟第二窟
水月观音全图

右下角唐僧取经图局部

取经图局部临摹

《西游记》成书的田野考察报告

第二幅在榆林窟第三窟。全图也是一幅大型壁画，取经图在左侧中部。

榆林窟第三窟普贤变，取经图在左侧中部

榆林窟第三窟取经图

第三幅在东千佛洞第二窟，我们留待以下介绍。这里说一下榆林窟第二十九窟所谓取经图的问题。

榆林窟第二十九窟
取经图

王静如先生最初介绍的时候曾说，第二十九窟也有一幅取经图，画面较为模糊，大致可以看出有白衣人作献花状，猴行者随后。但是当时没有给出图片，后来相关介绍都是转述，自然也就没有图片。前述我1988年去敦煌考察时，曾向当时的敦煌研究院美术所所长关友惠先生提出要去榆林窟看看，但被婉拒，因为不具备那样的条件，后来关友惠先生给我寄来了几张照片并告诉我第二十九窟的画

159

面中并不是白衣人和猴行者,当年介绍时有误读。

虽然是误读,但我还是对关先生寄来的这张照片非常关注。因为在关于孙悟空文化原型的讨论中有一种"佛典说",即认为猴行者的本源其实就是佛典中常见的猴行神将。我仔细看了第二十九窟的照片,发现这幅图里确实有猴行神将,其形象就是猴子,与当今的悟空极为相似,甚至其兵器也是棍子,难怪当年被王静如先生误认。[1]

东千佛洞取经壁画

又一次让我们惊喜的是,东千佛洞和榆林窟两处洞窟都在瓜州县境内,其中东千佛洞还属于李局长直接管理。

东千佛洞位于瓜州县南85公里的一处峡谷两岸,现存洞窟23个,部分洞窟中有西夏和元代的壁画,大致属于敦煌石窟艺术圈。段文杰先生曾介绍其第二窟中有左右相对各一幅唐僧取经图,但图片后来一直没见正式公布,只是在网上见到过似是而非的局部。

考察组到达东千佛洞,中白衣者为县文物局李洪伟局长

安西县东千佛洞石窟,中为存有取经壁画的第二窟

这次考察,我们特别注意了这个问题,证实取经图确实只有一幅,在第二窟左侧前方。画面保存情况不算太好,有烟熏的痕迹,加之洞内光线昏暗,已经很

---

1. 详情参见蔡铁鹰.《西游记》的诞生[M]. 北京:中华书局,2007,73.

报告

难拍摄出清晰的照片。但所幸瓜州县博物馆里有一幅我们认为水平质量都相当不错的临摹作品,可以比较准确地显示出原壁画的内容,已经是目前所能见到的最为完整清晰的取经壁画了。

安西县博物馆内东千佛洞取经壁画临摹图

东千佛洞第二窟取经壁画临摹图局部

《西游记》成书的田野考察报告

榆林窟取经壁画

榆林窟位于瓜州县西南大约70公里处,开凿在榆林河峡谷两岸的东西峭壁上,因河岸榆树成林而得名。榆林窟从洞窟形式、表现内容和艺术风格看,与莫高窟十分相似,开创于隋唐以前,此后至元各代均有开凿和绘塑,现存有完整壁画的洞窟43个,壁画565幅。

下图为榆林窟的外景。这幅图片,由于场地所限,我们没法拍出长长的河谷和榆林窟的全景,实际上画面的左侧就是榆林河谷(可参见彩页图)。这处规模比莫高窟要小一些,时段上要晚一些的石窟现在已经开放,成为旅游景点。

榆林窟外景图

榆林窟留影,中为管委会主任,左一为陪同讲解员

162

报告

榆林窟对我们而言,有几个亟待破解的谜。一是到底有几幅取经图?二是第二十九窟的图究竟是不是取经图?

和敦煌莫高窟一样,榆林窟的各个洞窟被划分出等级。管理人员为我们特别开放了属于特窟的第二、三窟,那里有最著名的取经壁画,这是一种特殊待遇,大约出于李局长直接引领的关系。然而,榆林窟在地域上虽然属于瓜州县,但早在发现之初,即因为它的艺术体系与敦煌接近而划归敦煌研究院管理,实行着敦煌研究院的严格管理规定,其中最重要的规定之一就是不能拍照。这当然应该理解与遵守,只能无可奈何地留下这点遗憾。第二、三窟里的光线还比较明亮,我们身临其境,站在那两幅保存得非常好、幅面有数平方米之巨的著名壁画前面,仔细观摩壁画的每一笔线条,每一抹色彩;尽管壁画画面我们已经早已熟知,但此时画面直接浸透身心,感受有云泥之别。

不够幸运的是,我个人最想看的第二十九窟正在封闭整修,看着洞口的脚手架,我们也实在无法提出进一步的要求。之所以最关注第二十九窟的壁画,前面已有介绍,就是因为那一幅是否为取经壁画还有争议,而如果并不是取经壁画,那里面的猴形神将也是大有意味,与取经故事也可能有重要关系。

为我们讲解的并不是旅游景点常见的漂亮秀气但多问一点都茫然无知的小姑娘,而是一位对整个石窟都比较了解的中年男子。我们和他进行了大约一个小时的讨论。我关心的主要问题是:榆林窟既有唐代壁画,也有元代和明清的添加,如何肯定取经壁画就是西夏绘制的?讲解员胸有成竹的随手指了指石窟中间佛龛上的那座观音像,说这是清代的,你看与壁画一样吗?又一指,那是元代的,一样吗?我们平时似乎都知道一个时代的艺术有一个时代特定的风格,但从来都是纸上谈兵,那些风格差异实际上很难真正辨别,而当现在身临其境时,就真得是一目了然,而关于取经壁画绘制时代的一点关心也就顿时释然。

高昌故城

从瓜州再西行,穿越莫贺延碛,由星星峡入疆,就到达哈密。这里古称伊吾,是西域古道上的必经之地。《大慈恩寺三藏法师传》记录了玄奘法师在莫贺

163

延碛里白天沿白骨寻路,夜晚与磷火相伴,惊心动魄的日日夜夜。其中一次失水的经历引出了当时西域人崇拜的沙漠大神深沙神,衍生出了沙和尚的故事——可见于晚唐五代的《大唐三藏取经记》,属于最早的取经故事。

离开瓜州,前面就是嘉峪关。出关口,迎面而来的就是八百里莫贺延碛戈壁,古人称流沙河。穿越戈壁现在已经不是什么困难,但戈壁上的荒凉还是会留下深刻印象。在我们的前方,时不时会有热风卷起的小小气旋,躁动着、旋转着忽起忽灭,或撒布成一个半透明的漏斗,或卷起一阵扬尘冲霄而上。我们忽然觉得现在对古人的"大漠孤烟直"似乎理解有误,孤烟未必就是炊烟,而完全有可能就是这种戈壁上随处可见的小小旋风——它是烟尘,是"孤"的,也是"直"的。而除了荒凉之外,戈壁沿途还有一段一段从车窗外掠过的山,这些山颜色焦黑寸草不生,只能用丑陋来形容,就如吴承恩在《西游记》里描写的那些险山恶水出现在了眼前。

戈壁的那一边就是古代的伊吾城,今日的哈密。当年玄奘经历九死一生到达伊吾时,已经有高昌国的使者在此久候。《大慈恩寺三藏法师传》记载说,高昌国王已经由驼队的商人口中知道了玄奘的大名和他准备西行的计划,便派专人在此接应引导。古代的高昌国在今吐鲁番地区,离哈密不远,故城仍在。与我1988年来这里时的情况不同,现在的高昌故城已经作为国家重点文物保护单位经过整理对旅游者开放,这次也作为"丝绸之路"项目的内容之一打包申遗成功。

高昌城出现于公元前1世纪,前身是西域古国车师。车师被汉朝王师消灭后,驻扎在车师境内的大汉屯田部队建成了这座城池,因此《汉书》中提到了"高昌壁"。《北

作者1988年参加全国《西游记》学术研讨会期间在高昌古城

报告

史·西域传》则记载:"昔汉武遣兵西讨,师旅顿敝,……因住焉。地势高敞,人庶昌盛,因名高昌。"后来汉、魏、晋历代均派有军队屯田此处,《周书·高昌传》称,公元460年"以阚伯周为高昌王,高昌之称王自此始也"。贞观时,高昌在西域算是强国,当年玄奘在高昌国受到了高规格的接待,住在皇家寺院,经常被接入宫中讲经说法,但他也不得不万般无奈以绝食为手段对付国王的盛情挽留。

高昌故城遗址

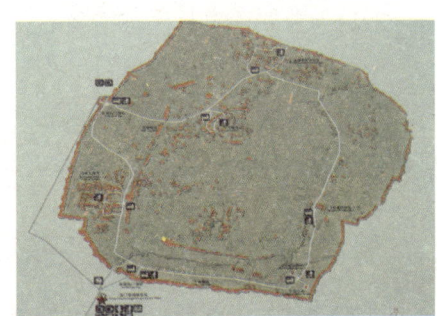
高昌故城遗址示意图

高昌故城遗址局部:王宫祭台(右),王庭后宫(左)

高昌故城遗址局部:皇家寺院,玄奘在此曾讲经一个多月

我们到达时,天边飘来一场沙尘,天地灰蒙蒙一片,恰是回望历史的情调。古城遗址仍有相当大的范围,王宫、寺院都依稀可见,但绝无游人,偌大的天幕下只有我们一行,此时凭吊前人遗迹,不发思古幽情恐怕是只能用无趣来形容。

这个高昌国应该说与取经故事的关系非常密切:

第一,《大慈恩寺三藏法师传》记高昌国王与玄奘结拜为兄弟,尊重迎送,并相约等候玄奘回程再来。《西游记》里唐太宗与唐僧结为兄弟而玄奘称"御弟"的情节,应该来自这一史实。

第二,高昌国的前身就是古车师国。我们在"绪论"里已经介绍,"车师"与"车迟"实际上只是同一名称的不同翻译,因此《西游记》的车迟国故事与高昌也应该有一定的联系。

吐鲁番景点火焰山

吐鲁番有个非常著名的旅游景点火焰山,距市区大约20公里。山不算太高,海拔800多米,然而实际观感远没有这么高,但它非常有特色,整座山脉光秃秃呈赭红色,就像是一把大火炬,从直觉上确实有遍地火焰的感受,特别是当导游带领你到那儿,远远地用手一指,说"大家已经到了火焰山",那个时候,身临其境的感觉便会油然而生,大家当然都愿意相信这就是《西游记》里的火焰山。

首先说这座火焰山与《西游记》其实没有太大的关系,它只是一个景点,一个有了点历史和文化背景的景点,真正的火焰山原型也在新疆,但不在吐鲁番,这点我们在"绪论"里已经做了介绍,以下也会详述。这座火焰山的得名自然有它的道理。西北地区,本来就阳光直射,多旱少雨,加之吐鲁番处在天山山脉南麓的一处大盆地中,地势低洼,盆地效应非常明显,因此向来很热,热到40摄氏度实在也很平常,有资料说室外的最高记录曾经超过70摄氏度,2013年曾经达到71摄氏度。据说过去这里的老百姓家家都有地窖,白天躲在地窖里避暑,早晨傍晚才出来干活。说县衙的大厅里会有一只大木桶,县太爷每天上班的第一件事,就是让衙役们为他打满一桶水,然后他就坐在这桶里办公。因此自古这地方就被称为火洲,至少在唐代就已经是这样。它被附会为火焰山,应当是在清代中期。

报告

清代前期在新疆频繁用兵,采用屯垦开边的政策,后来又将伊犁、迪化(今乌鲁木齐)辟为官犯流放地,这就使得吐鲁番成为了交通要冲,官道就从火焰山下经过。途经此处者多有文人墨客,因此也会产生一些文学化的话题。嘉庆元年(1796),有位叫洪亮吉(字北江)的犯官经过此地,他见到火焰山之后,曾感慨地说,火焰山原来在这儿啦。洪北江是当时的一位著名才子,文章做得甚好,所以他的话也被广为传颂,这就是我们查到的产生附会的最早记录,大概传说就是从这儿开始的。

库车煤田自燃火点

到了吐鲁番就得说一下我们计划的考察路线,因为这里是一个重要的岔口。请仔细端详一下这张来自网络的新疆旅游交通示意图。

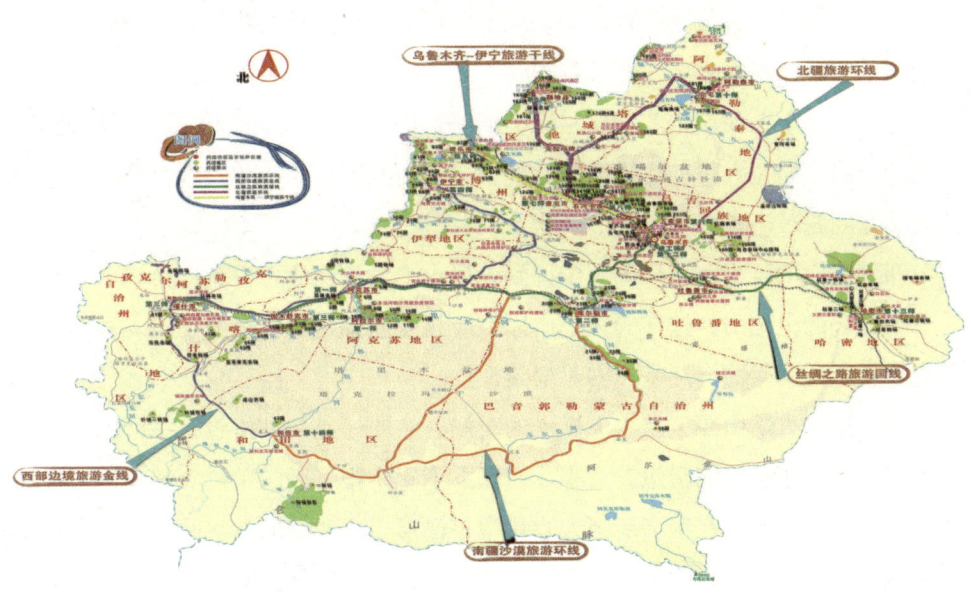

丝绸之路在通过哈密、吐鲁番之后,就围绕天山分为南、北两线。北线到达的地方统称北疆,就是吐鲁番、乌鲁木齐、昌吉、阿勒泰、塔城以及石河子、博州等地,新疆的主要旅游景点大部分在这一线,通常也被称为丝绸之路北路。南

167

线是从吐鲁番折向西南,沿塔什拉玛干大沙漠前行到达喀什、和田等通常被称为南疆的地方。而这条南线又分南北两条道,北道就是沿大沙漠的北沿走,经库尔勒、库车、阿克苏到达喀什,玄奘当年的去程就是走的这条路,最后在喀什北面一点现在阿克苏地区阿合奇县的别迭里山口出境,经由土库曼斯坦境内去印度,或者也被称为丝绸之路中路;南道则是沿沙漠的南沿经若羌、且末、和田等地到达喀什,然后从喀什到达塔什库尔干,再经由现在的红其拉甫山口到达巴基斯坦去印度。古代稍有不同,即从塔什库尔干的明铁盖山口出境,经阿富汗到达巴基斯坦转向达印度。玄奘回程就是走的这条道,他从明铁盖山口入境,经喀什、和田到达敦煌,再回到长安。我们这次设计考察路线的原则是尽量保持与玄奘当年的行程同线,也就是尽可能真切地体验玄奘法师当年的艰难困苦,所以在经过吐鲁番之后,我们便折向了西南,走上了南线的北道,也就是沿玄奘当年的行进路线奔向了库车——古代这里称龟兹。以上的图大致可以作为我们叙述的依据,箭头表示了三条路线的方向,请参看。

还得说一下,我们走的虽然是玄奘旧路,但今天已远非昔日,沿途都是路况不错的公路,路宽人少,行进的非常畅快,所以只要上路,相隔数百公里的途程就都不算问题。

回到我们的行程。"绪论"中说到,最古老的取经故事中就有火焰山,但它是真火真焰的火焰山,这样的火焰山原型应该是新疆地下自燃的煤田。显然,地下煤田自燃这个问题当然是我们考察的重点。

最初提出火焰山原型是地下煤火的时候,主要还是一种猜想,一种由新疆地下煤田灭火报道引发的猜想。后来我们联系上一个很特别的单位新疆煤田灭火局时,才知道这个想法在很多新疆人心目中早已形成。我们的考察原计划在2013年7月份进行,当时新疆煤田灭火局分管业务的副局长姓贾,他告诉我们,新疆自燃的煤田大小有几十处,你们期待的那种熊熊燃烧的煤火可能看不到,那样的煤火或者已经被优先扑灭,如奇台的北山煤田、乌鲁木齐的硫磺沟煤田等;或者在极偏远的地区,无路可通。当弄清我们的行进路线后,他安排我们去库车县一处不算太大的火区,那儿有个工程队正在灭火操作。而我们原计划去的阳霞镇火

区,已经在前两年被扑灭。

贾局长遥控指挥,我们到库车时,队里的一位工程师已经开了一辆丰田霸道车等在路旁。

工地在库车北大约100公里处,在天山支脉克孜利亚山峡的深处,新疆旅游有个还算著名的景点神秘大峡谷就在这里。沿途大大小小的地名龟兹、龙池,等等,似曾相识,仔细想来,都可能是玄奘的途经之地,在《大唐西域记》里,在《大慈恩寺三藏法师传》里,甚至是在《大唐三藏取经记》里曾经出现过。如此想来,贾局长的安排亦是费了一番心思。

火点是距公路四五公里的一溜四个山头,公路上可以看到。但这火点并不是想象中的明火,而仅仅是一辆串的山包,红色的。天山深处红壤山很多,但这一连串小山包的红色与众不同,色彩明暗掺杂。工程师告诉我们,这四个山头的下面是一条藏煤带,它的红色与周围山头的红色不同,是地下煤火烧出来的。其中一个山头就是工地,远远可以见到山上有挖掘机。工程师说,新疆的煤田大火很多,往往在地下无边无沿地烧,直到把煤层烧完为止,浪费和破坏都非常之大,

库车煤田自燃的山头

《西游记》成书的田野考察报告

因此中华人民共和国成立之后政府组织了工程队专门干灭火这件事。他们需要在自燃煤田附近找到水源,然后剥开地表岩层,再引水灌灭地下的煤火。他说,这个工作由于需要水源,所以一般都不能离交通线太远,结果就是靠近交通线的自燃煤田都被灭掉了,剩下的都很偏远;他们的工地一般来说都在深山野外,非常艰苦,但成就感也很强,每灭掉一个火区,就是为国家保留了一片资源。

图上只看到两个山包,画面左边是一个人工尚未干预的山包,可以看到暗红色的一条地下火带,右边山上可以看到山顶有作业面,那就是我们要去的地方。

请看图。

灭火工地远眺,黄烟是尘土,青烟是火苗

实测挖出的岩石为428度

上坡很陡,把挖掘机弄上山,就不是件容易的事。山上的工作面上,一挖斗下去,一阵青烟,一阵黄烟,青烟是地下喷出来的火,只不过阳光太强,看不见火苗;黄烟是尘,石头都已经被火烧得酥透,因此挖机砸开表层的石头时产生了大量的烟尘。

170

报告

　　为了证明地下的高温，技术员小包，一个四川的小伙子，上山时带了测温仪。队长指着一堆颜色深暗的石头说，这样的石头你可不能靠近，它其实是被烧红的。小包测了一下，391摄氏度；又把探针往下刺了一下，这时仪表上显示的是428摄氏度。天！一脚踩上去可不得了，难怪上山前队长要检查我们的鞋，看我们都是旅游鞋，摇了摇头，然后又有点勉强地点了点头。

　　队长为了再次证明，拿出一瓶水倒在脚下，顿时腾起一阵水雾，这水雾貌似够不上弥漫的程度，但要知道这是在40多摄氏度的烈日下！

　　在山下时，我们曾问，能否看到明火？队长明确说，那是不可能的。这个火点不是特大的煤田，也没到烧透岩石的程度，所以看不到。他说，特大的或者已经烧透的煤田，明火是可以看到的，不过那样的煤田如昌吉的硫磺沟、阳霞、奇台的都已经被优先扑灭了，现在看到的都是小煤田；还有些烧明火的煤田，由于太过偏远，我们也去不了。他说，其实我们脚下的这些岩石，晚上看也是暗红的。对于地下有煤在燃烧，我们毫无怀疑，但总觉得没有见到遍山火焰的壮观景色，于是提出留山顶工地到晚上看一看火焰的要求，然而队长很肯定地表示了不同意：这是深山，路又这么陡，坡度有30多度，上下如此艰难，我们的工人都是在落日前下山，哪能留你们在山上。

　　为了安抚我们，技术员从电脑里调出了他2013年在另一处火场勘察时拍摄的照片，对我们算是暂慰渴想。他拍摄的火场在库米什的深山里，离开公路到达火点需要七八个小时。这火现在还在烧，还没有获得灭火立项，他们去那儿是作前期考察。

　　由他提供的这些图片联系到《大唐三藏取经记》里火类坳"遍地烟焰"的描写，我们想地下煤火显然更接近真相——在我们经过的路上，也就是当年玄奘经过的路上，就有很著名的自燃煤田，我们可以证明它们至少已经烧了一千年。

《西游记》成书的田野考察报告

白天看遍地生烟

夜晚看星星点点

冲出地面的煤火

被烧透的岩石

龟兹古国

库车就是古代的龟兹国,是佛教十分盛行的地方,也是玄奘逗留时间较长的地方。玄奘大约三四月份从长安出发,几经耽搁大约在七月份度过莫贺延碛到达高昌,八月份再从高昌出发赴龟兹,到龟兹时应该是在九月下旬或者十月初。此时天气已渐寒冷,虽然龟兹距离将要翻越的葱岭还很远,但考虑到前方已经没有多少信佛的大国,因此玄奘决定在此过冬。据记载,在龟兹玄奘逗留了两个多月,然后在次年初春出发,于初夏时翻越了葱岭。

前在"绪论"中提到,在龟兹玄奘与该国信奉小乘佛教的大德僧木叉毱多为大小乘究竟谁更高明的问题有过一番辩论,弄得非常不愉快,有学者认为《西游记》车迟国斗圣的故事即原本于此。但是,我们更认为车迟国故事其实是一种混搭:它的名称来自"车师",地点在今天的吐鲁番也即当年的高昌国;其辩论可能与今天的库车也即当年的龟兹国有关;但更可能与遥远得多的飒秣建国有关。飒秣建国古称康国,在今中亚接近伊朗处。这个国家信仰拜火教不事佛法,有事都会点起火把造成一种恐怖的气氛。《大慈恩寺三藏法师传》记载,玄奘初到飒秣建之时,遭到民众的火把驱逐,而国王也很怠慢。玄奘耐心地给国王讲解佛教精义,一夜之间使国王改变了信仰。事在《慈恩传》卷二:

> 至飒秣建国,王及百姓不信佛法,以事火为道。有寺两所,炯无僧居,客僧投者,诸胡以火烧逐不许停住。法师初至,王接犹慢。经宿之后,为说人天因果,赞佛功德,恭敬福利,王欢喜请受斋戒,遂至殷重。所从二小师往寺礼拜,诸胡还以火烧逐。沙弥还以告王,王闻令捕烧者,得已,集百姓令截其手。法师将欲劝善,救之。王乃重笞之,逐出都外。自是上下肃然,咸求信事,设诸大会,度人居寺。

从情节生发的规律来看,车迟国斗圣的情节完全就是这件史实的故事版,而时间、地点的混搭,也在情理之中,可能包括了高昌、库车的元素,对于内地的吴承恩之类的文人,高昌、龟兹和飒秣建没有太大的区别——他们都是西域胡人。

与龟兹关系最为密切的应该是《西游记》中的乌鸡国故事。《西游记》说师徒四人到达乌鸡国时,国王已经被一个妖魔沉入井底,而坐在金銮殿上的国王则是妖魔假扮。师徒四人从井底救了国王,又请来文殊菩萨让假国王现了真身,原来是菩萨的坐骑青毛狮子。悟空欲问罪,菩萨说这个狮子不曾害人。悟空追问道:"三宫娘娘,与他同眠同起,坏了多少纲常伦理,还叫做不曾害人?"菩萨道:"玷污他不得,他是个骟了的狮子。"悟空伸手摸了一把,果然。

这个情节,我们很容易理解为是作者为了照顾儒家的纲常而设计的情节,但实际上《大唐西域记》却说这个故事在西域有非常直接的原型。其卷一"屈支国"(按,即龟兹)记:

> 昔此国先王崇敬三宝,将欲游方观礼圣迹,乃命母弟摄知留事。其弟受命,窃自割势,防未萌也。封之金函,持以上王。王曰:"斯何谓也?"对曰:"回驾之日,乃可开启。"即付执事,随军掌护。王之还也,果有构祸者曰:"王令监国,淫乱后宫。"王闻震怒,欲置严刑。弟曰:"不敢逃责,愿开金函。"王遂发而视之,乃断势也。

说国王外出,命王弟留守,王弟为了避嫌,先自阉割,又把割下来的残物放在盒子里交给王自己保管;后王归国之日,果然有人以"淫乱后宫"的名义构陷王弟,而王弟也凭借金函里的残物证明了自己的清白。我们认为无论从哪个角度看,这件旧事与《西游记》里情节一定有渊源关系。

但是很遗憾,我们考察的2014年7月,是南疆比较敏感的时期,而从进入库车起,我们就已经是在南疆的地面上活动了。当时气氛确实有点紧张,街上空空荡荡几无行人,在县宾馆我们甚至接到了警报。事先我们对此亦有考虑,但事实比我们想象的要严峻得多,所以在库车我们就没有深入到那些在乡村的遗址,现在想来殊为遗憾。

《大唐西域记》卷一记龟兹有一座荒城,曾遭突厥屠杀,荒城外有两座昭怙厘寺,在经历了多年的风雨后,遗址现在仍然屹立。昭怙厘寺又称苏巴什故城,"苏巴什"维吾尔语意为"水头"之意,因为和西域诸多城池在建城选址时不同

的是,波涛滚滚的库车河穿城而过,所以得名(按,据说这条河就是《西游记》里"子母河"的下游,但未见证据)。据史料记载,昭怙厘寺始建于东汉(1世纪),隋唐(6至8世纪)盛极一时,因被库车河水从中分割为东西两个部分,故有东、西寺之称,这与《大唐西域记》的记载完全一样。

苏巴什故城(来自网络)

昭怙厘寺遗址(来自网络)

别迭里山口

贞观二年(628)的初春玄奘从库车出发,经过数百公里相对平坦的途程,到达了横亘在我国最西部国境线上的葱岭。

葱岭是古代的名称,现在一般称帕米尔高原——更古的时候即《山海经》时代则称为不周之山。葱岭并不是一座山,而是一个巨大的山结,是阿尔卑斯——喜马拉雅山带和帕米尔——楚科奇山带在这里十字交汇的地方,包括了兴都库什、喀喇昆仑、天山等巨大的山脉。它地处中亚东南部、中国的西端,横跨吉尔吉斯斯坦、塔吉克斯坦、中国和阿富汗等国;它群山起伏,连绵逶迤,雪峰

群立，耸入云天，平均海拔4000米—7700米，其中世界第二高峰乔戈里峰就位于中国和巴基斯坦的边境上，海拔8611米，著名的冰川之父慕士塔格峰也在其中。中国新疆、西藏的西部都属于葱岭的范围，与我们考察有关的主要是新疆的阿克苏、克州、喀什、和田等地市。

从中国到印度去，必须跨过葱岭，大致上有两条路可走：第一条，从葱岭的北部穿越某一山口，然后绕道吉尔吉斯斯坦、塔吉克斯坦、伊朗、阿富汗、巴基斯坦等国进入印度。第二条，从喀什沿塔什库尔干河谷，穿越某个山口，进入阿富汗，转道克什米尔地区进入印度。

玄奘去程选择的是第一条道路，这条路上有两个可通行的山口：土尔尕特山口和别迭里山口（按：土尔尕特山口在上面的新疆交通示意图上已经标出，别迭里山口在它的稍上方一些），一般认为玄奘翻越的是新疆克州阿合奇县和乌什县交界处的别迭里山口，这又是一条艰难的道路，《大唐西域记》卷一"跋禄迦国"称：

> 此则葱岭北原，水多东流矣。山谷积雪，春夏合冻，虽时稍泮，寻复结冰。途经险阻，寒风惨烈，多暴龙，难凌犯。行人由此路者，不得赭衣持瓠大声叫唤，稍有违犯，灾祸目睹。暴风奋发，飞沙雨石，遇者丧没，难以全身。

《大慈恩寺三藏法师传》卷二的记录则更为详细：

> 至凌山，即葱岭北隅也。其山险峭，峻极于天。自开辟以来，冰雪所聚，积而为凌，春夏不解，凝冱污漫，与云连属，仰之皑然，莫睹其际……由是蹊径崎岖，登涉艰难，加以风雪杂飞，虽复履重裘不免寒战。将欲眠食，复无燥处可停，唯知悬釜而炊，席冰而卧。七日之后方始出山，徒侣之中馁冻死者，十有三四，牛马逾甚。

这样的路途，惊心动魄，也更吸引着我们——有现代化的条件，选夏日合适的时机，看一看也许是可以的，这是我们的一点奢望。20世纪八九十年代，著名学者冯其庸先生七上帕米尔高原寻访玄奘西行的踪迹，曾经探看过别迭里山口，基本

查清了玄奘法师出境的路线,但因为道路被洪水冲毁,没有能真正走进山谷,留下了一点遗憾。我们在制定考察计划时,本没期望比冯先生走得更远,只是想远远看一眼而已,但还是由于多了一点幸运,我们终于走完了探访别迭里的全程。

别迭里山口是一个现在没有开放的山口,也就是说一个不可通行的山口,其行政区划属于阿克苏地区乌什县,但进山却要从克孜勒苏柯尔克孜族自治州(简称克州)的阿合奇县出发。从阿合奇县城到达山口大约有60公里,绝大部分是上坡的沙石戈壁,但有一条淡淡的路影。

阿合奇和乌什的卫星截图 红色箭头所指即别迭里山口

我们的目标别迭里山口就在低沉的乌云下面

山口入口处的唐代遗迹——"别迭里烽燧"

在这一带接待我们的是克州阿图什市工会的金方利主席,克州曾经把一批民族学生送往内地培训,金主席作为领队到过我们学校,所以我们认识。他为我们在阿合奇的探寻安排了一位柯尔克孜族的小伙亚森作为向导。亚森三十出头,结实,汉语不错,能够交流。看了我们的车他直摇头,说这车上不去,要另外租车。这是意料之中的事,也是没有办法的事。终于来了一辆皮卡,我们原以为应该是霸道、路虎、帕杰罗之类的大型越野车,至少也我们心目中能翻山越岭的SUV,皮卡行吗?亚森说行,说这车最好使,皮实。

车颠簸前行,一路上坡,海拔越来越高,云层越来越低,我们的脸色则越来越沉——如果下雨了,计划就可能泡汤,是不是会弄出点危险也难说。但亚森说不要紧,这个季节下不了大雨。

终于快到了,远远看到一座建筑物,像烽燧。我们兴奋起来,因为冯其庸先生曾经说过,山口入口处有一座烽燧,烽燧后面才是真正的山谷,当年他们就是因为道路被冲毁而止步于烽燧前。近前看,果然是,看时间,走到这里用了一个半小时。在烽燧下面照了相,烽燧是唐代的,有政府的保护标志。当时下了几滴雨,吹起了寒风,顿时便有了瑟瑟凉意。

司机说,关口还远呢。我们多了点幸运,近期没有恶劣天气,所以驾驶员把车摇摇晃晃径直往山谷里开去。所谓的山口其实就是一个穿透山脉的巨大山沟,两岸是峭壁,沟底是河流,平时像小溪,流淌的是雪山融化的雪水,在一处落差较大的地方,司机还提醒我们下去喝几口作为纪念。而一旦有雨,这里就会洪水肆虐,整座大山上的水都会集中到这里;如果是冬季,山谷会被大雪填满。所谓的路,就是平坦一点的地方加一点整理,大致可以通车罢了,水冲了,再修。

进入别迭里山口

报告

时间又过去了两个小时,到了边防站,再也无法前行了,我们必须止步了。这时亚森掏出一张纸晃了晃,说这个大约是用不上了,仔细一看,是县政府的介绍信,大约是有内地的学者前来考察,请予支持之类——我很后悔,没想到把那信留下来做个纪念。对我们来说,这是一次兴奋而又紧张的行程,整条山谷究竟有多长我们不知道,但对玄奘他们在早春冰雪尚未消融的时候,用七天时间和若干条生命的代价走出山口的艰难,已经有了深切的体会,征服这样的环境和道路,唯有商队和朝圣布道者,一为利,一唯诚。

塔什库尔干至明铁盖山口途中的古代驿站

塔什库尔干至明铁盖山口途中的古代驿站

行程历时七个半小时,其实也就几十公里地——进入山口更是只有大约20公里。

到这里为止,我们追寻玄奘去程脚步的考察因边境的阻隔而暂告一段落,玄奘在印度的行程及其与取经故事的关系是另一项课题。接下来,我们就要赶往塔什库尔干的明铁盖山口,那里是玄奘回程入境的地点。

塔什库尔干河边的古代驿站和石头城

请参考上文中的新疆交通示意图。

我们下一阶段的经行线路是从克州的阿图什出发,经喀什前往塔什库尔干。这一带是真正的帕米尔高原,到处都是高山,且与其他的地方不同,这里的山都有白帽子,那就是冰川;当然到处也都是河谷,喀什到塔什库尔干走的其实就是一条近300公里的河谷。现在沿塔什库尔干河建起了公路——著名的中巴公路,

179

《西游记》成书的田野考察报告

中国境内的终端就是通往巴基斯坦的红其拉甫山口。我们经过的时候,这条河谷几乎就是一个巨大无比的工地,前几年花巨资修建的中巴公路仅仅几年就被山洪和泥石流冲的千疮百孔,可见这里环境的恶劣;但路还得修,修成高架的,为了国家的战略利益。

玄奘当年回程在这一带入境,经过塔什库尔干到达英吉沙、莎车、和田,这没有问题,但具体入境处《大唐西域记》和《大慈恩寺三藏法师传》的记载都不是太清晰,且无法以其他文献印证。《大唐西域记》卷十二:

  至此从川中东南,登山履险,路无人行,唯多冰雪。但行五百余里,至朅盘陀国。朅盘陀国周二千余里,国大都城基大石岭,背徙多河,周二十余里。

这里的"朅盘陀国"就是今塔什库尔干县,"大都城"就是塔什库尔干县城内的石头城,但"川"是哪条川?一般认为,从玄奘由阿富汗出发的地点和当地地

古代朅盘陀国都城遗址"石头城",在今塔什库尔干县城

塔什库尔干城外美丽的草滩,席地而坐者为巴基斯坦客商

形上看，入境只能是经由明铁盖山口一条路——虽然不远处还有一个更著名的开放口岸红其拉甫山口，但通往巴基斯坦后的走向决定了它不可能是玄奘入境的地方。20世纪80年代冯其庸先生为了落实这个问题，曾多次到达塔什库尔干，最后认定县城西南四五十公里处的明铁盖山口就是确切的入境点——当然，四五十公里只是县城距山口入口处的距离，进入山口还有大约一百公里才能到达真正的国境线。整个明铁盖山口据说长达三四百公里，其中一大半在阿富汗境内（请参见下文中的卫星截图）。

帕米尔高原扼古代新疆通中亚和南亚丝绸之路的咽喉要道，由于地势高寒，行旅艰险，因此沿途设置帮助行旅解决住宿和给养的驿站就显得格外重要。从塔什库尔干石头城向南，沿塔什库尔干河到明铁盖山口的古丝绸之路上，有六处驿舍遗址，据说有一处以卵石砌筑、方形尖拱屋顶的达布达尔古驿舍遗址保存最为完好，屋角还保存有卵石砌就的炉灶，室内墙壁烟熏痕迹明显。驿站石屋前河滩草场肥美，可供来往商旅放牧驼马。但我们没有见到，倒是一处叫亚尔特拱拜古孜的驿站给我们留下了印象。玄奘当年能受到的最好待遇大约就是在这样驿站里暂避风雨。

塔什库尔干在汉代为西域蒲犁国地，北魏至唐为朅盘陀国，唐为疏勒镇下的葱岭守捉，现在称塔什库尔干塔吉克自治县，属喀什地区。县城边上有一处著名的景点石头城，据说就是唐代的朅盘陀国都城旧址，也就是玄奘归程入境后的第一站。正如《大唐西域记》所载，当时的都城建在石岭上，面临水美草丰的塔什库尔干河河谷。我们去的7月份，正是气候凉爽水草最盛的时机，整修为休闲景点的河滩上，一片葱绿映衬着远处皑皑的雪山中，又包容星星点点五彩斑斓毡包牛羊，恍如仙境。草滩上，与几位巴基斯坦生意人搭讪了几句，这些哥们甚为友好，也会说几句简单的普通话如"你好"之类。

明铁盖山口、瓦罕走廊和公主堡

这是我们计划中一直列为主要对象的考察点，因为冯其庸先生曾经讲到他在这个地方堪称传奇的经历。

他说，在这个地方，他找到了《大唐西域记》记载的两个故事发生的具体地点，并且发现这些故事至今还在当地牧民和边防战士中流传，充分展示了民间传说强大的生命力，据此他断定这个明铁盖山口就是玄奘当年入境的地方。[1]

第一个故事通称"公主堡故事"。《大唐西域记》卷十二记载：

> 朅盘陀国……今王淳质，敬重三宝，仪容闲雅，笃志好学。建国已来，多历年所。其自称云是至那堤婆瞿旦罗（唐言汉日天种）。此国之先，葱岭中荒川也。昔波利斯国王娶妇汉土，迎归至此，时属兵乱，东西路绝，遂以王女置于孤峰，峰极危峻，梯崖而上，下设周卫，警昼巡夜。时经三月，寇贼方静，欲趋归路，女已有娠。使臣惶惧，谓徒属曰："王命迎妇，属斯寇乱，野次荒川，朝不谋夕，吾王德感，妖气已静，今将归国，王妇有娠，顾此为忧，不知死地，宜推首恶，或以后诛。"讯问喧哗，莫究其实。时彼侍儿谓使臣曰："勿相尤也，乃神会耳。每日正中，有一丈夫从日轮中乘马会此。"使臣曰："若然者，何以雪罪？归必见诛，留亦来讨，进退若是，何所宜行？"佥曰："斯事不细，谁就深诛？待罪境外，且推旦夕。"于是即石峰上筑宫起馆，周三百余步，环宫筑城，立女为主，建官垂宪。至期产男，容貌妍丽，母摄政事，子称尊号，飞行虚空，控驭风云，威德遐被，声教远洽，邻域异国莫不称臣。……以其先祖之世，母则汉土之人，父乃日天之种，故其自称汉日天种。然其王族，貌同中国，首饰方冠，身衣胡服。

这是一个建国传说。大意说此地本来是一片荒土，后来西边有个国家去内地迎娶了一位大汉公主，但迎亲的队伍回国时被战争阻隔在此地，大臣们便在山上建了一座临时的城堡安置公主。然而不久公主怀孕了，大臣们都很恐慌，虽然公主说这是天神所为，但大家还是担心回国后无法交代，于是商议扶持公主为王，就在

---

1. 冯其庸．玄奘取经东归入境古道考实：帕米尔高原明铁盖山口考记[J]．北京：文艺研究，1999（3）．

此地建城立国。后来这个国家一直自称是"汉日天种",当年建在山上的城堡至今犹在,叫公主堡,乃是当年英国探险家斯坦因发现时如此命名,此后大家都沿用了。在当地塔吉克族人中古堡则被称为"克孜库尔干",即"姑娘城"。

第二个故事叫"一千只羊的故事",《大唐西域记》的原文是:

> 大崖东北逾岭履险,行二百余里,至奔攘舍罗(唐言福舍)。葱岭东冈四山之中,地方百余顷,正中垫下,冬夏积雪,风寒飘劲,畴垄舄卤,稼穑不滋,既无林树,唯有细草,时虽暑热,而多风雪,人徒才入,云雾已兴,商侣往来,苦斯艰险。闻诸耆旧曰:昔有贾客,其徒万余,橐驼数千,赍货逐利,遭风遇雪,人畜俱丧。时揭盘陀国有大罗汉,遥观见之,悯其危厄,欲运神通拯斯沦溺,适来至此,商人已丧。于是收诸珍宝,集其所有,构立馆舍,储积资财,买地邻国,鬻户边城,以赈往来,故今行人商侣咸蒙周给。

大意说波斯商人赶着数千只羊和骆驼,在这个山谷里遇到了大风雪,商人们全部冻死,财宝也被后人捡走了。现在,在明铁盖山口还有一座波斯商人的墓。据说,明铁盖的"明"在波斯语里就是一千的意思,指在这里死了一千只羊。

冯先生对此非常感兴趣。因为这两个故事的遗址现在都可以在明铁盖山口附近找到,足以说明当年玄奘从今阿富汗境内经过瓦罕走廊入境的地点就是这里。冯先生说当时隔河已经可以见到古堡,只可惜山水冲坏了桥梁,以致一行人只得望河兴叹。后来他与中央电视台《玄奘之路》的记者再次来到这里,立下了一块碑。

冯其庸先生在瓦罕走廊所立"玄奘取经东归古道"碑

我们对这两个故事也感兴趣,因为这两个玄奘时代的故事,竟然能够以口头传说的形式保存下来,实在是意想不到。冯其庸先生说:"我一到前哨班,战士们就告诉我玄奘当年就是从这里回来的,战士们的话当然来自当地的老百姓(牧民),这是一种世代相传的信息,应该是有根据的。"战士和边民大概不会读过《大唐西域记》,关于玄奘归途究竟经过哪个山口的问题,当然也不会是战士们自己杜撰出来的,只能来自世世代代的传说。这是一种多么强大的文化力量!这对我们探讨唐僧取经故事的原生问题,是一个非常好的启示。既然玄奘时代的故事能够以口头流传的形式保存下来,那么玄奘的事为何不能变成故事,也以各种各样的形式保留下来哩?

在当地武警边检站领导的帮助下,我们到达了明铁盖山口,它是中国与阿富汗之间著名的瓦罕走廊的入口处。据介绍,瓦罕走廊最窄的地方不足1公里,而宽敞之处则有数十公里;全长近400公里,其中大约100公里属于中国,走廊的另

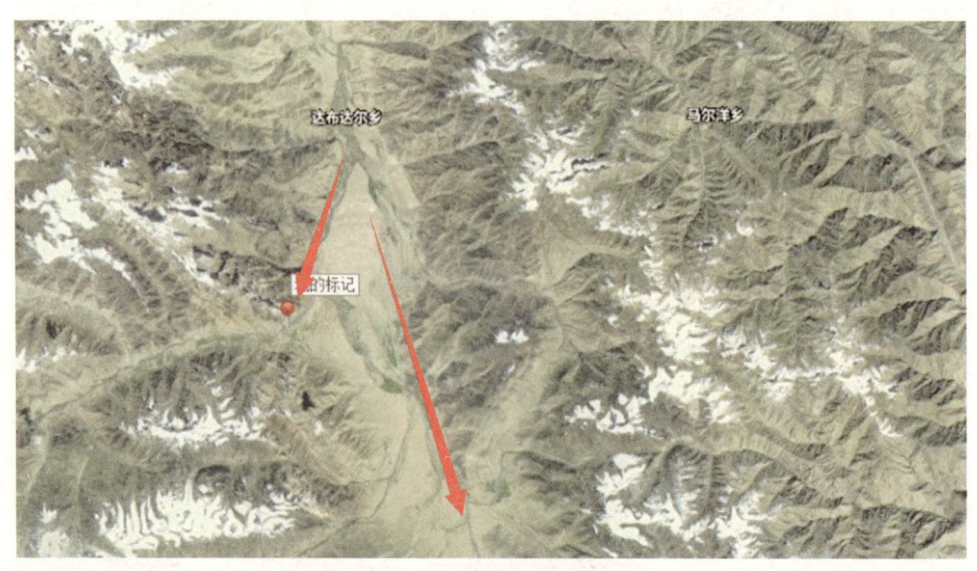

塔什库尔干明铁盖山口卫星截图

一端已经在阿富汗境内了。上图是一张卫星截图,"达布达尔乡"和"马尔洋乡"是地理坐标的定位点,继续向南的长一点的箭头所指是红其拉甫山口方向,

报告

短一些的箭头所指的标记处就是我们到达的地方，再往左侧进入明铁盖山口就进入了瓦罕走廊的纵深处。陪同的武警官兵们说，到这里就不能再往前行了，前几年一些有特殊需要的人群经过申请还可以到达边防哨所，比如冯其庸先生一行；但现在进入山口已经是不允许的了。这我们非常理解，脚步也就此打住。

山口的纪念碑"大唐高僧玄奘经行处"

明铁盖山口入口处，据说公主堡就在右侧的山顶上

185

《西游记》成书的田野考察报告

为了满足大家的需要,地方政府已经在山口处树立了三块石碑,以纪念曾经由此来往西域的历史文化名人,碑文分别是:"东行传法第一人安士高经行处""东晋高僧法显经行处""大唐高僧玄奘经行处"。立碑者为:塔什库尔干县政府、中国社科院考古研究所新疆考古队、喀什地区旅游局。

碑的背后就是明铁盖山口,但只能看到小路延展向山口深处和远处白雪覆盖的高山。资料说,公主堡坐落在山口一侧的塔格敦巴什帕米尔山上,据说面积2000多平方米,照山体地形而筑,顺坡势而建,呈西东走向,由高渐低,正面用石块砌筑墙体,西边的墙面则就地取材,用夹有一层层荆榛之类灌木枝条夯土而成。但我们无法到达那里,只能按照当地人的指点,远远拍了一张照片。

下面的照片是与提供讲解的塔吉克兄弟一家的合影。塔吉克族同胞很友好。我们提到要合影,他赶快叫来了老婆和孩子。他说,他背后的房子就是政府给建的,现在孩子上学不要钱,学校还提供午饭,他非常感谢党和政府。

与塔吉克向导一家的合影

在界碑前也留个影,此时内心充满庄严

考察花絮:

红其拉甫山口

离开明铁盖山口,我们又去了现在更为著名的红其拉甫山口。这不仅是一个开放的山口,更是一个声名卓著的山口,因为这里联系着友好国家巴基斯坦,也因为这里的武警边防站点是全国闻名的模范单位。这里并不是玄奘当年经过的地方,因此与《西游记》已经没有太大的关系,仅仅是为大家提供一些感性认识,

算是本次考察的花絮。

山口国门处海拔大约5000米——资料说4900米,但战士们说有5100米。在这里一切行动都得缓慢一些,否则就有危险。尽管小心,但时不时我们就会不由自主地猛吸一口气。

由于中巴关系的特殊,游客可以到达这里参观。但我们更特殊,在武警战士的带领下,居然去巴方的前哨班作了一次客,十分钟出国一游。

玄奘失经处

从明铁盖山口开始,我们已经走上了玄奘取经的归程——当然我们也踏上了归程,不过还有两处重要的考察地点。

第一是玄奘当年因大象溺水而丢失经卷的地方。这个事件反映在《西游记》里就是唐僧师徒回程经过通天河所经历的第八十一难,是一个历史悠久的原生故事。前面"绪论"说到,西域这一带有很多地方号称是取经故事的发生地,包括我们考察的张掖高台县等。《大慈恩寺三藏法师传》卷五:

> 法师在其国停二十余日(按:指羯盘陀国)。复东北行五日,遇群贼,商侣惊怖登山,象被逐溺水而死。贼过后,与商人渐进东下,冒寒履险,行八百余里,出葱岭至乌锻国。

这里所说的乌锻国,即今之英吉沙县,失经就在此行途中,但具体的位置不详。按照所述,玄奘并没有沿今天的公路一直向北到达喀什,而是在行进了五天之后转向东行去了英吉沙。我们判断转折的地点也就是大象受惊溺水的地点,大约就在今天塔什库尔干县向喀什区的途中接近布伦口的地方,那儿确实有一个大的山谷向东行。请参考下图中箭头所指。

我们到了那个山口,但那里显然不是我们可以进去的,于是只能以图片显示。这座山口就在我们认定的位置上,在卫星截图上可以找到,其前方为东,谷底有一条小道;左侧的冰川极大,随行的战士说就是著名的冰川之父慕士塔格峰,但后来我们查了资料,慕士塔格峰似乎还在南边一些。

《西游记》成书的田野考察报告

玄奘失经处的卫星截图，具体位置大约就在两个箭头的交接处

慕士塔格峰附近东去英吉沙的山口，应该就是当年玄奘失经的地方

新疆常见的季节河，玄奘失经就发生在附近的某一段

山谷中有很多下图那样的季节河。这张图片是在英吉沙附近也就是在山谷下游拍摄的，它与上图具有上下游的关系。这些河平时就是浅滩甚至完全没有流水，但一旦到了冰雪融化的季节，河水就会猛涨，大象惊慌失措溺水而亡是可能的。

瞿萨旦那国

玄奘回程入境后最重要的一站是瞿萨旦那国，即今新疆和田地区，中国古代称于阗。季羡林校注《大唐西域记》认为瞿萨旦那是一个梵文化的名称，这很能说明问题，这个地方位居古代中原与西域包括印度交流沟通的要道，是丝绸之路上的又一个重要节点。

对于玄奘来说，这里是必经之地，又是当时西域佛教的中心，文化经济都很繁荣，因此他在此处停留了较长的一段时间，除了休整，他还要做一件更重要的

188

事:给唐太宗李世民写信。当年他从长安出发的时候,违反了朝廷的禁令并因此受到官府的追捕,为此他始终心有余悸。现在他回来了,已经进入了大唐的势力范围,而坐在皇位上的还是那位当年颁诏不允许私出边关的李世民,他不知道李世民是否会允许他平安的走入国门。《大慈恩寺三藏法师传》录下了玄奘信的全文,其中说到了自己当年出发时的情形和现在已到达于阗,因为大象溺水而损失了部分经卷需补充的状况。这封信由于阗国的一个小儿随商队送到了长安。其实此时的长安城已非昔日政权尚在动荡的情形,李世民见信后立即回复,对玄奘表示了极大的热情,并说已吩咐于阗国及沿途各官府妥加护送。

由于时间充裕,了解充分,后来玄奘在《大唐西域记》里用相当的篇幅记载了瞿萨旦那国的宗教文化和民情风俗,对后来取经故事的形成产生了重要的影响。我们归纳一下,与《西游记》取经故事有关的元素主要有几个方面:

第一,前面"绪论"中"原生的取经故事"一节提到,据《大慈恩寺三藏法师传》所记,玄奘从印度出发时,护送和跟随玄奘返回北方家乡的僧人有一百多人——"时有百余僧皆北人";到达阿富汗境内时,今喀布尔附近的一位国王也"遣一大臣将百余人"送玄奘翻越雪山。但翻越雪山异常艰苦,死伤惨重,到达瓦罕走廊也就是比较接近明铁盖山口的地方,只剩下七位僧人和少数随从——"时唯七僧并雇人等有二十余"。这七位僧人应该都是所谓的北人,而根据实地观察,他们也只能是今塔什库尔干或者喀什、和田一带的僧人,到达和田后,他们会散去归乡。而我们认为,这些跟随玄奘从印度回来的人就是最早的取经故事的传播者,《大唐三藏取经记》中取经的也是七人——玄奘、五个行者、猴行者,与此恐怕有关。

第二,玄奘在瞿萨旦那做了休整,其中的一项工作是就地或往周边崇佛的国家寻访补齐因大象溺水而丢失的经卷。我们认为,这件事也是取经故事产生与传播的一个源头,否则,我们很难解释为何在新疆和青海、甘肃等地有那么多的晒经、晾经的传说。而如果这个猜想得到认可,那么最早的取经故事诞生于丝绸古道、玄奘东归之时就成为了事实。

第三,玄奘回程得到了于阗国王和大唐朝廷的帮助,自瞿萨旦那之后一路已

无滞碍。当年他曾允诺高昌国王归来时在该国讲经三年,但现在高昌王已经逝去,高昌国也已被大唐灭掉而成为了大唐的疆土,自己已不必牵挂,于是他就根据官府的安排,经丝绸之路的南线取道青海直达敦煌。这恐怕也是《西游记》等一切取经故事中唐僧师徒回程迅速的模板。

第四,《大唐西域记》详细记载了瞿萨旦那国建国传说——毗沙门的故事。毗沙门原是印度婆罗门教的大神,被佛教吸收后传入中亚,在中亚被本土化成为当地佛教信奉的最重要的神祇。而《大唐三藏取经记》里帮助取经的并不是后来《西游记》里如来和观音而恰恰就是毗沙门,这是一个非常重要的文化特征,也是证明取经故事成型于唐代的重要例证——因为毗沙门在中唐便随密宗传入内地,成为大唐军队的军神。当年毗沙门风靡一时的盛况,我们在日本还可以看到遗存。

第五,《大唐西域记》记载了当地人对草原鼠的崇拜与其原因,说这个国家的城外有座大大的鼠壤坟,其中的鼠王曾经救了这个国家。这个故事与毗沙门天王有密切关系,也是《西游记》中陷空山无底洞老鼠精地涌夫人的直接源头。这是我们寻访的重点,具体请见下条。

毗沙门天王

前在"绪论"中说到毗沙门天王是早期取经故事的一个重要文化特征,并简要介绍了其在中国宗教文化中的演变。《大唐西域记》卷十二"瞿萨旦那国"所述故事的原文是:

> (瞿萨旦那)王甚骁勇,敬重佛法,自云"毗沙门天之祚胤也"。昔者此国虚旷无人,毗沙门天于此栖止。……其王迁都作邑,建国安人,功绩已成,齿耋云暮,未有胤嗣,恐绝宗绪,乃往毗沙门天神所,祈祷请嗣,神像额上,剖出婴孩,捧以回驾,国人称庆。既不饮乳,恐其不寿,寻诣神祠,重请育养。神前之地忽然隆起,其状如乳,神童饮咽,遂至成立。智勇光前,风教遐被,遂营神祠,宗先祖也。自兹已降,奕世相承,传国君临,不

失其绪。故今神庙多诸珍宝,拜祠享祭,无替于时。地乳所育,因为国号。

再看《大唐三藏取经记》第三节"入大梵天王宫"。说明一下,在印度,大梵天王与毗沙门原本不是同一位神祇,但在西域常会混同:

……法师问曰:"天上今日有甚事?"行者曰:"今日北方毗沙门大梵天王水晶宫设斋。"法师曰:"借汝威光,同往赴斋否?"行者教令僧行闭目,行者作法。良久之间,才始开眼,僧行七人,都在北方大梵天王宫了。且见香花千座,斋果万种,鼓乐嘹亮,木鱼高挂;五百罗汉,眉垂口伴,都会宫中,诸佛演法。

偶然一阵凡人气,大梵天王问曰:"今日因何有凡人俗气?"尊者答曰:"今日下界大唐国内,有僧玄奘,僧行七人赴水晶斋,是致有俗人气。"当时天王与罗汉曰:"此人三生出世,佛教俱全。"便请下界法师玄奘升座讲经,请上水晶座。法师上之不得。罗汉曰:"凡俗肉身,上之不得。请上沉香座。"一上便得。

……斋罢辞行。罗汉曰:"师曾两回往西天取经,为佛法未全,常被深沙神作孽,损害性命。今日幸赴此宫,可近前告知天王,乞示佛法前去,免得多难。"法师与猴行者,近前咨告请法。天王赐得隐形帽一事,金镮锡杖一条,钵盂一只。三件齐全,领讫。法师告谢已了,回头问猴行者曰:"如何得下人间?"行者曰:"未言下地。法师且更咨问天王,前程有魔难处,如何救用?"法师再近前告问。天王曰:"有难之处,遥指天宫大叫'天王'一声,当有救用。"法师领指,遂乃拜辞。猴行者与师同辞五百罗汉、合会真人。是时,尊者一时送出,咸愿法师取经早回。

显然,毗沙门天王是一个带有浓重西域色彩的文化元素。

关于毗沙门在唐代的身份,"绪论"已有简略交代,更多的资料需要到中唐佛教经籍里去寻找,如据载开封大相国寺碑林"十绝"中有一条就是唐代毗沙门的像,以下我们也将会引用中唐密宗的《毗沙门仪轨》。

另外，毗沙门还是一个具有唐代时间特征的元素。其原本在西域流行，然后在中唐被密宗的"开源三大士"奉为护国法师，身份显赫一时，在世俗则成为军神；再然后随着密宗的急剧衰落，这位大神的地位又有变化，成为佛教中只具有门神作用的四大天王中之一北方多闻天王，毗沙门从此隐而不显。然而，由于日本对汉文化的继承在中唐时期尤为活跃，因此毗沙门当年的威风在日本倒是被或多或少地保留了。2013年秋我在日本京都大学高田时雄先生处寻访有关资料时，曾特别留意了毗沙门在日本文化中的遗存。

京都是日本历史最悠久的古都之一，其文化和建筑有浓郁的唐代风格。京都市内有大小千座佛教寺庙，其中不乏保留着对毗沙门的崇拜，其中最有影响的有两处：

第一处在东郊山科。山科是个以寺庙为主题的风景区，其中名气最响、香火最盛的一座寺庙叫毗沙门堂。这座寺庙初建于公元703年，后因最澄和尚将它亲手制作的毗沙门像放置于此，遂得名毗沙门堂至今。最澄和尚，日本古代最著名的高僧之一，中唐时期的公元804年间作为官派遣唐使来到中国，后来在日本发展了佛教的天台宗。请注意下图的"门迹"。"门迹"是日本佛教中的一个专用语，相当于汉语的"祖庭"。毗沙门堂是日本天台宗的门迹寺庙，其地位非常高。

还有一处在京都的城南伏见地区。伏见最著名的寺院是东福寺，东福寺是一处寺庙群，其中一处胜林寺供奉的是毗沙门，据说也是唐或五代时期的。

京都山科的著名
寺庙毗沙门堂

报告

毗沙门堂

毗沙门堂为天台宗的门迹寺院,是以春天的枝垂樱和秋天的红叶而闻名的山科地区的古刹。

根据寺传记载,毗沙门堂起源于703年创建于皇宫北面的出云寺。后因最澄和尚(传教大师)将亲手制造的毗沙门天王安置在寺内,遂被称为毗沙门堂。

后因历经战乱而遭荒废,经天台宗僧侣天海及继承其遗志的弟子公海的努力,直到1665年才得以在现址上重建。后来,后西天皇的王子公弁法亲王(1669-1716年)入寺皈依佛门,之后,毗沙门堂逐渐成为皇族、摄政者之子弟担任住持的"门迹寺院"。

正面的正殿中祭祀着主佛毗沙门天王。左侧深处的宸殿为后西天皇赏赐的旧殿,内有多幅著名的隔扇画,其中以逆远近法绘制的"九老图"及狩野益信亲笔所绘的"天井之龙"最为有名。"天井之龙"中龙的眼睛和颜面可随着观察者观看的角度而朝向不同的方向,堪称一绝。寺院的更深处则是名为晚翠园的环游式池泉庭园。

京都市

毗沙门堂的说明文字

毗沙门堂是日本天台宗的门迹寺庙,即祖庭

京都伏见地区东福寺内胜林寺,供奉毗沙门天

193

> **胜林寺**
>
> 　　胜林寺是东福寺内的小寺，于1550年由第二百零五代住持高岳令松创建。因为供奉的是守护佛法和北方的毘沙门天，所以被称作"东福寺的毘沙门天"。
> 　　正殿是将大户施主近卫家大门移至此地修建而成，寺内还建有石塔，埋藏着大藏经。
> 　　安放于毘沙门堂的毘沙门天立像，高145.7cm，是一座接近真人大小的木质造像。左手持宝塔，右手持三叉戟，表情激愤，据说制作年代可以追溯到10世纪后半期。很长一段时间，被秘密安放在东福寺佛殿的天花板内，直到江户时代建寺者高岳令松托梦告知才被发现。从此就被当作胜林寺的主佛供奉。
> 　　胁侍在主佛两旁的吉祥天像、善腻师童子像都是江户时代所作，衣服的颜色至今光鲜亮丽。
>
> 　　　　　　　　　　　　　　　　　　　　　　　　　　　　　京都市

胜林寺说明文字

胜林寺门碑铭

鼠壤坟与地涌夫人

《西游记》里的精灵各种各样,大到狮子老虎,小到花鸟鱼虫,凡有灵性,都会被吴承恩取来,信手点染,然后一个可恶、可恨也许还有点可爱的妖精便跃然纸上,其第八十回至第八十三回描写的陷空山无底洞金鼻白毛老鼠精即是。

这位号称地涌夫人的鼠精,沉鱼落雁,闭月羞花且多情妖娆,藏身于西天路上,费尽心机捉了唐僧,软磨硬逼死活要和唐僧成亲取他的元阳。为了营造点温馨的气氛,这妖精在洞里还饶有情趣地准备了一席素斋素酒。孙悟空、猪八戒打进洞里,发现这洞方圆三百里,处处相连,洞洞相通,妖精竟然不知去向。书中写道:正当悟空焦躁之时,忽闻得一阵香烟扑鼻,却见一个非常隐蔽的洞穴中,放了一张做工讲究的供桌,桌上放了一个镏金香炉,供养着两个金字牌位,大点的写着"尊父李天王之位";小点的牌位写着"尊兄哪吒三太子位"。悟空大喜,连忙把牌位摘了下来,扛着打上南天门,然后撒泼耍赖要在玉皇大帝面前告李天王的御状,说他纵女成精,谋害人命。李天王听到这个消息当然是勃然大怒,提起大刀就要砍悟空,这时哪吒过来,把李天王拉到一边,悄悄地告诉他,这事是真的。原来这妖精曾经被李天王收服过,因为感谢不杀之恩,便拜天王为义父,哪吒自然也就成了她的义兄。现在虽然不大往来了,但这位鼠精还颇有情义,在洞府中还供奉着她父、义兄的牌位。

这是一个非常久远的故事,不管吴承恩做了那些加工,其骨架却就在瞿萨旦那国,有《大唐西域记》为证。卷十二"瞿萨旦那国·鼠壤坟传说":

> ……王城西百五六十里,大沙碛正路中,有堆阜,并鼠壤坟也。闻之土俗曰:此沙碛中,鼠大如猬,其毛则金银异色,为其群之首长,每出穴游止,则群鼠为从。昔者,匈奴率数十万众,寇掠边城,至鼠坟侧屯军。时瞿萨旦那王率数万兵,恐力不敌,素知碛中鼠奇,而未神也,泊乎寇至,无所求救,君臣震恐,莫知图计,苟复设祭,焚香请鼠,冀其有灵,少加军力。其夜瞿萨旦那王梦见大鼠曰:"敬欲相助。愿早治兵,旦日合战、必当

195

克胜。"瞿萨旦那王知有灵佑,遂整戎马,申令将士,未明而行,长驱掩袭。匈奴之闻也,莫不惧焉。方欲驾乘被铠,而诸马鞍、人服、弓弦、甲縺,凡厥带系,鼠皆啮断,兵寇既临,面缚受戮。于是杀其将,虏其兵,匈奴震慑,以为神灵所佑也。瞿萨旦那王感鼠厚恩,建祠设祭,奕世遵敬,特深珍异。

最重要的是,这个故事后来随西域的密宗进入了中原,在中唐著名密宗僧人不空的《毗沙门仪轨》中再次出现:

> 唐天宝元载壬午岁,大石康五国围安西城。其年二月十一日,有表请兵救援,圣人(按:玄宗。)告一行禅师曰:"和尚,安西被大石康□□□□□国围城,有表请兵。安西去京一万二千里,兵程八个月到其安西,即无朕之所有。"一行曰:"陛下何不请北方毗沙门天王神兵应援?"圣人云:"朕如何请得?"一行曰:"唤取胡僧大广智即请得。"有敕唤得大广智(按:即不空。)到内云:"圣人所唤臣僧者,岂不缘安西城被五国贼围城?"圣人云:"是。"大广智曰:"陛下执香炉入道场,与陛下请北方天王神兵救。"急入道场,请真言未二七遍,圣人忽见有神人二三百人,带甲于道场前立。圣人问僧曰:"此是何人?"大广智曰:"此是北方毗沙门天王第二子独健,领天兵救援安西故来辞。"圣人设食发遣。至其年四月日,安西表到云:"去二月十一日巳后午前,去城东北三十里,有云雾斗暗,雾中有人,身长一丈,约三五百人尽着金甲,至酉后鼓角大鸣,声震三百里,地动山崩停住三日。五国大惧尽退兵。抽兵诸营坠中,并是金鼠咬弓弩弦,及器械损断尽不堪用,有老弱去不得者,臣所管兵欲损之,空中云:'放去不须杀。'寻声反顾城北门楼上有大光明,毗沙门天王见身于楼上。"[1]

---

1. 高楠顺次,等. 大正新修大藏经:二十一卷密宗部·四[M]. 东京大正一切经利行会. 大正十三年至昭和九年(1924—1934). 网络可方便搜得.

其大意说唐玄宗天宝元载,西域有五个小国联手进犯大唐的安西,安西都护府八百里加急向朝廷求援。这使唐玄宗颇为犯难。大法师不空三藏见玄宗发愁,便说:陛下为何不请北方毗沙门天王的神兵应援?只见不空法师设下道场,口念真言,忽然就见有神人二三百人,穿盔带甲从天而降,立在道场前。玄宗奇怪的问:"此是何人?"不空三藏告诉他,这就是毗沙门天王派往安西救援的神兵,特来辞行。两个多月后,安西有公文快马送到,说就在不空法师请来毗沙门神兵的那一天,万里之外的安西城上空天色陡然昏暗,云雾中有数百身穿金甲的神兵,身长都在一丈以上,威风凛凛,一时敌兵尽退。再看敌兵营中,到处都是金鼠咬断的弓弩器械,全不堪用。

关于不空的这个故事就是瞿萨旦那鼠壤坟传说的进化,只不过原本独立为王的小鼠被收编,成了毗沙门天王的部下。张政烺先生的《封神演义漫谈》一文中也曾经提到敦煌发现过有一幅毗沙门绢画,其部属中有金鼠出现。[1]小鼠被毗沙门收编是一个非常重要的变化,就如原生态的山歌小曲经过再创作,成了民歌。跨出这一步,就有可能走得更远。宋代以后,道教在发展中"请"去了毗沙门天王,将其改造为天界兵马大元帅托塔天王,独健也就变成了哪吒,他们的部下小鼠也就成了更具中国人人情味的"恩女"和"结拜胞妹"。

按照一般论证原则,把《大唐西域记》《北方毗沙门天王随军护法仪》和《西游记》联系起来看,其中的演进关系已经非常清晰,认定这个故事是从西域传来应该说不存在学理上的问题。而更让我们感到高兴的是,据说瞿萨旦那国的鼠壤坟至今尚存,因此寻访这座遗迹就列入了计划。

这个项目的考察不算顺利。真正落实考察目标时才发现,关于鼠壤坟遗迹具体的位置,各种资料提供的均有不同且都标识不太清楚,至少有三个地点是需要考虑的:1.墨玉县扎瓦乡;2.策勒县达玛沟乡;3.民丰县尼壤乡。这几个地点都

---

1. 张政烺. 张政烺文史论集[M]. 北京: 中华书局, 2004.

在民族乡村，没有开发，甚至离乡村集镇都很远，条件相当恶劣。我们也没有找到合适的当地向导。

最终我们在皮山县找到了县博物馆馆长的电话。于是我们赶往县城找到了馆长，馆长是位维吾尔族人，非常热情，愿意提供帮助。但他对汉语只能说却不能动笔，研究的也主要是维吾尔族史。对佛教所知不多，说白了就是他也不太清楚鼠壤坟的问题。

以下我们把与这个问题有关的但我们无法进一步证实的资料汇集如下：

关于瞿萨旦那国鼠崇拜的记录，最早在《隋书》中已经出现，《隋书·西域传·于阗国》记于阗"王锦帽，金鼠冠"，这已经有浓厚的鼠神崇拜色彩；《大唐西域记》所录故事则最为详细，与《隋书》所述形成呼应；最早发现鼠壤坟遗迹存在是英国人斯坦因，大约1900年左右他在一个叫"鸽子墓地"的地方听到了鼠壤坟的故事并称"现仍为当地居民膜拜之所"[1]，以下是网络上流传据说是鼠壤坟的图片（因为我们没有找到《古代和阗》原著，因此不能确定这张图的真实性，特说明）。

下图则是斯坦因在另一处旦旦乌里克遗址发现的绘有鼠王传说的画板，这张图非常有名，因此比较可靠。

---

1. 斯坦因. 古代和阗. 119–121；季羡林. 大唐西域记校注[M]. 北京：中华书局1019. 据注释转引。

宋元北方专题

中原北方方向的考察主要对应"绪论"中的第三个阶段"世俗形态的取经故事"。这个阶段的本质意义是研究由玄奘取经事件演变出来的唐僧取经故事,如何从佛教文化背景下走向更广泛社会阶层的问题,即世俗化的问题。

《礼节传簿》中队戏《唐僧西天取经》页面(两页拼接)

《西游记》成书的田野考察报告

前在"绪论"中已经介绍了20世纪80年代在山西发现的民间祭祀仪轨《迎神赛社礼节传簿四十曲宫调》（简称《礼节传簿》），其中保存的一个队戏《唐僧西天取经》节目单尤为重要，它是我们讨论"世俗形态的取经故事"的主要文献支撑。

这个节目排场单与那些零散记载取经故事的唐人笔记完全不是同一文学模式，与《大唐三藏取经记》相比也已经有了天壤之别，尤其是那些七星九曜、十山真君之类道教的、民间的神祇混杂其中，已经失去了原本佛教宣传品的纯净氛围，因此我们认为它一定是晚出的品种，自然也完全可以取之作为一个取经故事新形态的象征和标本。

然而，它究竟晚到什么时候？《礼节传簿》抄录于明万历二年，这有明确的文字记录，是可靠的底线下限；其抄录的底本可能形成于明洪武、永乐年间或稍后，这也是学界比较一致认可的结论。那么是否可以更往前推一些？我们在"绪论"中已经介绍，有若干研究戏剧史的专家指出，有证据显示洪武、万历年间现在的这个本子经历过一次修订，当时修订所用的底本能够辨认出已经是一个成型且稳定的规制，其基本的仪轨和戏剧曲目有可能在更早就已经固定，队戏《唐僧西天取经》就属于那些基本的、稳定的构成成分。而我推断《唐僧西天取经》更有可能还更早些，说形成于宋金时期也不为过分。

对这个推断有一些商榷意见，大抵是认为缺少直接证据。确实由于这个原因，讨论双方的研究这些年均无进展。但是，在本次考察中我们却意外地解决了这个问题，现在我们已经很有把握的认为：包含有四人一马的世俗化了的取经故事确实在宋金时期已经形成。

"唐僧师徒取经归程图"石刻

事情的原委是这样的。2014年春夏间，有网友发来一幅取材于唐僧取经故事的石刻画像拓片并让我鉴定一下。自从拙编《西游记资料汇编》出版之后，这种事应算常有，以各式与《西游记》有关的文玩为主。这并不是很有意思的游戏，一来我并非文物专家，鉴定非我所长；二来其中很多或者是有意无意形成的陷阱，或者本身并无太大研究价值，因此我对这类要求非常谨慎。但现在这位网友发来的拓片却让我眼前一亮，甚至有点兴奋：以我对唐僧取经故事各类资料的了解，我当即判定这幅石刻画像极有意味——如果直觉不错，它表现的应该是与队戏唐僧西天取经相同的取经故事，是目前所见最早的唐僧师徒四人一马的取经图，时间应该是在宋金时期，对于《西游记》成书研究有非常的意义。追问之下，网友介绍说，这确实是在一座金代墓葬中出土的，墓中伴有一块署有确切年份——金大定三年（1163）的墓志铭刻石，

考查现场与资料提供网友（中）合影

但现在墓志刻石已经不知去向，而且由于种种原因，他无法提供进一步的线索。

2014年夏我专程去石家庄找到这位网友。承蒙这位网友厚爱，他引我看了那张拓片的原石并提供了他所能知道的信息。这位网友是古玩商人兼收藏爱好者，

《唐僧师徒取经归程图》原石正面

《西游记》成书的田野考察报告

他在河南收到了这块原石,当时墓志铭已被另外人弄走。

在墓志铭无法寻回的情况下,我们只有从画像本身寻找线索,重要的线索也终于被我们找到。以下介绍石刻图和我对这幅图绘制时代的认识——按,由于这幅石刻取经故事图像上有完整的师徒四人和白马驮经的情节,因此我将其命名为《唐僧师徒取经归程图》(请见书前彩页)。

这块原石是一块墓道的门框。全长120厘米,高26厘米,其中门楣部分高14厘米;门楣下有四颗门钉,约6厘米见方,刻有不同的花纹;门楣上隐约可见的阴刻图像,即我命名的《唐僧师徒取经归程图》。图占据了整个门楣的中心部分,除去两侧山水,中间四人一马大约占据了55厘米的宽度。由于岁月留下了痕

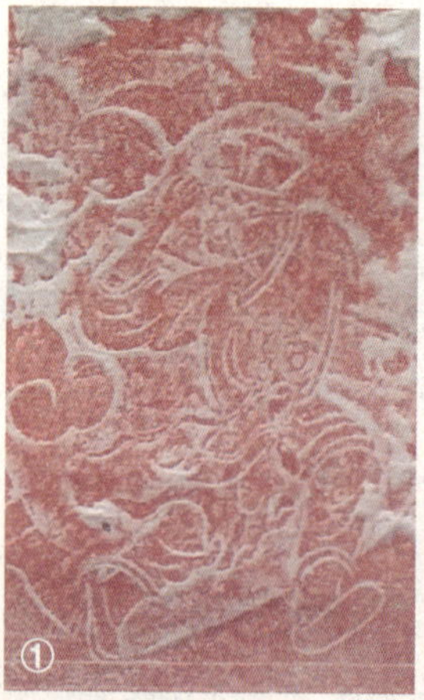

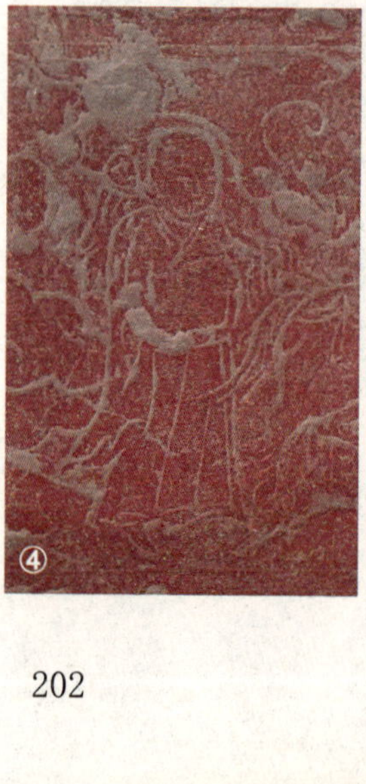

此处为截取的局部
① 孙悟空,夹棍回首眺望
② 猪悟能,挑担(经卷)
③ 白马,背上有经卷
④ 沙悟净,肩扛兵器
⑤ 唐僧,毗卢帽,有佛光

迹，原石已经显得很沧桑，只能在各种划痕中隐约见到一些淡淡的阴线，但在拓片中，我们可以辨认出一幅清晰精美的《唐僧师徒取经归程图》画像。图像请见插页。

为了讨论的方便，下面我们把图像分割放大来观察，画像中右侧为前方，师徒四人一马自左向右前行，正符合取经归程的方向：

图①悟空头戴东坡巾在前，呈大踏步向前的姿态，有棒夹在左腋下，右手搭在额头，作回首眺望状，似乎是在招呼随行众人；

图②悟能八戒紧随其后，左肩挑经卷担，右手提衣襟跨步，作努力前行状；

图③再后是白马，鞍具华美，驮有经卷；

图④白马后面跟随的是悟净沙和尚——一个白白净净的和尚，兵器在左肩，似乎是月牙铲之类；

图⑤队伍的最后是唐僧玄奘，头戴毗卢帽，双手合十，背后有佛光。

整个画面动感十足，人物姿态生动，线条尤其优美流畅。根据艺术水准判断，显然不是一般民间工匠的活计，这显示出墓主人绝非等闲之辈，因此墓里有墓志出现也是合理的，只是可惜无处寻觅了。

重要的线索就在悟空的帽子上。请注意，悟空头上的帽子叫"东坡巾"，因苏东坡命名；或称"程子巾"，以程氏兄弟命名；或称"山谷巾"，以黄庭坚命名，大致相似。这是典型的宋朝人服饰，这具有时代的标志意义；而更重要的是，这种巾帽金代还有，但元代已经少见了。我们可以找到资料来证明：金人入

几幅宋人巾冠图，从左到右依次为：程颢、黄庭坚、苏东坡（扬州三贤祠）、苏东坡（黄冈赤壁）

主中原,带来了自己的民族服饰习惯,但不久就被同化,汉人服饰没有太大的改变;元人立朝后,再次改变服饰,这次就有了比较彻底的新面貌,对此《明实录·太祖实录》卷三十有记录:

> 初,元世祖起自朔漠,以有天下,悉以胡俗变易中国之制,士庶咸辫发椎髻,深襟胡俗,衣服则为裤褶窄袖,及辫线腰褶,妇女衣窄袖短衣,下服裙裳,无复中国衣冠之旧。

所以我们在后来的各种取经图中再也没有见过这种冠戴,比如在元代磁枕取经图中,孙悟空头上就没有了"东坡巾"之类的头巾。

这几幅资料图,前两幅程颢像、黄庭坚像来自网络,我不知道具体出处,似乎是截取自某一书画藏品,他们的头饰略有差异,但后人统称为东坡巾。后二幅即苏东坡像,一是扬州三贤祠宋刻东坡像,有清代鉴赏名家端方题款;一是湖北黄冈赤壁的同治石刻东坡像。

另外,还值得注意的是八戒的服饰。交领,束腰,长摆,登靴,我以为这应该也是宋代流行的,《水浒》中经常提到的"直裰"之类。

合理结论是:人物服饰显示了时代的特征,看了悟空、悟能的巾帽我们应该就知道唐僧师徒四人的故事一定在宋代至迟在金代已经出现。这是现在看到的最早的一幅四人一马取经图,对于我们判定《西游记》成书的演变阶段,深入成书史的研究有重要意义。

《唐僧取经图册》

"绪论"中"重新整合的取经故事"一节的最后,我们提到了近些年在日本发现的《唐僧取经图册》。应该说,自从我见到这个画册之后,未敢有片刻忘怀,因为这个画册带来的冲击力如此之强大:首先它是唐僧取经的故事,而且已经相当完整成熟;其次它与我们现在所见的任何唐僧取经故事不管是吴承恩的《西游记》,还是早一些的杂剧《西游记》,还是更早的队戏等,情节内容上都有很大的差别,完全不是一个故事系统,我们简直无法去理解这个故事是如何从报告

天而降的。所以,我看到这个画册的复制品已经十年有余,矶部彰先生寄给我这本画册也几近十年,但到现在我们都没有办法真正入手去研究这部画册——只能无奈地做一个旁观者,因为到目前为止,没有任何其他资料可以参考。

本次考察中,原计划在日本拜访这本图册的整理者、东北大学著名汉学家矶部彰教授和著名敦煌学学者、京都大学东亚文化研究所的高田时雄先生。因为东北大学临时出现的特殊问题,我与矶部彰先生未能见面,也未能见到这本价值连城的图册的原本,但在通话中我们还是讨论了这个图册的问题。二位日本专家进一步介绍了日本的敦煌学和玄奘、《西游记》以及这本图册的研究状况,并认为这本画册应该得到更广泛的介绍,让更多的人参与研究,也许可以有新的突破。

对这本图册我在《〈西游记〉的诞生》和《西游记资料汇编》中都有简略的介绍,也引用了一些画页,但说来还是简略。鉴于日本版的图册一般读者难以见到,我在征求意见后在此做一次比较全面的介绍和转录。

这本图册1992年在日本首次露面,是一件私人收藏品,后来由日本著名学者矶部彰先生和板仓圣哲先生申请到日本文部科学省特定领域研究费资助,而由精于古代绘画作品复制的二玄社印刷成精美的画册。矶部彰和板仓圣哲二位先生在画册的前面各有一篇文章,介绍自己的初步研究成果。矶部彰在题为《元代〈唐僧取经图册〉研究要旨》一文中介绍了这部画册的作者是元代画家王振鹏,后为清人梁章钜所藏。板仓圣哲在《传王振鹏〈唐僧取经图册〉在元代画史中的位置》有更详细的介绍:

现存《唐僧取经图册》分为上、下二册,蝴蝶装,卷末有清代福州文人梁章钜(字闳中、苣林等,号退庵、古瓦研斋,1775—1849)六跋。根据此六跋之记载,知本图册原为梁氏同乡、名叔重者所藏。道光十八年(1838)梁氏初次观览本图册时,以为乃唐人尉迟乙僧所作,其后经不断览阅,发现册上书有"孤云处士"名款,才订为元代画家王振鹏(1280?—1329?)所作。到了道光二十二年(1842)时梁章钜虽已老迈,但终于收得本图册云云。梁章钜之书画收藏在当时颇为知名,这在自著《退庵金石书画跋》及

205

《归田琐记》等中可见一斑。不过，却未见有任何关于本图册之记载。

但是板仓圣哲对于作者王振鹏的确认也还比较谨慎，他说：

> 由于传称作者王振鹏之画风与本图册颇有不同，因此传称归传称，并不能一味相信。在三十二幅册页当中，画风不尽相同，以在山水背景上加上蟹爪树、云头皴等为特征的李郭派山水表现为最多。从画风上来看，其中大部分与同时代的李郭派似有密切关联。另一方面，上册第1图、第9图，下册第14图、第16图等四幅，使人联想起南宋画院代表画家李唐、萧照、李嵩等之画风，可以认为是继承了南宋画院故事人物画之传统。其它作品中，并有与南宋林庭珪、周季常合作的《五百罗汉图》（京都大德寺等藏）类似的表现。也就是说，同时包涵各种风格要素在内的本画册，反映了元代画坛上汇聚华北、江南等不同绘画传统及多样性之特征，在此该特别加以提出。

造成这种状况的原因，板仓圣哲认为可能是因为这是工房作品，也就是有集体流水线作业的可能：

> 因为是元代后期南人绘画工房之制作，并且在此工房集团中，由在年龄上相差几近一代之画工们所共同制作的。虽然当时分工作业之详确情况并无法确定，并且，由目前片断般之现状想加以复原恐怕也很困难，不过，即便如此，仍该认为是一件出自同一画家之手，且颇为复杂的作品的吧！

画册原有梁章钜的跋文六篇，记录了梁章钜从第一次见到此画册到最终收藏于己手的经过与感受，其中第一、二篇被复制于现在出版的图册（上）作为附录：

> 观此册者，当玩其笔墨之生动，界画之精工，着色之古厚，蹊径之深邃。绢质之精细，非唐以后所能有也；真所谓天工鬼斧，目迷五色者也。道光十八年初春月观于桂林节署。福州梁章钜题。

> 此册人物楼台工细非常，每幅似须一月可竟。上下册计三十二幅，几费

三年之工力然后乃成，谓非巨制可乎？题此使览者知古人一物之微，苦心如此。册内藏经签标题，宋宣和御府画册往往如此，并为表出之。茞林又记。

第三、四篇复制于现在出版的图册（下）作为附录1：

　　尉迟乙僧在唐称善画道释罗汉，真迹希见。此册穷形尽态，景物怪奇，笔意精古，超越尘表。如此法物，凡三十二帧，递传千百年余，犹觉神采跃然如生，真有法云拥护，乃能获见于今日，观者惊叹以为神笔。伪宋元画出此相较，能不抱首而逃。昔宋元人有句云：应真一一若旧识，四大假合成幻身。今观此迹，幻耶？神耶？展图至再，足令我斫除缘想。叔重得此，其善护诸。戊戌春福州梁章钜敬观。同观者陈君举、顾兼善、裴元复。

　　阿罗汉具大法力，我昔曾闻不曾识。尉迟乙僧六法工，笔端绘出通神迹。清修几世脱浩劫，道貌圆光尚炟赫。经书贝叶诸谛传，妙解空灵咸悟释。相惊神变亦虚幻，六根俱净归元寂。吁嗟法宝世见希，君其秘守勤拂拭。茞林又题。

第五、六篇被复制为（下）附录2：

　　余初观此册，据叔重所言，谓为尉迟乙僧之迹，遂信以跋之。今再借观，白日谛审，隐隐有孤云处士款字，半边尚存。考之孤云处士乃元王振鹏之赐号也。今以孤云处士《汉宫秋月图》对看，用笔着色，其气味正复相同，定为孤云处士真迹无疑。前题之误，今特表而出之，真大快事也。梁章钜。

　　余于戊戌之春获观叔重所藏元人王振鹏之迹于桂林节署，曾为题咏。还之。叔重宝此，珍同珠璧，不轻示人。越四年壬寅，余养疾里门，叔重乃携此迹持赠于余。余以清俸千两报之。暇日展阅题此，嘱恭儿等亦知，所密惜永守焉，庶无负叔重生平珍奇之雅意云耳。退庵居士章钜又记。

　　图册共有三十二幅图，有序号，分为上、下各十六幅图。且有题签，但日本

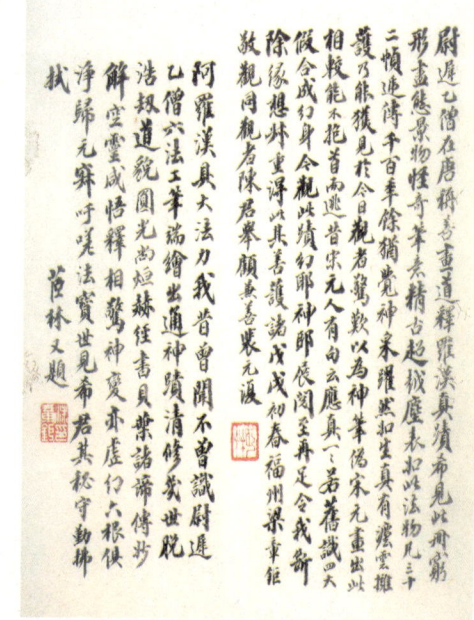

学者认为这些题签并非原貌：有些已经失落，有些在装裱时被错贴，造成不少张冠李戴的乱码，给研究造成一定困难。矶部彰和板仓圣哲对此都有说明并曾试图恢复原貌并作出解读，请见本专题"附录"。以下是全部三十二幅取经图。

但我们更应该注意到的是这些画的内容，这是我见到这些取经图至今最重要的心得。不管是依据原题签，还是依据日本研究者的初步推测，这些取经图的内容显然和我们所知的取经故事有相当大的差距；无论以杂剧《西游记》还是以宝卷、平话，还是以吴承恩的百回本章回小说《西游记》与之对照，我们都发现了以前闻所未闻的取经故事内容，非常肯定地说明了在元代之前，取经故事还有不同的体系存在。

我对这个未知体系的初步判断如下：

一、这是一个与现存主流取经故事最初同源，但在一段时期内（大约是晚唐五代至元代）独立发展的取经故事体系。它的出现对我们以上说到的原生取经故事，和"绪论"所介绍的张乘健先生关于《大唐三藏取经记》生成原因的推测，都是很好的支持。

二、从现在的角度看,这个系统的故事就是一个旁支体系,理由:

第一,因为其中戈壁以西的内容较少,倒是与《慈恩传》有较多的相似,因此可能它是在中原佛教中发展出来的。

第二,因为其中没有猴行者、孙悟空,只是在一两幅中有类似于猴行者的形象;虽然有了沙和尚、猪八戒,但这两个人物并没有紧随唐僧,在大多数画面中都没有出现,似乎只是普通故事中的一个,这与《西游记》形成的师徒四人核心团队是很不一样的。说明这个体系与我们所知的取经故事虽然最初同源,但后来走的却不是同一条路子。

第三,我们基本可以肯定,从《大唐三藏取经记》到队戏《唐僧西天取经》到杂剧,再到平话到百回本《西游记》,虽然未必是一条直线到底式的继承,但其间有明显的血缘关系——师徒四人的取经团队是特定标志。

三、这两个故事体系虽然开始时同源,但分开发展的时间不会太迟,理由就是我们现在看到的取经故事在宋金队戏《唐僧西天取经》中其实已经基本定型。

关于系统分化的情况,我们试着大略描述一下:

当年最初充满西域风情的取经故事在取经途中诞生后,在敦煌一带形成了取经故事的大致框架,如猴行者、深沙神、大梵天王,等等。这些故事有些后来如张乘健先生猜想的那样,借不空《取经记》之壳而迅速发展,形成了以师徒四人为核心的系列取经故事,在队戏《唐僧西天取经》中这些故事已经大致定型了。再后来在元代被道教改造,增加了"齐天大圣"的内容,最终形成百回本的《西游记》。

但也有些取经故事在最初的大框架下,尤其是在比较纯净的佛教文化中散漫发展,成为旁支,故事虽然不少,但没有形成文学上的核心,终于没成气候而湮灭,如我们今天见到的《唐僧取经图册》。

附录：

[日]矶部彰《〈唐僧取经图册〉研究要旨》（节录）及《唐僧取经图册》所收图画三十二幅

笔者曾经对《唐僧取经图册》中图画的顺序作过重新考察。这次在原来的基础上，联系新画图的定位问题来探讨图画故事中几个特点。

宋代的《大唐三藏取经诗话》（以下简称《取经诗话》）由于卷头缺落，故事的开头部分不明。但由于《大慈恩寺三藏法师传》（以下简称《慈恩传》）等史传，以及元、明的西游记故事都是以长安为开端的，因此图册画片中的故事也与此相同。这样三十二幅画中，（上1）自然应列为其首。

（上1）：西天取经的皇榜（笔者暂题，以下相同）

悬挂在宫门上的榜文中标明是唐皇的"敕"书，这是体现三十二幅画主题的重要部分。敕书的内容就是招募能解除干旱现象的人。可能唐三藏作为能求雨的人进宫，所以接受西天取经的敕命。正如户田先生所指出的，图画（上1）是用"异时同图法"描绘的。这个场面主要描写唐僧看到皇榜后决定接受西天取经的敕命，走进宫中，在下吏的引导下走上玉阶的情景。描绘宫殿或官衙的图画别外还有三幅。标题纸上标明是不同的场面，但恐怕原来（上9）、（下14）、（下16）各图是紧接（上1）的同一宫殿或官衙的场面。根据《慈恩传》中的玄奘三藏传记，他是因触犯国禁而出国的，所以图册中的这个场面已属虚构。《取经诗话》中提到了唐僧前世的因缘谈，所以没有提到这段事迹的图册中的唐僧，可能和宋、元小说中的情节发展有些相异。

下面给每幅画配上画题，重新排列顺序如下

（上9）：内廷的廷吏和参内的大官；（下14）：押送街上抓到的老胡商；（下16）：唐僧西天取经的上报和认可

那么，离开了长安后的唐僧旅途究竟如何呢？描写唐僧旅途的画共有三种。一种是只画唐僧单独一人，另一种是唐僧和侍者两个人，还有一种是唐僧、侍者加上龙马。可以推测，唐僧以外的人物都是逐次加上的，先是唐僧

独自徒步从长安出发,接着是唐僧和侍者会合,然后才是得到龙马后的一行。这样的话,描写侍者合掌走近的那幅画(下7)当接在唐僧在山中独自徒步的画之后。

(下7):唐僧赴西天,得到侍者的归依

唐僧带着徒弟继续向西天进发。描写这个情节的画有两幅,其中都画有水妖归依唐僧的场面。(上14)中是画鱼怪、龟怪、鼋怪、蛙怪从河中出来,(下1)中是画穿着类似龟怪官服的龙王前来接受唐僧的寻问。两幅画中突然出现的水怪,恐怕是因唐僧受毗沙门天的加护而自行出来归依的。从情节上考虑有三种可能性存在。一种是唐僧先受到龙王化身(下1)的归依,而后才来降伏河中的龟、鱼妖怪们的。另一种是相反,因唐僧接受了河中龟鱼妖怪的请求而降伏了恶龙。还有一种是唐三藏西天取经时,先是河中龟鱼妖怪来祈祷取经的成功,接着是龙王化身来说到唐三藏身上有毗沙门天的保佑之事,同时给了三藏一个包袱。《大唐三藏取经记》中安排了狮子王(第5)大蛇(第6)保护唐僧一行路过的一节。其中白虎精、九龙池的龙前来阻拦去路而被猴行者制服。由于实际上两幅画风格不同,(下1)中上场的官吏模样的妖怪也真相不明。所以正确的顺序也无法断定。

(上14):河中龟鱼妖怪请唐三藏求雨;(下1):龙王受到毗沙门天之命,帮助唐三藏

唐僧出了长安不久就得到了龙马。这在《慈恩传》卷一(瘦老赤马)以下为一般人熟知。由于被唐土边塞烽官之类的士兵追逐时唐僧已在马上,所以可以认为马是在到达边塞前获得的。显示龙马的画是(上4)和(上5)。从图画的背景看,(上5)似乎在前。故事中为了给徒步的唐僧师徒一行龙马,毗沙门天王带着天龙来到迷失在沙漠中的唐僧一行的上空。天龙化为龙马在沙漠中的泉水傍饮水,给唐僧一行指示泉水和骏马的存在。当唐僧想抓住龙马时,龙马逃上峭壁悬崖(上5)。但龙马消失后变回原来的天龙飞上天空,向沙漠前方的深沙神王报告唐僧一行途经沙漠,请求加护(上4)。深沙神王在唐僧的前世几次三番地阻拦他去取经。这次由于毗沙门天王的加

护,在沙漠上架起金桥让一行通过(上13)。(上13)和(上4)相连,这主要是从两幅画中脚下都有沙漠,以及(上4)左边的树木和(上13)右边的树木形成一体的结构来判断的。在《取经诗话》中,唐僧进入蛇子国、狮子林、树人国、大蛇岭,然后进入九龙池,遭遇深沙神后进入鬼子母国。在明初的《杨东来先生批评西游记》中,唐僧西行不久就"木叉售马",收服孙行者后马上是"行者除妖",收服流沙河的沙和尚,然后是"鬼母皈依"。按照这些故事内容,我们对图册中的画可作如下安排。

(上5):毗沙门天王送龙马;(上4):龙马现原形救唐僧;(上13):得深沙神归依,走出沙漠

在宋、明的西游记故事中,鬼子母在深沙神王(沙和尚)后登场。另外,在《慈恩传》中,在进入沙漠之前出现五烽飞箭。因此可以认为图册画中从唐僧骑马逃出关门以后对史传的顺序有了改动,在得龙马之后设定了深沙神王盘居沙漠一节。把这节和日本密教图像集《图像抄》《觉禅钞》等中的图像作一比较,就能清楚地看出(上13)中的神人就是深沙神王。

描写唐土边塞场面的画有三幅。其中登场的都是活生生的人物。一幅是描绘山贼模样的恶棍以及穿门逃离的唐僧师徒的画(上2)。其余两幅(上3)和(上6)是描写烽官模样的甲胄士兵放箭追逐唐僧师徒的画。

从画(上3)和(上6)中描写的甲胄士兵形象相同这点看,两幅画原来是相对称的。从场面内容上看,两幅画反映了三个不同的时间过程。也就是,烽官怀疑企图出境的唐僧,去郊外的民家探索他们的足迹。烽官从草屋妇人处打听到唐僧一行的去向后,追赶着向他们射箭。唐僧得知被追赶后,迅速逃离,在一条大河处幸得毗沙门天的神将砍倒大树,说明渡河逃身。而追来的烽官却落河身亡。这样唐僧终于骑马脱身,消失在山脚背后。由于(上3)和(上6)的舞台背景是山林深处,可以推测这时已过了楼门耸立的唐境地带,他的位置也应当在(上2)的下面。把(上6)中落入河中的人物看作是烽官,主要有几个原因:一是其姿态形象和(上3)中追捕的烽官相同,二是图册画中既然深沙神王已登场也就不可能和沙和尚重复出现。另

外，（上6）中的大树树干劈成两半，从（下4）中毗沙门天配下的鬼神手持大斧判断，这显示了背后曾得力于鬼神的帮助。这个情节可能受到《慈恩传》卷一中砍胡桐树（《玄奘三藏绘》卷二）架桥故事的影响。图画的顺序安排推测如下：

（上2）：唐僧遇山贼逃离玉门关；（上3）：烽官追逐试图出境的唐僧师徒一行；（上6）：唐僧师徒逃脱烽官的追赶进入西域

出了大唐国界的唐僧师徒在西域途中屡遭灾难。《西游记》中，孙悟空作为守护神登场。《取经诗话》时期以后，或这以前北宋末期的资料中，作为唐三藏的护法神兼向导登场的是猿猴行者，关于这个笔者曾有过论述。但《唐僧取经图册》中一张和唐僧、侍者分开单独描绘的猿猴图（上15），是图册中唯一一个猿猴登场的场面，显得很突出。从总体看，有一种可能性是，原来还有一些画有猿猴行者的图画，但在某个时期遗失了；另一种可能性是，在唐僧带领侍者和龙马赴西天的故事中，以唐三藏西天取经故事为底本，画家画唐三藏的侍者时，平稳的情况下用人身姿态来画。但一发生事件，侍者就被画成猿猴行者。

这仍然还是一个谜。那么，（上15）这幅画的位置应该在哪里呢？《大唐三藏取经诗话》中，猴行者作为向导西行，路经九龙池、深沙神居住的沙漠，然后进入鬼子母国。在明初的《杨东来先生批评西游记》中，先是收服龙马、孙行者、沙和尚，然后是收伏鬼子母。宋、明初的唐三藏西天取经故事中，唐僧师徒汇合后立即出现了鬼子母的故事。元代的图册很有可能也是因袭同样的顺序，因此如果把（上15）图中的赤脚妇人看作是鬼子母的话，其后的唐僧遇鬼子母，以法力救小孩，教化追赶小孩的鬼子母，把她带到山中的神仙处改邪归正等一系列情节展开就容易理解了。根据这个推测，各组画的内部结构也就容易理解，相关画片的顺序可做如下安排：

（上15）：唐僧师徒遇到鬼子母；（上16）：唐僧救出小孩教化鬼子母

确定了这两幅是鬼子母教化及他们的画题后，我们就能参考宋、明代的《西游记》有关数据，对他们进行大致的定位。

213

《西游记》成书的田野考察报告

西夏故地的榆林窟壁画上画有唐僧以外的白马和很像猴行者的猿猴。既然榆林窟这幅壁画被推断为宋代的作品，那么说明广泛流传的唐三藏西天取经的传说故事，在某个时期增加了白马和猿猴行者。《取经诗话》中对白马没有明确的描写，但让猴行者第二个登场并赋予重要的作用（引路和护法神）。从这点上看元代的图册中，图（上15）基本上因袭了宋、元代唐三藏取经故事，这人猿分离的画已暗示了后来人猿合体的侍者。

以上这些图册中的画在故事中的位置还算比较容易安排的。但对于到达西天竺这段以外的其它画群，虽然可以根据各个情节分门别类，排列顺序，但由于缺乏故事间相互联系的依据，每个故事之间的定位就极为困难。因此这里参考《大唐三藏取经诗话》等数据，对每幅画作重新排列，分析画中所表现的故事内容。

在《大唐三藏取经诗话》、《元本西游记》、明初的《杨东来先生批评西游记》以及世德堂刊本《西游记》等当中，唐僧进入西域后比较早的遇到的妖怪是老虎。图册中也有描写老虎的画。但在元代的图册画中，似乎表示的是不同的故事内容。单从现存的两幅画中无法推测整个故事情节，除了两幅画外应该还存在其他说明文章或另的画。仅凭印象推断两幅画的顺序或情节的话，恐怕先是唐僧进入古刹，后因保护佛宝的老虎突然出现而惊慌逃走。

（上12）：唐僧来到西域的古刹；（上11）：遭遇护佛宝的老虎

虽然刚才把图（下13）跟这两幅画在故事情节上分开处理了，但也不能完全排斥在"老虎"问题上存在某种关联。老虎原来和行脚僧关系密切。在敦煌发现的《唐三藏行脚图》（《宝胜如来图》，法国伯希和发现）中，老虎好像起着护法神的作用。但是，唐末以后，唐僧的护法神变成了猿猴，故事里的老虎却成了如同白虎精的妖怪脚色。图册中的老虎在形象上跟后来的银额将军（《杨东来先生批评西游记》卷三）相近似，像是登场的妖怪之类。另外还有一些唐僧在山中迷路的场面，其中故事情节难以推测，风格也很独特。

214

唐僧在山中迷路的两幅画（下9）（下11）中，唐僧的形象和其他画中不同，而且没侍者、龙马跟随。很难从这两幅画中引出西天取经的故事。我们来作一个大胆的猜想。唐僧在半途中和龙马、侍者走散，独自在迷途中陷入溪谷。但在毗沙门天的保护下来到盂钵上，被路过的山人救出并获知去竹林神仙处的道路。《杨东来先生批评西游记》卷五中是在山中碰到采药的仙人打听到去西天的方向。

（下11）唐僧和侍者、龙马走散，迷入山中；（下9）：唐僧迷途陷溪谷，得山人救助、指点去西天

以上描写"老虎""迷路"的残画，看来反映了故事中的一个片断。但整体上缺乏连贯性。与此相反，描写唐僧昏倒场面的画中我们能够找出跟他有前因后果关系的画幅。这个部分，在确定图册中的故事内容、寻找对应的画的过程中显得十分的重要。

我们再来看两幅画有关唐僧昏倒的画（上8）和（下3）。（上8）和（下3）中画有昏倒的唐僧和一个也许是妖怪的女人，两人显得格外亲近。从昏后的唐僧得救还身一节看，似乎下一个场面容易被看作是（上10）中浇洒甘露后还身。但（上10）和（下10）在构图上很相似，这意味着两者互相是有关联的。（下10）中画的是，貌似火妖狐的妖怪现了原形和神龙格斗的场面。另一方面，（上8）中画有和火妖狐不同的妖怪现原形奔逃的形象。（下3）中画有妖怪变成魔女风遇见唐僧的形象。这使我们联想到唐僧昏倒前可能分别受到不同的妖怪毒害。也就是说，在分析包括（下3）画面的故事情节时，同时必须注意到妖女害毒唐僧一节和其他一些事件的连贯性。唐僧晕倒时，毗沙门天王授与的印有"王"字的玉玺显示了威力。这玉玺可能包在（下1）图片中里的包袱里面。妖女因此各现原形纷纷逃窜。最后毗沙门天王前来搭救。逃走的妖怪都被毗沙门天王配下的鬼神捕获，被带到毗沙门天王的前面。故事以这个情节展开的话，各幅画之间的顺序就应该排列如下：

（下3）：唐僧受妖女毒害；（上8）：在毗沙门天王玉玺的威力下，妖女现原形而逃窜；（下2）：毗沙门天王凭借甘露、杨柳救出唐僧，师徒一

行平安上路；（上7）：妖怪被关押在毗沙门天王的水晶宫里

接着分析其他它唐僧晕倒画面。喷火焰的妖狐和神龙争斗的场面，即火水之争是故事中最精彩的部分。在这个场面中，唐僧和侍者二人一无所知在打瞌睡。那么，唐僧一行怎么会住在这个楼中的呢？我们可以构想出以下的故事情节。唐僧在民家借宿遭火妖狐陷害，龙马现神龙原形驱散火妖狐。然后为救昏倒的唐僧现原形飞向天界，通告路过的毗沙门天配下的鬼神。鬼神向毗沙门天王上报，并迎路来到唐僧身边。这时神龙变回了龙马，毗沙门天王用甘露给唐僧治病。侍者始终熟睡着，对周围发生的一切毫无察觉。（上10）中手持净瓶、甘露和杨柳枝的毗沙门天王形象上有些像观音。这也许暗示了故事中的守护神正由毗沙门天王向观音过渡，或毗沙门天王受观音之命前来保护唐僧师徒一行。各幅画如是按以上故事展开的话，它们的前后关系就可以作如下安排：

（下8）：唐僧在火妖狐宅内借宿一夜；（下6）：妖火燃起，法道驱妖；（下10）：黑夜里，神龙和火妖狐在空中格斗；（下4）：神龙为救中妖毒的唐僧，飞去见毗沙门天王；（下5）：鬼神带路迎毗沙门天王赴妖宅；（上10）：毗沙门天王用杨柳、甘露救活唐僧

（下8）—（上10）之前的一组画［（下3）—（上7）］在绘画的主题内容上和（下8）—（上10）这组画有相似之处。但由于后者内容上没有陷害唐僧的妖怪的形象，以及被抓获的场面，因此也存在两组画本来讲的是一个故事的可能性。

以上的图画中反映了去西天途中的一系列事件。但在残留的（下12）（下13）（下15）三幅画中，画的是类似西天圣地的场面，其中唐僧是以法衣而不是以旅服的形象出现。画中的具体地方不一定相同，但如果是画到达一大伽蓝的场面的话，画上内容应该是如（下12）那样，以乐奏鹤鸣的瑞祥气氛来表达唐僧来到仙境的情景。

（下12）：唐僧到达西天竺；（下13）：在大雷音寺朝拜佛祖；（下15）：在毗沙门天水晶宫中拜谢途中的庇护

　　如果是西天取经故事的话，其中理应有唐僧取经回东土的情节。但标有"唐僧取经回国"题目的图画（下16）中，既没有经卷，宫中殿奏官的表情上也丝毫看不出对大功告成后的唐僧有赞许的神色。而且左右两旁扶住唐僧的侍官看上去像在阶下阻拦唐僧的样子，标题和绘画内容有明显的差别。如果这图画里还存在着结尾部分的话，那就是奈良药师寺所藏的《玄奘三藏取经图》那类图画吧。因此，《唐僧取经图册》给我们的深刻印象是，一部结尾残缺的图画故事。

　　一、西天取经的敕命

　　（上1）（上9）（下14）（下16）

　　二、唐僧待发，和侍者汇合，龟鱼妖怪的祈祷和龙王的说明

　　（下7）（上14）（下1）

　　三、在毗沙门天王的加护下得龙马

　　（上5）（上4）（上13）

　　四、在唐国境遭遇山贼、烽官

　　（上2）（上3）（上6）

　　五、在西域鬼子母国济度鬼子母

　　（上15）（上16）

　　六、在古刹遭遇护佛宝的猛虎

　　（上12）（上11）

　　七、唐僧在山中迷路

　　（下11）（下9）

　　八、在楼中因妖女毒害而晕倒，幸得毗沙门天王的加护

　　（下3）（上8）（下2）（上7）

　　九、在火妖狐宅内遭妖害，得龙马法力而幸免

　　（下8）（下6）（下10）（下4）（下5）（上10）

　　十、到达西天，拜访大雷音寺、毗沙门天水晶宫

　　（下12）（下13）（下15）

以上对《唐僧取经图册》中每张画的画题和其内容作了分析推测。下面对它在绘画等方面的一些特征作一个概括：

现存的图册大致可分为两部分。一部分在图画上明显反映出故事的情节内容。另一部分则无法看出它的故事内容。而且每张画之间毫不连贯。这可能是因为元代以后在传承过程中大量失落，也可能属于未完成作品。画中画有许多树木植物，有浓厚的山水画的趣味。画中还可见一些神仙般的人物，画幅以信仰毗沙门天为统一格调，密教的色彩很浓，而后世的《西游记》中常见的道教色彩却很少。这充分体现了西游记故事形成前期（宋、元）以佛教为基调的风格。但在确定《唐僧取经图册》在《西游记》形成中的地位时，还存在着以下几个疑问需要解决。

唐代以后，除了编纂《大唐西域记》《慈恩传》以下的玄奘传记类之外，还流传了摩顶松、三藏梨（黎）杖传说。到了元代，以大都为中心已经开始印刷《元本西游记》，并流传到高丽国等，有了一定的传播范围。可是问题是同样属于元代的图册中的西天取经故事跟流传至今的《西游记》在系谱上有明显的不同，这点如何解释。比较单纯的解释是它跟现存西游记故事不是出之同一系统的绘画，标题也不属一个系统。元代还存在与以上两者均不相同的其他系统的唐三藏故事。如果更大胆地假设的话，也可以这样理解：即图册中图画系统和标题系统的西天取经故事都是因后来的西天取经故事传播而被取而代之。这个假设如果能够成立的话，图册中所见的西游记故事在情节内容上还缺乏其完整性。《唐僧取经图册》成立的年代，在日本根据《慈恩传》的《玄奘三藏绘》也正在绘制。两者之间在用途以及制作背景上虽然有所不同，但只有在有了词书和连贯的图片故事才有意义，才能被理解，在这点上双方有共同之处。

报告

上图1图：(凉州城内) 作品：34.6×36.5cm

凉州城内

上图2图：张守信谋唐僧财 作品：34.6×36.5cm

张守信谋唐僧财

上册第 3 图:《降宫绍诏》 作品：24.6×36.4cm

烽音迓唐僧

上册第 4 图：石鏧陀盜馬 作品：24.3×28.5cm

石盘陀盗马

上揭第 5 图：遇观音得火龙马，作品：74.2×37.4cm

遇观音得火龙马

上揭第 6 图：流沙河降沙和尚，作品：74.2×36.7cm

流沙河降沙和尚

插图7图：毗沙门李天王与拿行者 作品：28.0×26.4cm

毗沙门李天王与拿行者

上图第8图：八风山收猪八戒 作品：28.0×25.3cm

八风山收猪八戒

报告

唐僧过女人国

第9图：唐僧过女人国 画心：24.5×25.9cm

佛赐法水救唐僧

上海第10图：佛赐法水救唐僧 画心：24.5×27.4cm

飞虎国降大班

飞虎国降小班

上圖第13幅图：五方伞盖经度白蛇

五方伞盖经度白蛇

上圖第14幅图：佛影国降犀波罗龙

佛影国降犀波罗龙

玉肌夫人

拼檀大仙说野狐精

释迦林龟子夫人

金葫芦寺过火炎山

227

过魔女国

东同国捉狮子精

下图表5图：六通尊者降树生囊行者 绢本，32.6×35.9cm

六通尊者降树生囊行者

下图表6图：金顶国长爪大仙斗法 绢本，32.1×35.8cm

金顶国长爪大仙斗法

《西游记》成书的田野考察报告

图版 7 图：中印度寻法迦寺（绢本，123.4×57.8cm）

中印度寻法迦寺

下图版 8 图：哑女镇逢哑女大仙（绢本，125.1×58.5cm）

哑女镇逢哑女大仙

230

报告

明显国降大罗真人

悬空寺遇阿罗律师

图第31图：过藏天关见香因尊者 作品：34.3×26.4cm

过藏天关见香因尊者

下册第12图：毗蓝园见摩耶夫人 作品：34.9×27.4cm

毗蓝园见摩耶夫人

报告

白莲公主听唐僧说法

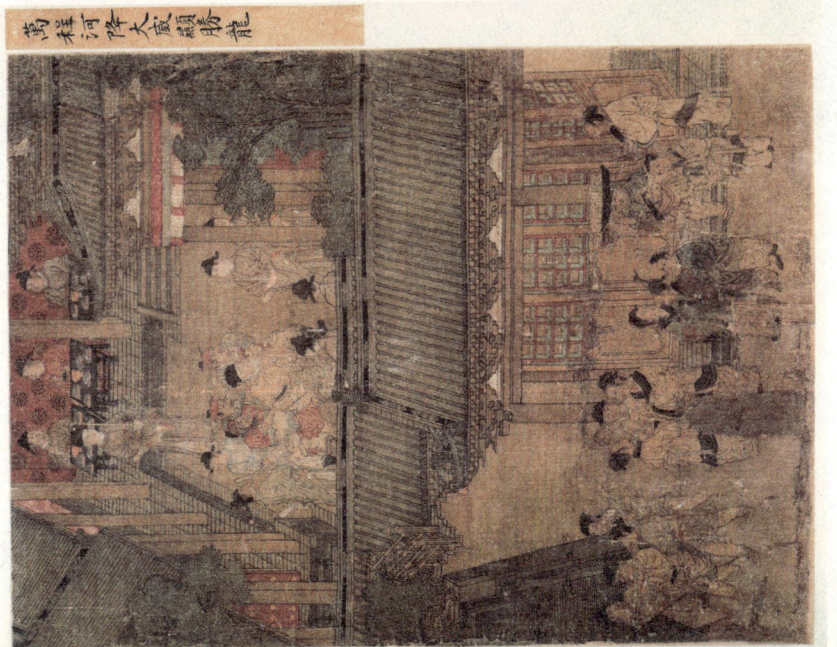

万程河降大威显胜龙

唐僧随五百罗汉赴天斋

唐僧取经回国

《罗摩衍那》专题

这个专题的考察与《西游记》成书的第二阶段"早期结集的取经故事——以佛门的俗讲为样章"有关，探讨的目标是《大唐三藏取经记》中的猴行者——通常都会简化为孙悟空。

前在"绪论"中已经详细介绍了学者关于印度史诗《罗摩衍那》影响孙悟空的可能，其中有两点我们需要强调一下：

其一，通过各个层面的比较研究，神猴哈奴曼影响了孙悟空的观点受到相当一部分学者的支持，虽然现在还没有找到确切的影响途径和可能的时间段，但都相信这两者之间一定有某种文化意义上的联系。我们是这一观点的支持者。

其二，论证的客观困难在于《罗摩衍那》是印度婆罗门教的典籍，由于宗教之间的分歧，它们没有可能完整地进入佛教并伴随佛教影响中国文化，因此它的影响注定是碎片化的；而另一方面，中国的学者绝大多数都缺少对婆罗门教哪怕是最初级的了解，甚至可以说缺少了解的基本条件。

这是研究进展缓慢的主因。但我们觉得似乎还有一种曲线迂回的可能，即通过东南亚《罗摩衍那》的传播，来加深对印度文化的了解。这是基于佛教的以下几个特点：

第一，佛教发源于印度，但其前身或者说其生存的土壤，则是历史更为悠久的婆罗门教，甚至可以说佛教从一开始就是在婆罗门教中孕育出现的。这就决定了佛教本质上不能脱离婆罗门教而存在，它既需要婆罗门教这样一个对手，也需

要文化的滋养。历史上佛教曾经有过极盛的时期，但即使在它极盛时，印度最强大的宗教势力仍然是婆罗门教。

第二，佛教自身有小乘、大乘之分，小乘是先天的原始宗教，讲究个人修行，大乘是后天的进化，提倡普度众生；佛教又有显宗、密宗之分，显宗是公开传教，以教义的思辨见长，密宗是秘密传教，以仪轨法术见长。小乘佛教的修行方式和密宗中很多的神，都来自婆罗门教，就我们的了解而言，深沙神是，毗沙门也是。

第三，佛教影响的区域主要在亚洲。而在亚洲，又由于传播的路线不同和本土化的程度不一样，各地的佛教其实有不小的区别。大致说来，印度佛教最早向外扩展传播是在西北方向，公元前其第一波已经到达中亚，主要是小乘佛教和杂密；中国最早的佛教来自中亚，但后来进入中国形成影响的却是东汉以来的第二波大乘佛教，这一路的佛教在中原经历了本土化的改造之后，逐渐又向朝鲜、日本扩展，习惯上被称为汉传佛教，以显宗为主。后来大约在7世纪时，大乘的纯正密宗开始进入西藏，并通过西藏向内地传播，在藏族、蒙古族、满族地区形成较大影响，被称为藏传佛教，以密宗为主。再以后大约从13世纪开始，小乘佛教开始从印度出发向东扩展进入东南亚地区，形成具有东南亚特色的又一路佛教。

第四，上述三路佛教中，以汉传佛教的变化为最大，与婆罗门教的关系也最为疏远，这既是显宗大乘佛教的特点，也是中原文化影响的结果，因此我们很难在其中找到系统的婆罗门教的影响。藏传佛教由于以密宗为主，而密宗在长期的与婆罗门教争斗的过程中，采用了以其矛攻其盾的办法，因此其中也包括一些类似于《罗摩衍那》那样的婆罗门教文化元素。在东南亚流行的小乘佛教，说比较原始，与婆罗门教则有千丝万缕的联系。在今天的印度，佛教已经式微，其影响几乎可以忽略不计，要说谁更接近印度文化，应该就是东南亚的佛教，比如说在东南亚佛教中，《罗摩衍那》的故事就非常流行，这点与汉传佛教不一样。

既然我们不太容易通过汉传佛教看到《罗摩衍那》的故事，也无法从印度的源头了解哈奴曼的真正影响，那我们为何不可以通过东南亚的佛教一睹哈奴曼的风采呢？

报告

巴厘岛的哈奴曼

下面这张照片来自2015年3月23日的《人民日报·海外版》,是一组印尼巴厘岛民俗老照片中的一张,原图配发的说明称,照片拍摄于20世纪上半叶巴厘岛尚未开发时。请注意人物身边的石雕,那就是哈奴曼——猴的嘴脸,鼓起的双眼。由于这张照片的出处可靠,因此它应该可以成为《罗摩衍那》在东南亚广泛流行的一条证据。

以下是一张可供参照的哈奴曼标准像。2006年12月底,"西天诸神——古代印度瑰宝展"在北京开幕,据印方介绍,这批

摄于20世纪上半叶的印尼巴厘岛民俗老照片,石雕即哈奴曼

"西天诸神——古代印度瑰宝展"展出的已有三千多年历史的哈奴曼雕像

一百件文物中,最珍贵的就是这座哈奴曼石雕,大约形成于公元前二三世纪,现藏印度国家博物馆,是印度国宝级的文物,2006年12月17日起,《京华时报》等媒体对展出有跟踪报道。

泰国《罗摩衍那》版壁画《拉玛坚》

网络上有很多被称为印度神猴哈罗曼的图片,但据所知,其中大部分并不可靠,不仅张冠李戴、以讹传讹,而且所有这些图片都不能系统完整地反映《罗摩衍那》的全貌和有关哈奴曼事迹的传说。据说,由于语言的障碍,即使到了印度,要想了解更多的《罗摩衍那》和哈奴曼也是

237

很困难的,就壁画而言,印度虽然多见,但往往只取片段并不系统,我们未必能看懂。

但有一处地方可以满足我们的基本要求,那就是泰国曼谷皇家玉佛寺的《拉玛坚》壁画。

我们泰国之行有两个考察点:第一个是清迈大学,据说那里有一位研究《拉玛坚》和《罗摩衍那》的教授颂拉万。我们通过一位华人学者与他联系,约定前往拜访。但到了清迈却让我们大失所望,这位教授号称能说汉语,但实际却只能说一些单词,无法进行我们期望的深入交流,而且帮助他进行《罗摩衍那》流行情况调查的几位学生因放假都不在校,教授本人也不了解学生们的进展。或许他根本就没有弄清楚我们此行的期望。

第二个考察目标就是曼谷皇家玉佛寺——这是我们计划中的,也是颂拉万教授反复推荐的,在这个考察点所受到的震撼远远超出我们的想象。

蔡铁鹰在清迈大学人文学院逗留

玉佛寺位于曼谷大王宫内,是泰国最著名的佛寺,也是泰国三大国宝之一,始建于1784年,是泰国王族举行宗教仪式的场所,因供奉着玉佛而得名。玉佛寺现在是开放的旅游景点,整个玉佛寺内金碧辉煌,神龛正中供奉泰国国宝玉佛像的大殿是游客最为集中的地方。寺内四周有一圈壁画长廊,据说长达一公里以上,非常壮观,上面绘有178幅以《拉玛坚》史诗为题材的精美彩色连环画。那就是我们的关注点。

泰国是君主立宪制国家,王室具有崇高的地位。现在泰国的王室称为拉玛王朝,目前在位的国王是拉玛十世。拉玛一世国王(1736—1809)1872年登基创建了拉玛王朝,他在位期间建设了皇宫和玉佛寺,同时修订了当时已经在国内流传的印度史诗《罗摩衍那》。《罗摩衍那》大约在10世纪传入泰国,目前可见到的

记载是在13世纪有关于《罗摩衍那》的皮影戏。似乎当时这个故事很受泰国人欢迎,并且与泰国的神话传说相结合,发展出不少版本。

拉玛一世修订的《罗摩衍那》被改名《拉玛坚》,整体上《拉玛坚》保留了《罗摩衍那》的原貌,但其中人物的服装、环境、武器和其他若干细节都已经泰国化了,因此它便顺理成章地成为拉玛王朝的文化象征——"拉玛"既可以被认为是罗摩的不同音译,也可以被认为是拉玛王朝的英雄史诗,或许二者本来就是统一的;"坚"即传记、故事的意思。后来拉玛二世(1766—1824)对他父亲钦定的《拉玛坚》做了进一步的改编,主要是突出了神猴哈努曼的故事,但并未对基本情节做大的改动。

现在绘制在玉佛寺长廊里的《拉玛坚》故事,应该是拉玛二世的再修订本,因为大致看去,哈奴曼的故事非常突出,这是《拉玛坚》与《罗摩衍那》的最大区别。在印度版的《罗摩衍那》中,罗摩的地位更为重要,哈奴曼的故事出现得

泰国《拉玛坚》演出的剧照,哈奴曼(白色偶人)是故事的主角

较晚,如季羡林先生的译本中,哈奴曼的故事在第五本才是重点,此时故事已经进展过半。

壁画幅面宽敞,色彩鲜艳,我们弄不明白为何至今仍然光彩照人,究竟是后来重新绘制过,还是原来绘制的过程中使用了特殊的染料比如金粉玉石之类的添加物,但无人可问。壁画也没有增加特别的保护,游人可以随意观赏,甚至可以靠得很近,这真还需要高度的文明意识——主要是对英雄的敬畏感。长廊的柱子上有一些泰文,似乎与壁画有

故事的初始发生地王宫

关,或许是情节介绍,但没有专门的讲解员。不断有华人旅行团走近,这时带队的导游会说一句"这就是泰国的《西游记》",或者说"中国的孙悟空就来自这里"。如果有游人问"哪个是?"导游就小旗一指:"那个穿白的就是,穿绿的是坏人。"倒也简洁明了。

根据画面,对照对《罗摩衍那》的粗浅了解,我们大致上能看出主要情节,以下选介一些与《西游记》情节可能有文化渊源的部分。

《拉玛坚》故事与《罗摩衍那》基本一致,甚至人物名称的不同也可能仅仅是翻译的不同——比如拉玛与罗摩、西塔与悉多。情节从宫廷阴谋开始。国王有三个儿子,他准备传位于勇敢而善良的大儿子拉玛。但他宠爱的一位妃子嫉妒心起,逼迫国王传位给她自己的儿子巴拉塔,并怂恿国王把拉玛放逐14年。拉玛并没有怨恨,带着美丽的妻子西塔公主,和弟弟拉什曼一起,远离王城,到森林里隐居。森林里有个魔王,他抢走了美丽的西塔公主,将她藏在一座海岛上。拉玛为了救回妻子,和弟弟一起找寻魔王并展开殊死的决战,他得到了猴国国王的支

持,在猴国大将神猴哈奴曼带领的猴国军队的帮助下,横跨大海,攻打魔王的小岛。经过恶战,拉玛杀死了魔王,取得了胜利。他的英勇和高尚的品德得到了人民的拥戴,也得到了他的另一位弟弟、被母亲安排坐上王位的巴拉塔的敬佩,14年放逐期满时,巴拉塔将他迎回并让出了王位。

其中神猴哈奴曼是故事的实际主角,他是猴国军队的统领,有巨大的神通,力大无比又善于变化。

它既有本身,也有法身——顶天立地,三头六臂的法身。法身的概念来自佛教,大概的意思是指修炼出来的能够显示法力的神相。在佛教中这原本是个很有思辨性的概念,甚至是有些教派标志性的教义,但通俗化以后的具体表现就大同小异,都是头顶天,脚踩地,三头六臂,各执兵器。在敦煌写本《降魔变文》中这类法身已经屡有展示,用以增加故事的精彩和吸引力,在后来晚出的古代小说戏剧中更不鲜见,《西游记》中孙悟空、猪八戒、牛魔王和一干人等都有这类的神通。《西游记》的法身未必就能成为其受《罗摩衍那》影响的证据,但这可以

《拉玛坚》中哈奴曼的本身

哈奴曼三头六臂的法身

促使我们考虑，法身这类概念也许本身还不是佛教的创造，其文化源头也许就来自更古老的婆罗门教，这就又有一个极具启发意义的课题。

哈奴曼的身份是猴国军队的统领，故事中他率领大批猴国军队帮助拉玛王子。这倒使我们想起孙悟空猴毛变化的神通，孙悟空老家的花果山上有众多的子

哈奴曼率领猴国军队帮助罗摩王子

孙猴，这些猴不具备神通因此都留在花果山，但孙悟空身上自带了一支猴军——他无穷无尽的猴毛。每到危急关头，他就拔一把猴毛，放在嘴里嚼碎，然后一口喷出去，猴毛就变成了满山遍野的小猴，任谁也禁不住这些小猴的纠缠。

哈奴曼会使用不同的兵器，但经常使用的是一支短柄三股叉——或即西方所谓三叉戟。比较特别的是他有一根长长的尾巴，每到关键时刻这根尾巴便会发生意想不到的作用，有时是兵器，有时可以作为桥梁，有一次魔王把哈奴曼的尾巴点着了火，想烧死哈奴曼和他的军队，结果哈奴曼把熊熊燃烧的尾巴变为火把，在魔王的岛国引起一场漫天大火。这倒是令人想起孙悟空尾巴上三根特别的刚

毛,那也有特别的神通。下面这张长尾巴哈奴曼图经常会被用作为典型的印度和史诗《罗摩衍那》的插图引用,但其实它出自泰国的玉佛寺。

在与魔王的战斗中,哈奴曼曾经用跳进魔王肚子的办法降服妖魔。他在魔王的肚子里把自己不断变大,逼得魔王也不断变大,大到一张嘴就有几百里宽;这时哈奴曼突然缩小自己的身形,从魔王的耳朵里跳了出来。这是一个中国人非常熟悉的情节片断,因为《西游记》里孙悟空惯会这一招,在铁扇公主、金角大王的肚子都曾经演出过精彩的降魔篇。而且,这段情节出现得非常之早,早到在《大唐三藏取经记》已经有过,见"过长坑大蛇岭处第六"。

哈奴曼的尾巴变成了桥梁,猴国军队正源源通过

又一张哈奴曼的插图:尾巴的妙用

哈奴曼正在教训一帮歹徒

"跳进妖魔的肚子——此时哈奴曼就在妖魔的嘴里"图见本书前彩页插页。

据此看,这个故事应当也是来自印度文化。

上图也是一个值得注意的情节。图中哈奴曼正在教训一群持刀的家伙,这伙人显然不是善类,但毕竟还是人,所以哈奴曼对他们只是略施薄惩,并没有动用兵器。这使我们想起了《西游记》第十四回孙悟空打死的那六个毛贼。毛贼打劫被孙悟空重手打死,唐僧当时批评说:"他虽是剪径的强徒,就是拿到官司,也不该死罪。你纵有手段,只可退他去便了,怎么就都打死?这却是无故伤人的性命,如何做得和尚。"这两段情节看起来结局不同,但其实秉持的理念一致,或者可以说《西游记》在这个理念上设计的情节更加生动。

下图的情节不明,似乎哈奴曼半夜从宫中救出了小猴子或者什么人,从内外守护和宫女七倒八歪的状况看,显然哈奴曼使用了法术。这又引起我们的联想,

孙悟空身上有那么几个偷来的瞌睡虫，每每使用均有奇效，这个细节是否也有借鉴的出处？

以上列出了从《拉玛坚》壁画上看出来与《西游记》意趣或者手法相似的几个片断。当然，目前我们只能说是相似，并不意味就可以认为两者有直接的联系，因为不仅我们要寻找联系的证据很难，甚至完全有可能在两者之间根本就没有可以直接描述的关系。但我们可以相信，如果考虑到中印文化广泛而悠久的交流，再加上佛教的媒介，说这些相似的情节背后包含着文化元素的相互影响，则是不会有错的。我们中国的文化中，其实交融了太多的印度元素，只是需要我们去仔细寻找。

哈奴曼潜入王宫

齐天大圣专题[1]

本专题考察对应于《西游记》成书第四阶段"重新整合的取经故事——以杂剧《西游记》为中心",但主要目标却并不是杂剧《西游记》本身而是由它引申出来的另一个问题:齐天大圣、通天大圣的来源与文化意义。这一考察的实质是通过对齐天大圣的确认,探讨唐僧取经故事如何在这一阶段发生文化基质的重大变化,并因此导致《西游记》人物形象、故事构架和文学情节的相应变化。

关于杨景贤杂剧《西游记》,前在"绪论"中已经提到应该注意的两个重要问题,这里强调一下:

第一,"西游记"三个字作为取经故事的名称在这里是第一次出现,这是一个完全独创的名称,也是一个具有标志意义的名称——请注意,这个名称绝非佛教所有,它标注着取经故事文化属性已经发生了变化。具体论述请参见拙著《〈西游记〉的诞生》等。

第二,孙悟空第一次有了一个附加的名号"齐天大圣"。这个名号原本诞生于南方的民间崇拜,代表了完全不同的文化基质,也有完全不同的故事,它曾经是一个独立的故事题材,如元杂剧有《二郎神醉射锁魔镜》《二郎神锁齐天大圣》

---

[1]. 以下我们介绍的原始资料中,"通天大圣""齐天大圣"往往并出,甚至"通天大圣"更为常见,考虑到名号问题目前还没有对研究产生实质性影响,因此为表述方便,我们在本书中统一将其称为"齐天大圣"。

等，与取经没有任何关系，只是在杂剧《西游记》中齐天大圣才有了新的使命。

"绪论"还介绍说杂剧《西游记》六本二十四折，长度在元杂剧中实数第一。这样一个故事长度的形成，乃是由于它汇集了不同的故事。前已分析说，第一本"江流儿"和第四本"猪八戒"，均为四折加一个楔子的杂剧结构，故事完整清晰，情节曲折生动，具有单独故事的一切特征，因此可以判定是后来加入的，只是有一点小小的技术性改动以使其与取经故事衔接。取经故事的主体是二、五、六本和第三本的后两折，其情节内容上与古老的队戏《唐僧西天取经》、吴昌龄杂剧《唐三藏西天取经》相承，下与后来的百回本《西游记》衔接，情节虽有繁简之别，但一脉相承的线索清楚明白。齐天大圣的加入在第三本的第一、二折"神佛降孙""收孙演咒"中。这两折虽然还是演孙悟空的故事，但此时的孙悟空已经有了一个新的名号"齐天大圣"，也有了新的身世如"盗仙衣仙酒""娶金鼎国女子为妻"等。这是杂剧《西游记》最大的创造、最大的贡献，也是杨景贤将取经故事重新命名为《西游记》的一个考虑。

关于南方民间齐天大圣被发现的过程，前面也已有介绍，不赘述。我们为自己确定的考察目标是：

第一，确证在福建发现的齐天大圣文化遗迹是真实可信的，且有足够的数量可以称之为文化现象。

第二，确证发现的齐天大圣原本与唐僧取经故事无关，如果能发现它们自己的神话故事当然最好。

第三，确证发现的齐天大圣具有早于明初的历史属性，以回避一切由百回本《西游记》衍生的可能。

2012年12月和2013年4月，我们两次赴福建的顺昌、泉州、福州和闽北山区，专程探访考察，以下便是考察的情况汇集和成果报告。

浙闽的猴行者

首先要强调在"绪论"中论述过的一个问题，即本次考察的重点目标齐天大圣与曾经在浙闽一带流行过的猴行者并非同一只猴。

确立这个概念貌似比较困难，因为在我们的成书研究之前，齐天大圣与猴行者长期被混同，从未有人发现过其中有什么问题，显然现在把两个猴分开讨论，就必须给出足够的证据。

作为早期孙悟空形象的猴行者，南宋时期确实在浙闽一带流行过。最著名的便是在临安（今杭州）曾经刻印过《大唐三藏取经记》，以下便是宋刻本有题款可资证明的最末一页。

除此之外，经常被提到的还有：

第一，南宋人刘克庄的猴行者诗。刘克庄，福建人，他的诗中有两首提到猴行者，其一在《后村先生大全集》卷二十四，《揽镜六言三首》之一："背伛水中泅碉，发白冰蚕吐丝。貌丑似猴行者，诗瘦于鹤阿师。"其二在同书卷四十三，《释老六言十首》之四："一笔受楞严义，三书赠大颠衣。取经烦猴行者，吟诗输鹤阿师。"这应该是一个必须注意的证据。

第二，南宋人张世南的笔记《张圣》。张世南，江西人，但长期宦游福建，其《游宦纪闻》所载事以福建居多，其中卷四提到猴行者的一篇名《张圣》，

图为南宋临安刻印的《大唐三藏取经记》末页，"中瓦子张家印"题款是定性的主要依据

记录了永福县（今永泰县）一位神秘人物张圣的一首诗，有句云："无上雄文贝叶鲜，几生三藏往西天。……苦海波中猴行复，沈毛江上马驰前。"

第三，泉州开元寺西塔上的猴行者浮雕。泉州开元寺建于南宋，至今数百年来传承有序。寺中有两座石塔，均为五层八面楼阁式仿木结构，塔身雄伟、形制奇妙，每层塔壁上分别刻有16块精美的大型浮雕，人物和故事全部出于佛教，向来被认为直观地反映了南宋时佛教的流播状况。猴行者浮雕在西塔的第四层东北

方向，经常被《西游记》研究者引用。左图即为流行的猴行者浮雕，或被称为"带刀猴行者"。

鉴于以上猴行者在浙闽的出现均有确定的时间地点可为参考，因此有些学者便得出结论：猴行者诞生于福建。日本学者中野美代子是这种观点的代表，她声称：与《西游记》本事没有任何联系的福建，"似乎被什么奇妙的因缘与孙悟空联系在了一起"，福建这个地方似乎与《西游记》的诞生有某些关联：

泉州开元寺西塔浮雕上的猴也好，福建人刘克庄"取经烦猴行者"诗也好，还有福建人张圣者的诗，都足以证明南宋中叶称为猴行者的猴与玄奘一起赴西天取经的故事是先于《诗话》在福建形成的。[1]

这个判断现在看显然是不成立的，我们在前面已经说了很多，王国维将其所见《大唐三藏取经记》的刻印时间南宋、刻印地点临安当成了故事发生的时间与地点，中野美代子显然也犯了这个错误，她把曾经出现当成了故事的形成。

重要的是，我们需要证实这些猴行者只是出现或者流行——从北方流行过来而非浙闽的土生土长，与齐天大圣并非同一文化属性、同一文化品种。这个问题

---

1. 中野美代子.《西游记》的秘密·外二种[M]. 北京：中华书局，2002.

曾经被认为非常之难,但在这次考察中已经被我们解决。解决的标志有两条:

第一,找到了两者间的根本区别。

第二,找到了浙闽猴行者的出处。

以下我们介绍关于浙闽猴行者出处的考察和我们的意见,在这一问题上取得共识,两者间的区别便是一目了然。

关于浙闽猴行者的出处,中野美代子也曾有过推测。她认为其形象还是受《罗摩衍那》的影响,但其渠道是以泉州为起点的海上丝绸之路。她认为哈奴曼的故事通过海上丝绸之路的传播而进入泉州,在泉州形成了唐僧取经故事。她把在泉州发现的婆罗门教的遗物,作为证实婆罗门教在南宋时曾经传播到泉州的证据。

是否如此?我们先看一本名为《泉州东西塔》的著作对雕像的描述:

西塔上猴行者的造型是一幅绝妙佳作。匠师们把他刻成猴头人身,尖嘴鼓腮,圆眼凹鼻,目光有神;头上戴着金箍,脑后鬣发翘起,耳轮穿环;上身穿皮毛直裰,项挂大念珠,一直垂到腹下;腿上扎绑带,脚穿罗汉鞋。腰左系着一卷《孔雀王咒》和一只宝葫芦,衣袖捋到上臂肩,肌肉隆起,富有力感;左手执一把鬼头大砍刀,刀尖指向右上角,刀把尾端的绦带套在左腕上;右手屈在胸前,用拇指和食指捻着一颗念珠。在浮雕的左上角,有一个小僧人,侧身向左,背后有圆光,驾在祥云之上,双手合十,应是玄奘,表示猴行者和他的

开元寺西塔 猴行者石雕在第四层最右侧

报告

石雕的具体位置

关系。浮雕右上角刻有"猴行者"三字。

该书作者王寒枫先生是泉州本地著名的文史研究者、建筑学家，多年沉醉于开元寺石塔研究。《泉州东西塔》一书具有很高的学术含量，但可惜该书以建筑学著作的面目传世，读者面受到一定限制，所以知之者较少。

王寒枫介绍中最重要的关键词就是浮雕本身的"孔雀王经"四字（被误为"孔雀王咒"），由于各种原因，浮雕本身的这一信息被忽视了，王先生以上的介绍也被忽视了——也许笔者浅陋，据所知，迄今极少有研究者专门关注猴行者腰部的经卷和"孔雀王经"字样以及其中的意义——恐怕也包括中野教授，否则她就不会把这位猴行者与《罗摩衍那》中的哈奴曼联系在一起了，哈奴曼是婆罗门教神物，与佛教根本无关。经卷和"孔雀王经"的被忽视，有一定的客观原因，首先因为浮雕在四层，太高，在一般照片中难以观察到上述细节；即使登上四层塔的东北面平台，也因为浮雕在

登上四层从石雕左侧拍摄而有所发现

251

《西游记》成书的田野考察报告

石雕左侧的图片,箭头处为腰间的经卷

经卷局部 四个箭头分别指向"孔雀王经"四字

门的左侧,经卷在猴行者左侧的腰间,而平台的左侧空间狭小,观察者只能从门的左侧看去,看雕像的右侧,因此经卷上的字样很难看到。

猴行者石雕左上方的玄奘像

我们课题组因为机缘遇合——得助于一位法师——而有机会登上了西塔的四层东北平台,又似乎受冥冥指点般的在左侧一个比较极端的位置上拍了猴行者的左侧照片,而后就很清晰地看到"孔雀王经"的字样。这虽然是一次"重新发现",但由于是我们自己发现的,而且由于王寒枫先生以前介绍并没有引起注意,因此我们认为这一发现也就相当于首次发现,所以对其给予了更多的关注。现在看来,无论是首次发现还是重新发现,这种关注才是重要的,结果就是利用这四个字解释了南宋浙闽一带猴行者的文化来源。

另外还看到了王寒枫介绍的左上角小佛像,他认为应该是玄奘,我们觉得可以接受;可惜的是可能由于风化或者观察角度等原因,我们没有找到"猴行者"三个字,不过这已经不妨碍我们得出结论。

考证意见如下:

第一,《孔雀王经》是一部密宗的重要经典,为密教四大法典之一。这样看猴行者的密宗身份确切无疑,这与敦煌等地的早期唐僧取经壁画都发现于密宗窟就很一致,与我们前面反复提到的很多取经故事都有密宗文化背景也很一致。

第二,《孔雀王经》早有译本,但流传最广的是不空三藏的译本,收入《大藏经》的就是这个译本。不空三藏来自印度,是中唐"开元三大士"之一,对密宗在中土的流行起过重要作用,前面已经介绍,毗沙门天王包括那个小鼠精进入中原都与他有密切关系。发现与不空相联系的线索,就与早期取经故事大量出现在中唐密宗流行期间的问题呼应,实际上已经把猴行者和《大唐三藏取经记》的文化年龄由南宋提高到唐代。

第三，很早就有学者提出，《大唐三藏取经诗话》里故事不少都是海上风景，因此其中的"三藏法师"应当是曾经经海路去印度的不空三藏法师，故事也是不空三藏的取经故事，只是后来被玄奘法师的取经故事鹊巢鸠占，才出现了猴行者，[1]现在"孔雀王经"的出现简直就是在为这一说做脚注。

以上几点，不论其背后还藏有多少秘密，但有一点是明确的，即研究这幅石雕的背景应当是更早更久远的佛教传播——具体说就是中晚唐密宗流行和玄奘取经故事的发展，进而相信猴行者落户于福建，只是一种外源性文化的文化扩张。我们推测，这与金人入侵，南北宋交替有一定关系。由于北宋的灭亡，大量文化因素最重要的携带者宋王室成员和朝廷官员南迁，无数百姓也因此而向南方流亡，从而导致了南北文化的又一次大交流，唐僧取经的故事也应该是在这个时期流入浙闽一带，因此南宋时期这一带就有了若干的猴行者出现。而在浙闽一带，

被认为具有典型婆罗门教风格的石雕

被认为是哈奴曼的石雕

---

1. 张乘健. 古代文学与宗教论集[N]. 长春：吉林人民出版社，2001.

传统上恰恰又有猴精齐天大圣的故事,这又导致了两个猴精的故事在杂剧《西游记》中相逢并融汇。简而言之就是北方南方,分属佛教、道教文化的两只猴合成了一只猴——齐天大圣孙悟空。这当然是取经故事的一次重要变革。

为了对中野教授不致产生误解,我们还在泉州博物馆考察了南宋婆罗门教遗物。泉州曾经在考古中发现一处婆罗门教居民的社区,其遗物包括当时居民的祭祀场所和一块刻有哈奴曼的石雕,因此有说认为这可以证实当时的泉州已经有信奉婆罗门教的商人。中野教授认为这就是《罗摩衍那》影响唐僧取经故事的证据。

但是中野教授的观点不仅在学术界质疑者多,在泉州博物馆的研究者中也没有得到支持。一位陪同我们的博物馆领导在提到这个问题时说:你们看到的雕像都是复制品,但非常逼真,对其真实性可靠性不用怀疑;发掘出来的印度商人社区具有婆罗门风格可以得到确认,把那个长尾巴石猴解释为哈奴曼虽然有些疑问然而也可以接受。但社区遗址的面积很小,反映出这类商人的人口并不多,要说少量商人的宗教就能跨越佛教对中国文化产生巨大影响,我们不支持这种观点。

曾被误读的宝山双圣庙"齐天大圣""通天大圣"祭祀碑

顺昌的大圣崇拜

这一专题的考察主要目的地是福建顺昌县，产生最大争议的"齐天大圣、通天大圣兄弟墓"就是在该县宝山顶上被发现的。"大圣兄弟墓"的提法或者是"孙悟空墓""孙悟空老家"之类的描述肯定不妥，太容易被误解。我们觉得把这些碑称为祭坛或者祭祀碑更好，更准确指向"齐天大圣"这一民间崇拜的文化属性而与孙悟空之类的文学形象有所区隔。

在顺昌的考察得到了县博物馆馆长王益民先生的大力支持。

我们第一次到顺昌是在2012年的12月份，适逢顺昌正在举办大圣文化节，有若干台湾和东南亚的代表团参会。大圣崇拜其实在南方各地及东南亚一直存在，但地位不高，影响范围也比较局限，而现在有顺昌举旗整合，那些地方的活动似乎一下子从半地下状态走了出来，大家公认顺昌宝山为大圣祖庙。而顺昌政府则认为，这是一个以文化促经济的极好抓手，于是把祭祀大圣的活动与当地柑桔等土特产的销售捆绑在一起，热火朝天地搞起了每两年一届的大圣文化节，据说效果良好。

第二次去顺昌是在2013年4月，这次考察的目标和目的都比较集中，主要是跟随王馆长爬深山钻老林，看那些新近发现的难得一见的齐天大圣、通天大圣祭祀碑。顺昌的研究者比较困惑于齐天大圣和通天大圣名号的不同，而我们的原则是，不管通天大圣还是齐天大圣，名号上的不同对我们没有重要区别，但是我们要看的遗迹，必须可以判断年份，最好是福建省文博专家已经有结论性的意见。换句话说，我们希望看到宋元的至少是明早期的遗迹，这样至少可以与杂剧《西游记》形成呼应。在此之前，我们已经明确地把齐天大圣、通天大圣作为单独文化单元看待，即认为在融入《西游记》之前，它有自己固有的文化色彩和文化属性。我们现在要做的，就是搞清它有多大规模，有什么背景，有没有文学的故事等，这是进一步展开研究的基础。

双圣庙·南天门·宝山寺

下图是宝山顶上的双圣庙，齐天大圣、通天大圣祭祀碑就是在这里被发现的。

宝山顶上发现祭祀碑的双圣庙　课题组在拍照

左前为双圣庙，右后为南天门，与山峰下方不远处的宝山寺为一组建筑

希望注意一下右侧的这幅图片：

第一，请注意这座双圣庙是在旧址上按照"修旧如旧"的原则重新修复的。修复的主要是屋顶，通过墙面所用石料的不同（也可参看左侧正面图片）可以看出原遗址的大致模样。

第二，请注意双圣庙与背后庙宇废墟的位置关系。这里是宝山最高峰，双圣庙背后是一座叫南天门的建筑遗址。在这座遗址里有很多带有时代标志的信息，是我们判定双圣庙及祭祀碑形成年代的重要依据。

第三，对于我们来说，双圣庙里的祭祀碑石是确定目标，但这个目标的价值却决定于小庙背后的南天门和在南天门往下行大约200米的宝山寺。这三处是一组建筑，从保存的现状看，能够判定年代的信息来自于宝山寺。

南天门是宝山寺的一部分，这在顺昌县的有关资料里介绍得很详细。它是一座砂石仿木结构建筑，也就是说这座建筑的所有砖、瓦、梁、柱和门框、栏杆等建筑构件都是由砂石仿照通常的木构件制成的。这对我们有一个重要意义，即它可以颓圮倒塌，但不会因腐烂而消失，即如我们现在看到的南天门遗址，它只是一片废墟，所有的构件都横七竖八地躺在那儿，让我们可以仔细看一看当年为了这些建筑耗费的巨大的人工、资源和它们的精致程度。王益民先生又及时地提醒我们，这些建筑所用石料的坑口他们已经找到，但不在本山，这些构建运来也绝非易事。这就很清楚地提示我们，当年的南天门虽然也可能是民间建筑，但绝不低档，在这些建筑旁附加的一座双圣庙，也绝非心血来潮——因为它同样耗工耗料，这间接地说明了双圣庙的地位。

宝山顶上南天门遗址

真正重要的地方是下行约200米的宝山寺。它有明确的年代证据，因为它现在还依然使用，因此南天门的很多具有文物意义的构件也被收藏在那里。

宝山寺在山顶下不远处面积稍大些的一个平台上，有经幢，有大殿，俨然是佛教气象。但非常重要的是，这宝山寺并不是原本山顶的主人。原本的主人是大殿旁边的一座两进老院落。它也是砂石仿木结构，与南天门一样；它原本叫什么已经无从知道，现在只被认为是宝山寺的一部分，但这个老院落才是真正的古老建筑。其实它原本应该是道教的，只有道教才会有南天门这个名称，不知道在何时被佛教所接收而成为今天的宝山寺。

老院落的第一进已经被布置为佛教的殿堂，建筑虽然以石料为主，但室内已

经有了木构件,显然经过了修葺已不再是原本的模样。现在里面堆放着很多零散的从南天门撤下的建筑构件。王益民先生告诉我们,这里的构件都具有宋元风格。这方面他是内行专家,而且他还曾经请来过许多福建省文博系统的专家,大家意见一致:宋元风格。为此县博物馆长期派人在这里看守。

最重要的证据出现在这老院子的二进大殿。这座大殿与南天门一样,完全是砂石仿木结构的宋元建筑。已经比较严格地按照文物保护规范整修,其中大梁、二梁均为石制原物,现在已经是全国重点文物保护单位。

宝山寺经幢

收集在这里的南天门构建

散碎建筑构件

散碎建筑构件

在王益民的指点下,我们的灯光指向了屋梁,上面赫然一行大字"维大元至正二十三年癸卯岁七月二十八乙未良日己卯时募众鼎建"(1363),十分清晰;二梁上有"明万历四十二年……顺昌县知县赵文佐重新修造上祝"(1563)。这些显然分别是初建和重修的日期,再加上明正德《顺昌邑志》的记载:"宝山在娄山都,峭拔秀丽,群峰次第而列。正峰绝顶一庵,梁柱椽瓦之类,皆断石为之。"这些实物与文献相互呼应,显得传承有序。这是一个确切无疑的证据,它证实了南天门、双圣庙等这一组建筑确实都是元代的建筑,而齐天大圣、通天大圣崇拜形成当然更在之前。

这座寺院的大殿 全国重点文物保护单位

这是我们此行最大、最确定的收获之一。当然我们还要寻找更多的证据,证明大圣崇拜在宋元的普遍存在。

现宝山寺二进大殿石梁,大梁有清晰的年代落款

报告

猴脸前的祭台

在顺昌县，随处可以看到下面这猴脸的图案，它是本县选定的大圣文化的logo（徽标），每逢有与大圣有关的活动时，这张猴脸都会被做成各式各样的宣传品。

这张猴脸的原型就在宝山寺侧旁，每当游客和参观者经过时，导游或者陪同者都会指点评说一番。它是一种附会，这没有问题，但附会产生于何时，却是一个大问题。上山之前，我们本以为这仅仅是当今民间艺人或者是logo设计者的附会；上山之后，我们发现这猴脸石就在宝山寺、双圣庙左近，便觉得这种附会实在有点意思，至少是很巧妙地利用了一种难得的巧合；再当我们发现路旁的石头祭台时（见下图），感觉就完全不一样了。

宝山顶峰的猴脸石

猴脸石前的古老祭台

261

我问王益民馆长："这是什么？水槽吗？"答："不，祭台，烧香的。"看这个祭台，确实是烧香用的，但给谁烧香？为何不在庙里？"这还不知道。"王馆长有点歉意地笑笑，似乎他没有考虑过这个问题。我总觉得这有点意思，又问："原来就有的吗？"回答肯定："是。""有人动过吗？"回答也很肯定，没有，只是在整理这条路时，稍微往后移了大约一两米。我们按照前移一两米测算一下，这座祭台就由小路的左侧到了右侧，而右侧就是大约低半米的又一个平台，那是老路；显然如果走老路，这座祭台正是在路边一个台子上。

在这个祭台上没有找到年份题款，但它很老旧，也很精美，似乎可以相信与双圣庙是同一时代的产物。而我们认为，只要不是这几年造出的假文物，它就有意义。我们推测它应该是古代民众祭拜猴型岩壁的证明，这又从另一个方面说明了大圣崇拜的古老。

接下来我们就是跟着王馆长钻福建的深山老林，找那些齐天大圣、通天大圣的祭祀碑。我们的要求前面已经介绍，通天大圣也好，齐天大圣也好，都要看，但前提条件不变，就是要有判断年份的依据。

岚下乡黄敦村明通天庙和元通天大圣祭坛

王益民先生说，以后几天我们都得在山里的点上跑了，有些点上有乡民，有些根本就是荒无人烟，他让我们做好思想准备。这使我们很奇怪，有些因素是可以理解的，比如这些遗物如果不是藏在深山，就不可能以原始的模样保存到今天，但为什么它们会出现在深山里？在看了一处废弃的矿井后，我们似乎明白了一些。

先看以下图片：

下图（工作照）是我们第一次上宝山时拍摄的，当时王益民馆长领我们参观了一处废弃矿井，告诉我们井壁上有"元丰七年六月初七日入山"的字样。[1]他

---

1. 元丰，北宋神宗年号，七年为公元1084年。

登宝山途中在一座北宋矿井里的工作照
注意石壁上的字迹

说,宋代以来,顺昌这一带非常繁华,南宋以后尤甚。因为这山里有铜矿,朝廷一直在开采,直到明代才废弃,这就造成了深山的人烟以及人与猴的密切相处,大约也是以猴子为原型的大圣崇拜在本地很发达的原因。

下图是该县岚下乡黄敦村的一组元代通天大圣祭祀庙和祭祀碑。庙亭为重檐歇山顶带围栏的抬梁式结构,经文物部门鉴定,属明代建筑,村民称为通天亭;庙内原本供奉一座被称为"白衣秀才"的木制雕像,现在已被村民收入屋内保管。庙亭后有一组通天大圣祭祀碑,坐落在背面的山坡上,元代建。

"元丰(豐)七年"等字样基本可辨

岚下乡黄敦村岐头自然村通天亭

亭在岔路口,有供行人憩息的功能。在王馆长的引导下,我们在村里看到了"白衣秀才"木雕。这尊木雕是何时制作的?村民们说已经很久远,但具体时间他

《西游记》成书的田野考察报告

通天亭内供奉的"白衣秀才"木质神像

们也不知道。为什么叫"白衣秀才",是否与《大唐三藏取经记》里的白衣秀才猴行者有关?有点弄不明白,至少从雕像本身看不明白。

村民还郑重其事地为我们朗诵了《通天经》《齐天大圣经》。

由于村民诵读《通天经》使用了口味浓重的闽北方言,我们无法记录,后来在县里编印的一份申报非物质文化遗产的材料里看到了《通天经》和《齐天大圣经》《八戒经》的文字稿。《齐天大圣经》和《八戒经》显然已经不纯,掺杂了晚出的《西游记》的内容——这是普遍现象,也是可以理解

村民在讲述《通天经》

的问题,我们需要仔细辨别剔出。《通天经》比较古朴,接近村谣,但看不出明显的人物故事情节,基本上没有我们需要的元素。抄录如下:

> 七月十七是通天,通天菩萨住在大路边。
> 双脚踏在山窠上,山中自己家中是有钱。
> 双手伸来送金钱,一个紫竹要管十八村。
> 工紧说话管通天,管通天。
> 信女走路雾蒙蒙,烧香祈福保子孙。
>
> 七月十七是通天,通天菩萨住在大路边。
> 双脚踏在江湖上,双手串数金鞭边。
> 左边念来水边念,有福娘娘赴通天。

报告

通天亭背后的一组"通天大圣"祭祀碑

赴了三年通天佛，十仓八熬用桶量。

量的子子孙孙做得福寿娘，弥陀佛。

重要的是亭子后面有一组通天大圣祭祀碑。一组三块，中碑完整，有"通天大圣"四字可辨；其余两块有残缺，一块残存"山黄石公"、一块残存"本坛土地"字样，这样组合的祭祀碑在当地几乎是标准规格，我们经常遇见。

具有标志意义的是通天大圣碑的式样，顶端的样式被称为荷叶帽，这也是元代的标准样式。

岚下乡郭头村洪武通天大圣碑
（附郑坊乡傍山村明嘉靖通天大圣碑群）

同在岚下乡，还有一处通天大圣祭祀碑群。这处碑群也是建在乡村"通天庙"的屋后。通天庙原本旧有，近年经过重建。其屋后的祭祀碑现有六块，"通

265

天大圣"两块、"玉封通天大圣"一块、"本坛土地"两块、"开山黄石尊公"一块,有可能是经过了迁移,集中在了一块。

图片中蹲在地下的是王益民馆长,他在探摸基座下面"洪武甲子"四个字。

这群碑的情况各有不同。王馆长探摸的那块,只有"通天大圣"四字,而拍摄的右侧面这一块,则有"玉封通天大圣"六个字;后来我们还看到了有"通天大圣仁济真君"碑。

荷叶帽样式的元代通天大圣碑

通天庙屋后的碑群

基座上有"洪武甲子"字样

王馆长说，顺昌发现的碑"通天大圣"居多，"齐天大圣"较少，他们试图解释这个问题，但不太理想。我们认为这不是实质性的问题，民间崇拜和通俗文学都存在随意多变的问题，在杨景贤杂剧《西游记》中，本来出场的就有通天大圣："孙行者上云：……小圣弟兄姊妹五人，大姐骊山老母，二姐无支祈圣母，大兄齐天大圣，小圣通天大圣，三弟耍耍三郎。"王馆长又介绍，通天大圣碑还有三种情况，一种是四字，即"通天大圣"，根据现有情况看，其年代都比较早，可以追索到宋元；一种是八字"通天大圣仁济真君"，时间大多在明代；还有一种是"玉封通天大圣（仁济真君）"，时间大多在明后期或清代。

玉封通天大圣碑

通天大圣仁济真君碑，落款是大明隆庆四年（1570）

郑坊乡傍山村通天大圣碑群

元坑镇曲村元通天大圣碑

元坑是一个古老的集镇,也是大圣遗物较多的地方。其中一处祭祀碑颇见规模,占地达到60平方米以上。这处祭坛被福建文物专家确定为元代遗址。

理由有二:

一是祭祀碑的帽盖是完整的荷叶帽式样,前已说到,这种荷叶形的碑帽是典型的元代样式。二是碑的侧面刻有铭文。铭文字样为"三山长邑大匠张天赐造本坊主缘张骏忠建"。铭文的年款虽然已经模糊不清,难以辨认,但地方文献宣统修《曲村张氏族谱》却有关于张骏忠的记录:"张骏忠官拜朝散大夫……生元延祐甲子,卒至正丙午,享年四十三岁。"按:此处记录略有错误,延祐是元仁宗年号,其元年为甲寅,公元1314年,没有甲子年;靠近的甲子为泰定元年,公

主碑侧面"主缘张骏忠建"字样依稀可辨

元1324年；丙午为至正二十六年，公元1366年；按照享年43岁计算，似乎原意应该是"生元泰定甲子"。但这小小的错误已经不重要，它已经可以充分说明这是一处元代设施。

建瓯市玉山乡榉树村宋元齐天大圣庙

前面说到，在执行考察之前，我们已经感觉到供奉"齐天大圣"实际是一个传播很广泛的民间崇拜。在进入顺昌之后，我们又发现在不同地区大圣崇拜的形式会略有不同。从目前所掌握的资料看，围绕顺昌县的宝山形成了一个以"通天大圣"为主，"齐天大圣"同祀的一个传播区域。也就是说，我们很正确地找到了其中一个分支的中心点；当然这个分支的传播区域并不限于顺昌而是遍布整个闽北山区，只不过周边被"发现"的遗物较少。经王益民馆长的安排，我们在邵武、建阳、建瓯、南平等地一些文物点也作了同样的考察。其中比较明确属于宋元遗址的是建瓯市玉山乡榉树村的大圣庙。

玉山乡在建瓯的深山，距离县城大约45公里，而榉树村距离乡政府又有大约20公里。这里的大圣庙是一个活的宗教活动场所，也就是还是按照规矩逢年过节都有祭祀活动。庙本身是一处建在山坡上的古老建筑，不太像庙倒很像一处村寨的公共建筑，因为它的建筑单个看不大但牵牵连连其实不小。庙里住持是一位老太，很热情，我们一开始以为是县博物馆的雇员，后来才知道她就是这里的当家人。庙外有一处很不小的钢筋水泥现代建筑，三层，很像一座厂房，但它是祭祀活动期间接待信众的招待所。我们到达的时候，并非祭祀期间，因此空无一人，但墙上贴有各式各样的名单。由这么一个招待所，已经可以想见每次祭祀活动的规模。

庙内的齐天大圣像

庙内有一块公示碑，表明该庙早在20世纪80年代就已被鉴定为宋—清代建筑。之所以有"宋—清"这样的时间跨度，陪同我们的建瓯县博物馆的研究人员说，这表示这座庙始建于宋，但至清代为止一直都有修缮和活动。确实，庙内随处可见有清代落款的字匾和各类器物。至于确定其始建于宋的证据，则主要是大殿的一些建筑构件，比如大殿的柱子和柱础。下图是建瓯县博物馆的研究人员为我们介绍。

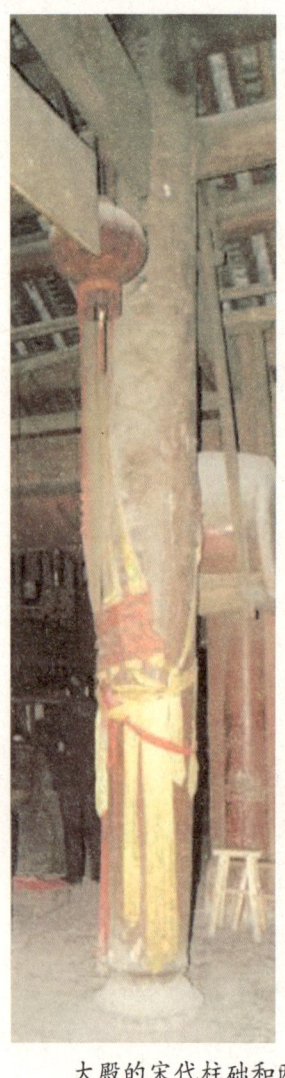

大殿的宋代柱础和两头小中间粗的立柱

除了柱础为宋代式样外，非常有意思的是大殿的柱子。首先它与柱础是原配的，其次它两头细、中间粗，据说这是宋代的典型特征。在《营选法式》中称为梭柱。它是宋代早期的一种柱式，以后已少见。《营造法式》关于梭

柱的做法规定将柱子分为三段,中间为直行,上下段予以梭杀,叫上下梭(即两头细中间粗)。因其外形略似织布用的梭,故称为梭柱。仔细看,确实有意思。

福州闽侯的齐天大圣庙

在福建的方志中,我们曾经看到不少关于齐天大圣的记录,而在顺昌,我们也多次听到了关于福州至今仍有齐天大圣崇拜的介绍,只是语焉不详。这些对我们来说,都是新鲜的也是宝贵的,最终促使我们专程去福州寻访。

由于缺乏具体的线索,寻访显得很困难,但既然是民俗,那在老居民中一定会有流传,老居民区就是我们选定的目标。事实证明这一招很管用,我们终于打听到闽侯区大学城附近有一所齐天大圣庙。

福州闽侯区的齐天大圣庙

庙门门楣上有清"道光甲申"(1824)题款的门匾,但显然已经重新描了金。对我们的课题来说,道光甲申不能说明什么,只能说明这座庙可能更古老。请看图中的门联和庙内供奉的大圣像。注意关键在"仗葫芦法力",我们在顺昌已经发现,乡民们供奉的齐天大圣很多都是手捧葫芦。大圣的形象接近戏装的齐天大圣或者手拿金箍棒都可以理解,因为《西游记》的魅力毕竟太大,而清代就

《西游记》成书的田野考察报告

已经有了大量的"西游戏",乡民们可能受了一些影响。但葫芦却一定是独有的,而且是古老的,其中有可能包含着宗教的或者文化的故事。

下图是我们在顺昌元坑一座齐天大圣庙里拍摄到的雕像,也是手举葫芦。

有清"道光甲申"(1824)年落款的门匾

在闽侯齐天大圣庙,我们还第一次看到一件稀罕物"齐天大圣符",贴在门板上。

福州市区的齐天大圣庙

在福州,我们随意寻访,大大小小走了四五处齐天大圣庙,但有的太小,有的已经被拆毁。在福建省政府隔壁的一条街道上,我们终于找到了福州最大的齐天大圣洞府"福州屏山齐天大圣洞府"。

这座洞府大约是有户籍的,也就是在宗教局有登记,属于道教。就其使用的法物来看,这座洞府佛、道其实已经融汇了,比如有"齐天大圣",也有"斗战胜佛",但供奉的主神"五大圣"能够证明其古老,也能证明其道教的原来身份。

侧门的门联　　齐天大圣像　　顺昌元坑镇郑坊齐天大圣像　　闽侯大圣庙里的"齐天大圣符"

272

这座洞府规模不小。所谓"五大圣",即黑大圣、白大圣、赤大圣、丹霞大圣、齐天大圣。我们考察的时候,有道长正在为信众做法事,征得道长和主家同意,我们在边上参观。

这座洞府"五大圣"正像供奉的方式比较考究,五座雕像均比真人要大,并排散布在祭台上。祭台不仅高,而且有一定的进深,被布置成石头洞府的模样,算是比较讲究。五位大圣的形象不尽相同,据介绍,丹霞大圣、赤大圣是闽东比较流行的祭拜对象,在福州比较普遍;黑、白大圣则是本洞府的专祀。

需要注意的是,我们又看到大圣手中的葫芦。这是否与《西游记》里太上老君的丹药葫芦有关,需要再考察,但这一细节已经反映出这些大圣本来的文化属性和乡土神圣的本来面貌。

洞府里一位老者见我们对大圣有兴趣,于是自告奋勇地担任了讲解,当有些问题不能解答时,又主动表示他家有一本书,可以拿来给我们看;见我们对他家供奉大圣也有兴趣,于是热情地邀请我们一起去他家参观。

老者说的书名叫《齐天府屏山祖殿》,是现代信众编印的宣传册,称齐天大

道长正在做法事

丹霞大圣	白大圣	黑大圣	赤大圣	齐天大圣

圣洞府起于北宋，传承至今。但其文字粗疏，内容难证其实，基本上没有作为研究参考的价值。只是对庙里几个大圣来历的介绍可能有点意义。据所称：

齐天大圣来自花果山，取经归来后受封齐天大圣、斗战胜佛。整个情节与《西游记》仿佛。

黑、白大圣系由齐天大圣返回花果山后点化的仙石中迸出。黑大圣受封镇守南天，威震一方；白大圣受封巡查灵山，降魔有功，封蓝天统领，驱魔院大元帅。

丹霞大圣原是福州豹头山宿猿洞里已经修炼千年的红毛猿精，道行高深，神通广大，能呼风唤雨，翻江倒海。又本性好色，善于变化，经常变化为美男子侵害良家女子。后被闾山正法派陈靖姑收服，割去淫根，改邪归正，被齐天大圣奏请观音封为恒河沙佛，在齐天洞府里永配香火。

赤大圣原为九天应元雷声普化天尊点化，化身为猿，赐姓赤。司职雷部，巡狩天地之间，观世间善恶。后因私念被贬人间，参佛悟道于闽山燕都，九天应元雷声普化天尊重又封其为雷部要职，划归齐

老者的齐天大圣家庙

大圣洞府受香。

鉴于丹霞大圣等在福建一带有受祭的传统,因此我们认为,也许上述关于丹霞大圣和赤大圣的介绍中还可能有一点传统民俗的意义。

湖北武穴的齐天大圣崇拜

武穴是湖北省的一个县级市,位处鄂东的长江边上,与吴承恩任职的蕲州相邻。在该市的深山中,我们也看到了齐天大圣崇拜的痕迹。

该市有一座"西来古寺",由寺的名称和近代传承情况看应该是佛教的一座庙宇,但奇怪的是,寺内却专祭"齐天大圣"。这位齐天大圣虽然已经是近代戏装,但这种规格,没有道教远源的文化背景是无法解释的,设置与福建的大圣庙是何其像也。

非常之巧,这里的乡民也有供奉齐天大圣的传统。我们去了一位乡民的家,他家的供坛在楼阁上,非常隐蔽,据说乡民对"文化大革命"还是心有余悸,因此比较私密。

这个供坛,似乎平常,但仔细看被挤在一边的佛祖和观音,便会觉得很不平常。在乡民的心目中,位置代表的就是分量的不一样,当然这种感觉来自传统。

附录一：顺昌大圣文化节的祭祀仪式

对于如此之多的大圣祭祀碑真实的宗教文化背景和它具体的祭祀内容，我们还不得而知。但可以相信，既然曾经有如此广泛、如此深入的民风民俗，那就一定会有相应的文化意义和仪式仪轨，甚至是文学传说，只是它们现在已经被深深地埋没于历史的进程中，需要更多的仔细和一点机遇。

也许有两个方面的材料可供参考，能够找到一些蛛丝马迹。一是目前顺昌县举办的大圣文化节，我们考察组参加了其中的一届，算是曾经耳闻目睹；二是央视《走遍中国》栏目组在顺昌实地拍摄的一次乡镇祭猴仪式，算是文献记录。

顺昌县至今年已经举办了四届大圣文化旅游节，第一届在2009年，第二届在2011年，第三届在2012年，第四届在2014年。这个文化节目前捆绑了当地的柑橘销售和旅游开发，文化搭台经济唱戏的意味很浓，因此规模也很可观。参加者除本县乡镇的团队之外，还有南平市、福州市等福建境内的政府、文化、商贸团队，比较特殊的是有若干来自中国台湾地区，以及泰国、新加坡、马来西亚等地的组团，台湾甚至还有人以党派名义组队参加。据介绍，在台湾和东南亚福建人

大圣接受香火供品

较多，客家文化比较普及的地方，都有民间的"齐天大圣""通天大圣"崇拜，现在仍然会有一些大大小小规模不等的祭祀活动。

文化节正式名称　　　　文化节LOGO　　　文化节公祭仪式：宣读祭文

　　我们参加的是第三届。这次台湾组团中比较突出的是连江县马祖一个叫"水部尚书公府"的组队，不仅带来了装饰鲜亮的大圣座驾、一座四人抬的彩轿，还表演了繁杂的颠轿仪式，应该算是比较成熟的祭祀仪式。由于我们对台湾、东南亚组团事先没有任何了解，因此仓促中没有能够安排接触交流，也算一点遗憾，但这个遗憾以后是可以弥补的。文化节除了商务活动之外，主要包括公祭、踩街、晚会等节目。公祭由地方著名人士宣读祭文，政府领导发言表示支持，其仪式虽然气派有序，但从我们的角度看，觉得已经时尚化、公共化，不具有历史文化的参考作用而只存有宣传意义。公祭之后，就是各组团展示自己的踩街，这个时候大致可以看出各乡镇对大圣崇拜的理解，虽然无法体验细节，但能看出乡民们心目中的大圣为何物。总体来说，大圣有两种，一是现代的戏装，明显受到《西游记》和"86版"电视剧《西游记》妆形的影响；另一种则比较古朴，接近以上我们拍摄的各地比较传统的模样。晚会应该说比较精彩，以"猴王争霸"为主题，邀请了全国各地各剧种演猴戏的著名演员，来此表演自己的绝技，称"争霸"。

　　文化节的LOGO设计很有特色，灵感来自宝山顶上的猴脸石。

　　踩街相当于花车游行。各队要逐一将自己供奉的大圣抬到祭台上接受供品。

　　台湾连江县马祖"水部尚书公府"组队中的神轿小巧轻盈，色彩鲜亮，技巧娴熟，神像威猛，尤其是颠轿，颠出很多花样。

台湾连江县马祖"水部尚书公府"组队

"水部尚书公府"组队的妆饰

各村镇的组队踩街,每顶轿内都供有大圣

晚会上不同剧种、不同流派的猴戏表演

大圣像之一

不同剧种、不同流派的猴戏表演

报告

附录二：央视专题节目记录的祭祀仪式

2012年中央电视台国际频道组织了《中国古镇》百集专题片，11月11日播出的第82集名为《元坑镇——拜猴奇俗》，介绍的就是顺昌县元坑镇祭祀通天大圣、齐天大圣的风俗。片子拍摄于七月十七，这一天据说是齐天大圣的生日。摄制组在凌晨就来到了元坑镇，记录了乡民们延续一整天的祭祀活动。

元坑镇距离县城15公里，是一个在宋代就已经很繁荣的山区

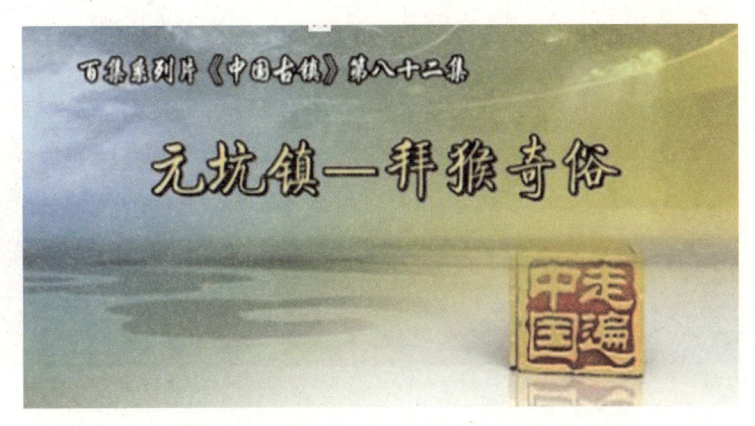

商埠，进入现代虽然逐渐衰落，但毕竟没有经过剧烈的社会动荡，因此其文化的传承有序而完整，也是大圣崇拜遗物较多的地方。在元坑的考察成果前面已经报告，我们没有赶上七月十七乡民们的集体活动，但在考察方式和关注点上与央视其实是可以互补的。比如央视毕竟有很强的动员力量，可以得到地方政府的全力配合；然而在观看了央视的节目后，我们却认为其中记录的祭祀过程，虽然观赏性很强，但其仪式有很强的共同性，即在南方很多民族、很多地方都会有类似的祭祀，即在福建顺昌，也有不同的民间神需要祭拜，形式相差不大。祭祀大圣活动的中心是世代相传的"僮生"，其实就是乡村巫师，因此这种热闹的活动是否能回答齐天

279

大圣、通天大圣独有的文化意蕴,还需要再做深入的调查。

以下借助央视节目的截图,把元坑祭祀活动仪式大致归纳如下。

元坑的整个祭祀活动从凌晨开始,此时四乡八镇凡参加祭祀的老少便都已经向祭祀的地点汇聚,他们开始祭祀的第一项活动是"采圣火"。第二项活动便是"游神",也就是要把平时藏在庙里的神像抬出来,全镇走一圈然后去野外的祭

替身在脸上穿钢针

祀点——即祭祀碑处,接大圣的真神。除了神像之外,还要有一位"僮生"作为大圣的替身。这位替身像神像一样被抬着,但要将一根粗粗的钢针横贯穿透自己的腮帮,钢针的两头各有一面小令旗,象征大圣的权威。

整个活动的高潮是晚上的"过火海",即在空旷的场地上铺设一条木炭通道,通道长10余米,宽约1.5米,然后浇上汽油将木炭点燃,形成一条模拟的火

模拟的火海,乡民们都会在上面赤脚跑过

海。大圣的替身赤脚穿越后,全村大部分的男女老少都会从火海上跑过,据说象征勇敢,也可以驱邪。

最后一项是叫"打油锅",即在空旷处架起油锅,待油烧热后,将一只公鸡扔进油锅。这只鸡并不会马上就死,它会腾空飞起,带出一片火苗,其意义似乎也是驱除邪魔。

吴承恩专题

这一专题考察对应的是"绪论"中以百回本《西游记》通俗小说为基准的"文化定型的取经故事"——成书的第六阶段,主要目标和行程在江苏、浙江、湖北三省,其本质意义是:

第一,证实吴承恩在长兴县丞任上的经历和后来实任"荆府纪善"一职,从而为《西游记》作者问题的考证增加一条可靠的证据链;

第二,确定《西游记》最终定稿的时间和地点,并考出其中某些故事的依据来源。

前在"绪论"中已经说到,关于百回本《西游记》的作者是否为吴承恩尚有争议。从学理上说,这种争议的存在是合理的,因为无论天启《淮安府志》"吴承恩,西游记"的记载如何确切无疑,但它毕竟只是一条证据,所以按照传统的"孤证不立"的原则,提出怀疑是可以理解的。而尽管我们有很多条理由驳斥怀疑,或又可从社会道义、知识结构、文学风格等很多方面提出许多内证、辅证,但真正确立吴承恩作者地位还需要一条能够以实证资料说话,能够与天启《淮安府志》相辅相成、互相呼应的证据链,我们的考察事实上也就是围绕建立这条新的证据链进行的。

金陵世德堂本的陈元之《刊西游记序》

进入21世纪以来,反对吴承恩的声音已经非常微弱,这主要是得益于吴承恩

生平研究的进展以及由此而形成的新的证据链。这条证据链的一端是最早的百回本《西游记》金陵世德堂本所附的陈元之《西游记》序,其中提到《西游记》底稿的来源。另一端则是附在吴承恩《射阳先生存稿》之后的一篇跋文——吴国荣的《射阳先生存稿跋》,作者号称是吴承恩的"通家晚生",其所言吴承恩事迹公认最细致也最可靠,几乎字字句句都已经得到了印证。其中提到吴承恩曾在长兴任县丞一职,之后又"有荆府纪善之补",后来在淮安发现的吴承恩棺头板上刻有"荆府纪善"字样,证实了这一任命的实际存在。

下图为明万历二十年(1592)金陵世德堂首刻《西游记》的序,落款"秣陵陈元之撰"。

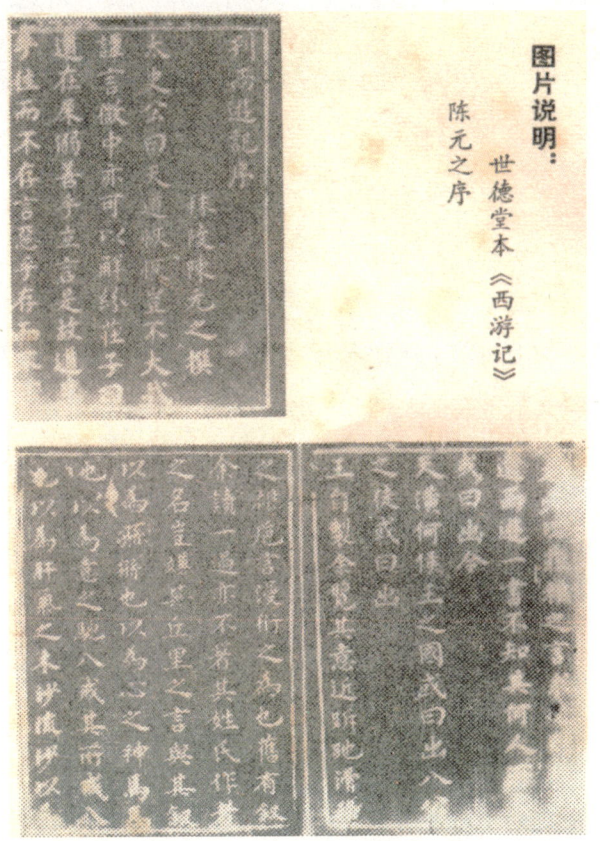

万历二十年金陵世德堂首刻《西游记》首页陈元之序

下图为1980年在淮安吴氏祖茔发现的吴承恩半截棺头板,上残存"荆府纪善"四字(现藏淮安市吴承恩故居纪念馆)。

但问题是,这条证据链上尚有些中间环节需要补足,有些问题此前曾有不同意见,比如较为常见的一条质疑意见就是并未见到吴承恩去湖北任职的确切证据,这实际上对上述证据链提出补充过渡节点的要求。具体说来,就是除了已有的构成两端的材料之外,我们还需要解决以下问题:

第一,吴承恩任职长兴县丞是否借助了李春芳的援手?只有肯定这一

吴承恩的半截棺头板,残存"荆府纪善"四字

点,李春芳后来解救吴承恩出狱并为他弄一个荆府纪善的名誉补偿在逻辑上才是合理的。

第二,吴承恩以贪赃罪下狱究竟出于何因,是否蒙冤?只有肯定这一点,李春芳为他伸出援手更有可能,而他本人出任荆府纪善几乎才是必然的名誉洗刷。

第三,吴承恩在离开长兴后即赴荆府到任有无实证?只有肯定这一点,那么他才真正具备"八公之徒"的身份,而与陈元之《序》所称相符。

第四,吴承恩在淮安的活动中,目前还没有找到任何与《西游记》直接相关的资料,那么根据陈元之序中与王府有关的提示,是否可以在荆府找到与《西游记》相关的线索?同样只有肯定这一点,才算有了合格的内证。

显然,只有上述问题得到肯定的解决,一条完整的证据链才算形成。我们的考察也就是围绕这些缺失环节展开的。

长兴县丞

吴承恩嘉靖四十五年有长兴县丞的任命,最初由已故苏兴先生在《吴承恩年

谱》中考实,[1]又有若干吴承恩自己落款题署的诗文为证,现在已经没有疑问。问题是他的这个职务是如何得来的,这一问似乎遥远,但却与他必须去蕲州荆王府任职有关。

吴承恩嘉靖二十九年(1550)四十五岁时取得岁贡生的身份,也就是放弃考试而换得了做一个八品以下小官的资格;同年进京谒选却因故放弃,不得不在南京国子监边读书边等待选出官职的机会,时间长达十四五年,通常说来,这意味着已经没有希望;据吴国荣《射阳先生存稿跋》可以看出,这时的吴承恩本身并不介意是否有任职的机会,但老母健在且声言一定要看到家中有官员出现,母命难违,吴承恩只能无奈等待。[2]嘉靖四十三年,一个他自己都没有料到的机会出现了。这一年,曾经在青年时期与他结为好友的李春芳已经官至礼部尚书,其夫人去世后灵柩回兴化老家时途经淮安,吴承恩受淮安一批故人推举做了一篇祭文,并因此与李春芳重新接上了关系。而李春芳在了解了老友的境况后,"敦谕"吴承恩再次赴京谒选,[3]嘉靖四十五年,李春芳由礼部尚书出任吏部尚书,时年六十一岁的吴承恩也就在这一年得到了浙江长兴县县丞的职务并于同年春夏间到任。

吴承恩的这一职务,看似平常,其实个中的难度却非常之大:

第一,嘉靖后期贡生选出县丞很难。明代的贡生制度,始于洪武盛于永乐,是一种在不第秀才中选拔人才,直接或经国子监培训后充任县令以下官员的制度,在国家是为了弥补基层实用型人才的欠缺,在个人也是一个正规的仕途经历,因此虽然不可能超过八品却也颇受欢迎。但后来空缺渐少,贡生的选官越来越难,越来越慢,选出的职位也越来越低,大多都是府县学的教谕、训导、教授等清贫甚至不入流的职务。到吴承恩生活的嘉靖后期,岁贡身份要选出县丞已经

---

1. 苏兴. 吴承恩年谱[M]. 北京:人民文学出版社,1980.
2. 吴国荣《射阳先生存稿跋》称吴承恩晚年的任职是"为母屈就长兴倅"。跋文见吴承恩. 吴承恩集[M]. 蔡铁鹰,笺校. 北京:中国社会科学出版社,2014.
3. 吴承恩《元寿颂》:"承恩蒙公殊遇垂二十年。"见《吴承恩集》。

非常之难。一个活的例子,就是吴承恩自己的一位同窗,十几年前也就是选了湖南巴陵的教谕。

第二,在六十岁这个年龄选出县丞更难。虽然贡生的年龄普遍较大,但还是以四五十岁为多,嘉靖四十四年吴承恩六十岁,这样的年龄还要选官实在罕见。且吴承恩在十多年前已经入贡排队,这时虽然还有资格,但已经是一个冷而又冷的冷窝子,如果没有奥援,谁会想到为他留个空缺!

第三,在这个年龄选出江浙一带的县丞难上加难。长兴县属浙江湖州府管辖,位置在太湖南岸,相对说比较偏远,据说有民风彪悍,向为难治的名声,但毕竟位处江南,离苏杭天堂也不过一天路程,比起云贵川陕岂不还是富庶之地?这样一处空缺,无疑是众人眼热心想的地方。

这其中如果没有时任礼部尚书、吏部尚书的李春芳援手,完全没有可能。

吴承恩对这个职务显然还比较满意,从诗文中可以看出,他在此间忙碌而充实,公务之余偶尔也会山林徜徉,野渡会友,甚至还有想家的时候,大约他已经盘算好,三年任期一到他就会班师回朝,这对老母亲就算有了交代。

历史老照片:长兴老县衙(《长兴六十年》纪念册)

贪赃下狱

史料中并无吴承恩贪赃下狱的直接记录,是苏兴先生从时任长兴县令的著名文学大家归有光的《震川先生集》中找到了一点蛛丝马迹,可以看出有当时县丞与他人合谋贪赃下狱这件事,而当时的县丞就是吴承恩。很多人从感情上不能接受吴承恩贪赃这件事,因此从苏兴先生开始,大家都不约而同地使用了"蒙冤"这个词,甚至有人称吴承恩与归有光联手打击土豪劣绅,遭到诬陷而被捕下狱。

"绪论"中已经大致有过介绍:近几年我们仔细翻检了归有光的《震川先生集》以及与明朝粮长制度、漕粮转运制度有关的文献,终于大致弄清了归有光为了粮长的设立与上司龃龉的前后因果,以及吴承恩蒙冤的根源所在。本次考察,我们课题组与长兴市博物馆的领导和地方文史研究人员仔细探讨了其中相关细节,大家就某些事实做了澄清并达成共识。现在看来,吴承恩的所谓"蒙冤下狱"虽然不那么正气凛然,但冤情倒是确实的,这也正是后来李春芳插手为他弄个平级另调的"荆府纪善"以恢复名誉的原因,应该说也是导致《西游记》形成的一个小小因素。

以下是我们在湖北蕲春取得的吴承恩实际到任的实证。

诗证:古蕲州与《宴凤凰台》

"荆府",是明代荆王府的简称。明代皇家诸子封王是一项制度,第一代荆王是宣德皇帝的弟弟,原本封地在江西,后来改迁蕲州,到吴承恩去的时候,荆王已经延续了五代。蕲州在明代是一个散州的建制,属黄州府,今天则是湖北黄冈市蕲春县属下的一个乡镇。位居武汉之东100多公里,紧靠长江北岸。同样是明制,藩府职官由朝廷直接配置任命,"纪善"是藩王府的一项官职,负责掌管王府的礼仪教育,作小王子的老师。这些在《明史·诸王列传》中都有明确的记载。

嘉靖二年(1523)春上,吴承恩出现在荆王府。在王府同僚为他举行的接风宴会上,他以一首《宴凤凰台》诗描写了蕲州王府的环境,记下了自己新到异地,轻松而又有点拘谨的心情。这首诗为我们提供了吴承恩已经从长兴到达蕲州的证据。诗如下:

> 梅花融雪丽香台,仙旅凭高锦席开。
> 山水四围龙虎抱,云霞五彩凤凰来。
> 客乡喜入阳和候,尊酒叨承将相才。
> 独倚东风番醉墨,遍题春色对蓬莱。

在前此的著述中,我们已详细论证过这首诗是吴承恩新到蕲州答谢王府同体之作的问题,请参见,这里不再讲述,只是提供一些地形地貌图作为佐证。

　　蕲州是一处U形的小盆地。盆地的开口处南临长江;盆地的中心是前后排列的两座小山,前面一座位于U形开口处,临近长江,名凤凰山,凤凰台即在此山之上,有关于凤凰的传说;后面一座位于U形略深处,称麒麟山。两山虽不高峻,但在小小的盆地中间,却也十分醒目;小山的周围是环绕的湖泊,而湖泊的外面又是一圈山峰,成环抱之形。嘉靖《蕲州志》称"大江襟其前,诸湖带其后",确是言之不虚,说"山水四围"更是合适得体,详请参见以下引自嘉靖《蕲州志》的"蕲州舆图"。又据《蕲州志》,州中的主要建筑,均在凤凰、麒麟两山周围,州治"背麟岗,面凤岭",就在两山之间,而荆王府的位置,"在麒麟山之阳",也就是在麒麟山阳面的山坡上,位置比州治稍高一点,直接面对凤凰山上的凤凰台。和大多数有点文化底蕴的古城一样,蕲州的文人也为蕲州凑

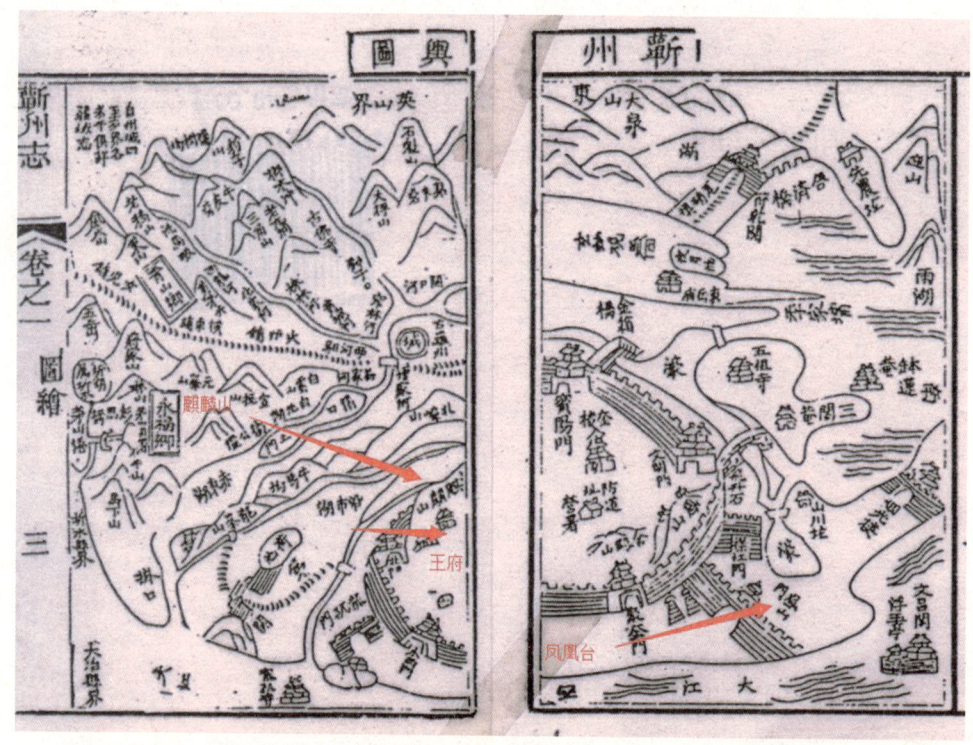

明嘉靖《蕲州志》页面

了所谓的"八景",谓:麟阁江山、太清夜月、凤岗晨钟、龙矶夕照、城北荷花、东湖春水、鸿洲烟雨、龟鹤梅花。又有州人陈溱写了首咏八景诗:

> 麟阁江山献绮罗,太清夜月宿嫦娥。
> 凤凰岗上晨钟响,龙眼矶头夕照多。
> 城北荷花开锦障,东湖春水泛金波。
> 鸿洲烟雨将收尽,龟鹤梅花雪满坡。(嘉靖《蕲州志》)

以上嘉靖《蕲州志》"蕲州舆图"形同今日的城市平面图,蕲州城面临大江,背靠群山,兼有四周湖水,表现的明显而清楚。请对照以下实景图:课题组的拍摄地点在凤凰山上,背后即是长江,摄像机面对的就是蕲州古城;右下图远处为古城所在,高处即王府所在地麒麟山。

接下来请看"蕲州八景"中"龟鹤梅花"的所在图示。"龟鹤梅花"一景所指

课题组在蕲州凤凰山上,背后即长江

在凤凰山远眺王府旧地(高处即麒麟山)

的龟山、鹤山均在城外东南方向,以冬春梅花著称,由《蕲州志》的"图绘"可以看得明白清楚,而凤凰台在图的左侧,放眼望去,正是"龟鹤梅花"之所在。

以上说明蕲州和凤凰台的地理位置,对于理解吴承恩《宴凤凰台》诗有重要的作用。这首诗作于蕲州荆王府,应该是确切无疑的事。

另外,还有两个问题值得一提:

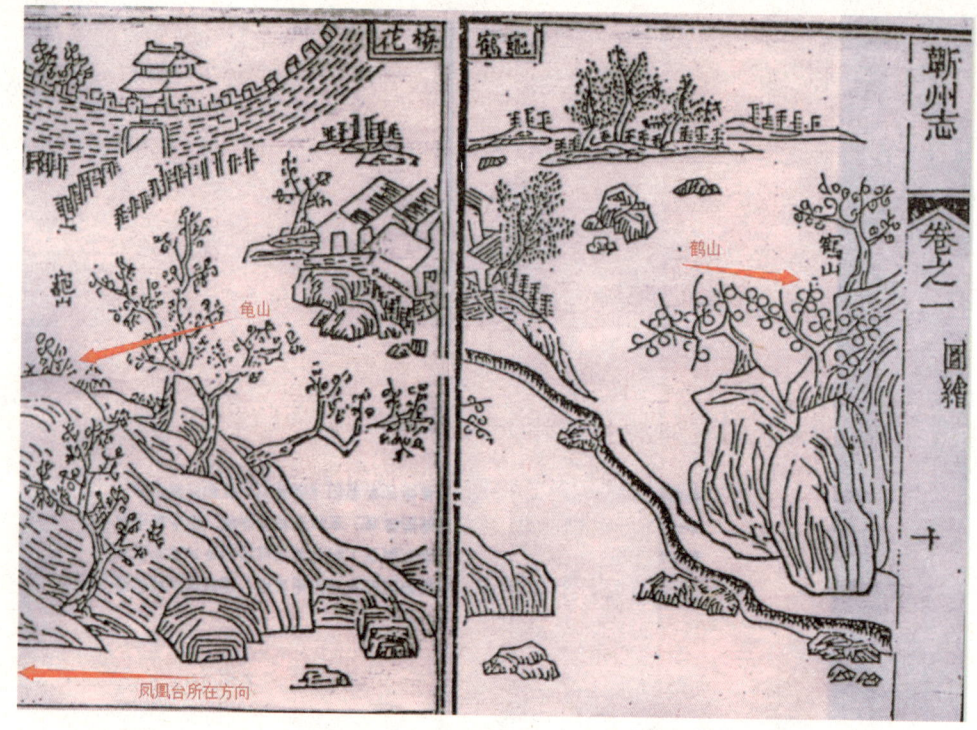

《蕲州志》中"龟鹤梅花"的图示

一是在此前的研究中,没有发现吴承恩隆庆二年初至四年年中这段时间内的任何文字。这在吴承恩生平研究中是一个引人注目的现象,关于吴承恩的文献资料已经有较多发现,其作品绝大多数也都可以系年,显然我们观察这样一位有多方社会交流,诗词歌赋无所不通且以代笔文章润笔糊口的多产作家,在两年多的时间内没有发现他的文字线索,是应当引起注意的。

二是在此前的研究中,吴承恩的诗文尚有少量无法考实其写作的时间地点和因缘事由,而这些诗文基本上都能显示作于外地他乡,如《送人游洞庭》《送人游匡庐》《送魏子还江西兼赴省试》《白燕》等。吴承恩一生足迹所至的线索很清晰,除了我们现在正在证实的蕲州之外,就只有北京、淮安、南京、苏州、杭州、长兴一线,这些地方又如何与匡庐、洞庭、江西扯上联系?

而如果我们立足于其任职蕲州,上述两个疑团就会迎刃而解,即这些诗文其

实正是作于吴承恩隆庆二年至四年在荆府任职期间。匡庐、洞庭离淮安都较远，所谓的送人游玩显得很飘渺，但蕲州却古有"左控匡庐，右接洞庭"之称（嘉靖《蕲州志》）相去两地均不遥远；《送魏子还江西兼赴省试》用到了唐人王勃作《滕王阁序》的旧典，说魏子参考的日期已经紧迫，希望北风之神也能像当年那样，一夜之间把他送到南昌。从哪儿起送？旧典指九江，而蕲州恰恰就与九江隔江而望，九江就是距古代蕲州最近的大码头，沿江而行相去仅约八十公里，因此从蕲州出发，一夜北风也尽可吹到南昌，用典正为贴切。

文证：荆王府与玉华国

文证指《西游记》提供的证据。《西游记》第八十八回写了个玉华国的故事，我们认为这个故事的背景原型就是荆王府。

下图是荆王府旧址上清代重建的建筑，荆王府的旧建筑已经在明末的战乱中被毁。

早有学者发现《西游记》中的朱紫国与王府可能有点关系，"朱紫"二字谐

音"朱子"也就是朱家子孙、朱家王府的意思。这个推测虽然因为难以证明而没有得到重视,但应当承认这是很有想象力的思路。循着这个思路,我们再看《西游记》第八十八回写到的玉华国,如果点破玄关,这玉华国其实就是蕲州的荆王府。鉴于这个问题太重要,所以有关论述虽然在前此已经出现过,但我们还是要复述一些。录《西游记》的片断如下:

> 忽见树丛里走出一个老者,手持竹杖,身着轻衣,足踏一对棕鞋,腰束一条扁带,慌得唐僧滚鞍下马,上前道个问讯。那老者扶杖还礼道:"长老那方来的?"唐僧合掌道:"贫僧东土唐朝差往雷音拜佛求经者。今至宝方,遥望城垣,不知是甚去处,特问老施主指教。"那老者闻言,口称:"有道禅师,我这敝处,乃天竺国下郡,地名玉华县。县中城主,就是天竺皇帝之宗室,封为玉华王。此王甚贤,专敬僧道,重爱黎民。老禅师若去相见,必有重敬。"三藏谢了。那老者径穿树林而去。(第八十八回)

> 行彀多时,方到玉华王府。府门左右,有长史府、审理厅、典膳所、待客馆。三藏道:"徒弟,此间是府,等我进去,朝王验牒而行。"(第八十八回)

> ……正嚷处,只见老王子出来,问及前事,却也面无人色,沉吟半晌,道:"神师兵器,本不同凡,就有百十余人也禁挫不动;孤在此城,今已五代,不是大胆海口,孤也颇有个贤名在外;这城中军民匠作人等,也颇惧孤之法度,断是不敢欺心。望神师再思可矣。"(第八十九回)

说玉华国原型即荆王府主要理由如下:

第一,玉华国的故事,在百回本《西游记》问世之前,没有于任何早期唐僧取经故事中出现过,无论《大唐三藏取经诗话》,还是《唐僧西天取经》《销释真空宝卷》,还是杂剧《西游记》、评话《西游记》;这显示故事与玄奘圆寂于铜川玉华寺无关,无妨我们将玉华国的故事视为百回本《西游记》的首创,这是一个非常重要的前提。

第二，玉华王自称"孤在此城，今已五代"，而从荆王迁至蕲州，到吴承恩任"荆府纪善"的隆庆初年时，恰是五代。

第三，玉华王王府"府门左右，有长史府、审理厅、典膳所、待客馆"，对照《明史》，这显然是典型的王府配置。嘉靖《蕲州志》卷四"荆封"说到王府官员配置时，前三位就是"长史司""审理厅""典膳所"，与《西游记》的描述连顺序都一样。如果没有王府的任职经历，能有如此精确的描述吗？

第四，玉华王自称"贤王"，"有个贤名在外"，而老者称"此王甚贤"。嘉靖三十二年去世的第四代荆王朱厚烇被《明史》称为"性谦和，锐意典籍"；于嘉靖三十六年袭封的第四代樊山王载垺被《明史》称"尤折节恭谨，以文行称。……子翊鈲、翊鍧、翊鏋皆工诗，兄弟尝共处一楼，号花萼社"。第五代荆王朱翊钜声名也不错，曾作表表扬叔叔载垺的贤行以训诸子，当发现其长子也就是应当继承王位的世子朱常泠残恣不堪教时，翊钜断然请示朝廷，将朱常泠革为庶人。从《明史》的记载看，所谓的玉华王"贤名在外"，不可谓没有着落。

第五，关于玉华王的三个小王子，也有不可思议的出处：第五代荆王朱翊钜于嘉靖三十二年登上王位，于隆庆四年去世，有三子，常泠、常湝、常盉；嘉靖三十六年袭封，于万历二十五年谢世的第四代樊山王载垺，也有三子翊鈲、翊鍧、翊鏋。如果吴承恩实际到任，那他们都应该在一起生活过。

第六，《西游记》共写了大约十个人间国度，其中作者正面称颂的只有一个，就是玉华国。这也是一个重要前提，表示了作者的特殊感情。玉华国是吴承恩写进去的，这种情感的出现非常合理。

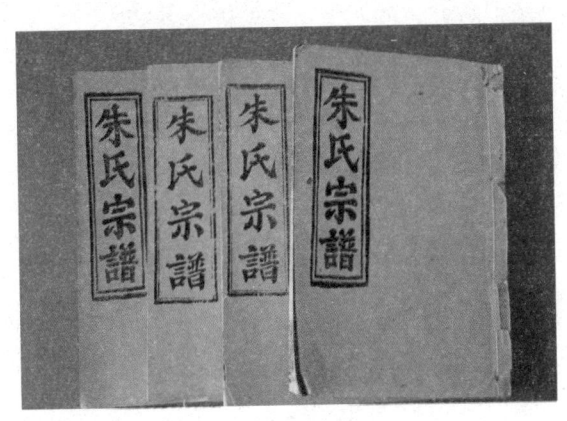

第七，《西游记》中玉华国既称国，又多处称为玉华州、玉华县，似为作者疏忽，但蕲州荆王府的特殊情况看，此则毫不足

怪。首先，玉华国是宗室封国，封地在玉华县（州），县即封国，封国即县；县主称王，王即县主，所以到玉华县要倒换关文。而荆王府也是宗室封国，封地在蕲州，荆王享受着王室的一切威仪。其次，玉华县州、县混称，正源于蕲州特殊的州、县混称的历史状态。

以上都写在《西游记》里，可以翻检。更详细的分析可以在拙著《〈西游记〉的诞生》中找到。

还有最重要的一条证据：就是这"玉华"正是荆藩的别称。这是本次考察中的一大收获。我1988年西行考察时，曾经在蕲春见到一本孤本荆府资料《荆藩家乘》，其中《荆藩宫殿考》称荆府共有七宫，主宫即有玉华宫一处。这应算是铁证，但可惜我当时留下的胶卷后来遗失，因此这条资料的确切性就得打点折扣。十年前我第二次去蕲州时，曾经寻找过这本书，但已无踪影。本次考察我提前数月托请当地著名的文史研究者、原文化馆馆长郑伯成

蕲春县的《朱氏宗谱》

先生代为寻找，结果传来了好消息，说他找到了全本的《朱氏宗谱》，被保存在一个偏僻乡镇的朱氏族长手里，已经通过关系疏通，可以见到。

这是很令人振奋的消息。在热情的郑馆长陪同下，找到了当地的族长，族长也很热情，吩咐搬出一大箱族谱，箱子上有红色的四个字"朱氏宗谱"。

这时候喜剧般的波折出现了。这部宗谱虽然传承有序，至今已经七修且创修、续修直至七修的序都在，每次修订的时间都很清楚，一直延续至1990年，但却显示出这只是荆王家族一个支系在清代的传承情况，完全没有关于荆王府的介绍，真让人大失所望。就在准备离开时，我们突然灵光一闪，问："这个箱子原来就不满吗？"因为按照习惯，箱子上既然有"朱氏宗谱"字样，就应该是量身定做的，但眼前的这只箱子显然还有空隙。这一问提醒了族长，他说还有几本总谱被人借走了。这又重新燃起了我们的希望，于是赶快回到县城，找到借书的

人。这位借书人原来也是地方文史研究者,于是我们坐下来一起看被借来的四卷宗谱,当翻开第一卷的封面时,封面内页赫然印有红色的"荆藩家乘"字样——它就是我在1988年看到的东西。

原来这部总谱亦名《荆藩家乘》,至1980年整个蕲春县仅剩一本,当时朱氏后裔有在县城当职者,因筹划七修《朱氏宗谱》而将此书带到县城,于是我在1988年时也就机缘巧合地看到了它。后来1990年时朱氏族人将其重新刻印,配在《朱氏宗谱》前作为总谱。

《朱氏宗谱》之总谱《荆藩家乘》

蔡铁鹰与蕲春县原文化馆馆长郑伯成先生(左)一起翻检《荆藩家乘》

对我们来说，《荆藩家乘》中最重要的有两页：

一页是"荆藩职官考"记录的是当时荆王府管制的设置，它证明了吴承恩在《西游记》中关于玉华王府的描写丝毫不虚；另一页是"荆王宫殿考"，其中描述荆王府中有东宫、西宫、慈宁宫、长庆宫、谨身宫、玉华宫、迎春宫共七宫。

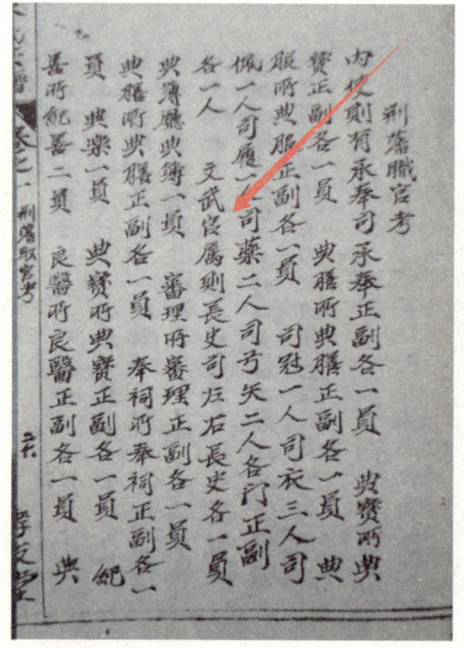

《荆藩家乘》之"荆藩职官考"

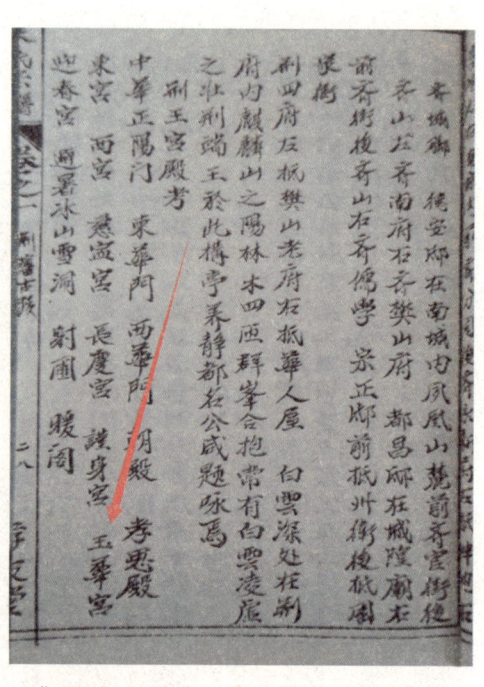

《荆藩家乘》之"荆王宫殿考"

我们仔细看，七宫中东宫、西宫、慈宁宫、长庆宫都是通称，因此尽管这些名称有的在《西游记》里出现过，但我们并不把它们作为证据，但唯独玉华宫和谨身宫则不然。

荆王府既有玉华这个宫殿，《西游记》的玉华国又与荆王府如此的相似，还是巧合吗？

谨身殿是《西游记》比丘国国王的寝宫，这个名称，我曾认为是移用了北京城内明朝皇宫的谨身殿，但看来不然，与荆王府的关系可能更为直接。

现在我们发挥一点想象力，描述一下《西游记》最后完成的情况：

吴承恩从长兴逃出囹圄后,很快就到了蕲州任职。王府的生活出乎意料的清闲,几乎没有任何事可做,他可以在这个蜗角之地好好逍遥一番。恰巧,王府的一位王爷与他有相同的爱好,对神仙方术真情不已——其热情恐怕吴承恩要自愧弗如了(见下条)。吴承恩与这位王爷自然相处甚洽,在王爷的鼓励下,他拾起了童年的梦想,开始写《西游记》。

大约用了两年的时间,《西游记》完成了。也许王爷答应他说要刻印这本书,所以他在回乡时将书稿丢在了王府。其实,对于他,这部书稿毫无实际作用,刻印这部书是不可想象的——他没有这份财力,出卖书稿也是不可考虑的——他即将到来的身份是致仕乡绅,他不能完全不要面子,《西游记》只能在好道王爷罩住的小环境下才能生存。他写《西游记》,完全是出于"鉴戒"人生的道义和"描摹"世情的爱好,这在我的《吴承恩年谱》中有详细的探讨。

十年后,吴承恩在家乡逝世。又十年后,这部书稿经过未知的辗转,在南京一个叫金陵世德堂的书店面世了。书店的主人并不知道作者是谁,他只是请陈元之作了序,大致地告诉读者,这部书的书稿来自王府。

荆府樊山王

在蕲春我们还看到了一部清初蕲州乡绅顾景星的《白茅堂集》,其卷四十五"家传·祖·桂岩公",其下附"桂岩公诸客传",有"樊山王"条,记载说:

> 樊山王讳翊鉎(《荆献》记讳载埨,误),字升甫,别号震岳,荆靖王第三子见濛之后,仁宗皇帝七世孙也。少颖,目十行下,闻古有淮南八公、梁四公,慕之,折节名士。师事桂岩公,陈玉帛、少牢形盐簋,问不死之道,屏息,膝行,委蛇,桂岩公谢不敢,王葡伏固请,桂岩公亦长跪。……皆如所言,自号大隐山人,年七十薨,有《广燕堂集》百集行世。

经过百余年的繁衍,荆王府已经有了许多支系王,有影响的除荆王正支之外,还是最初的几个分支如都梁王、樊山王。这里提到的第四代(或第五代)樊山王尤其值得注意,因为他生活在吴承恩任职的年代,具备与"八公之徒"发生联系的

基本条件,应该就是世德堂本陈元之《序》中说到的"王",这就是我们前面说到的喜爱神仙方术,极可能是吴承恩写《西游记》支持者的"王"。

值得关注的有几点:第一,这位樊山王与吴承恩生活在同一时代。《白茅堂集》的记载对樊山王的第四代和第五代有点混淆,据《明史》,第四代讳载垹,号大隐山人,有《大隐山人集》;第五代讳翊鉁,有《广燕堂集》。根据《白茅堂集》提到的《荆献》的记载和"仁宗皇帝七世孙"的世系,当事人更可能是第四代樊山王。这位王于万历二十五年七十岁时薨去,在本年四十出头,可以视为与吴承恩生活在同一时代、同一屋檐下;而这个年龄,应该与《西游记》玉华国主相仿,他有三个儿子翊鉁、翊鏗、翊鏰,此时当然是王子,正是吴承恩名义上的学生,这也与玉华国的故事暗合。第二,这位樊山王好道、好八公之徒。《白茅堂集》已经记在这位王爷"闻古有淮南八公、梁四公,慕之,折节名士",为了学道,"匍伏固请"。此人与"后七子"之一的吴国伦有密切交往,吴国伦有一首《答樊山王朱载垹》诗对这位王的描写很是形象具体:

> 老病龙钟卧北园,思君何日奉清言。
> 真风好与神仙近,雅道谁知帝子尊。
> 石上彩云流锦席,松间白鹤引华轩。
> 平台受简多宾从,不必狂生更在门。

看来这位王平时喜谈"清言",喜作道徒装扮,与《白茅堂集》的记载正可以呼应;又可以进一步证明这位樊山王的身边确实有很多"宾从",因此才使得吴国伦觉得自己不在身边也无妨这位老神仙的雅兴。诗见《光绪蕲州志》卷二十八。第三,这位樊山王身为好道之人,所学为何?《白茅堂集》中所谓"屏息,膝行,委蛇"可以理解为樊山王"问不死之道"时恭敬的动作,但一位王爷行此大礼,是否有点过于矫情越制?哪怕他真心向道,似乎也有点过分。这几个词其实还可以从道教丹道学的角度解读为"问不死之道、屏息、膝行、委蛇"。道徒王爷朱载垹的出现,很形象地证明了在荆王府有一个适合《西游记》这类作品传播的小环境,也许就是吴承恩动手完成《西游记》的一个起因。

主要参考书目

季羡林等校注	《大唐西域记校注》（上、下）	中华书局2004年出版
孙毓棠、谢方校点	《大慈恩寺三藏法师传》	中华书局1983年出版
唐卫寰	《唐僧取经》	江西人民出版社1980年出版
黄珅	《玄奘西行》	上海古籍出版社1996年出版
黄肃秋注释	《西游记》	人民文学出版社1980年第二版
李洪甫校注	《西游记》	人民出版社2013年出版
李天飞校注	《西游记》	中华书局2014年出版
陈新整理	《唐三藏西游释厄传·西游记传》	人民文学出版社1984年出版
李时人、蔡镜浩	《大唐三藏取经诗话校注》	中华书局1997年出版
汤一介主编	《道书集成》	九州图书出版社1999年出版
任继愈主编	《中国道教史》	上海人民出版社1990年出版
任继愈主编	《中国佛教史》	中国社会科学出版社1985年出版
日本整理	《大正新修大藏经》	网络版
[荷]许里和	《佛教征服中国》	江苏人民出版社1998年出版
[日]羽溪了谛	《西域之佛教》	商务印书馆1999年出版
王森	《西藏佛教发展史略》	中国社会科学出版社1997年修订
徐丽华	《藏传佛教探秘》	巴蜀书社2001年出版
王重民等编	《敦煌变文集》（上、下）	人民文学出版社1984年出版
周绍良、白化文编	《敦煌变文论文集》（上、下）	上海古籍出版社1982年出版
常霞青	《麝香之路上的西藏宗教文化》	浙江人民出版社1988年出版

季羡林译	《罗摩衍那》（1—6篇）	人民文学出版社1980年陆续出版
[澳]A.L.巴沙姆主编	《印度文化史》	商务印书馆1997年出版
郁龙余编	《中印文学关系源流》	湖南文艺出版社1987年出版
朱一玄、刘毓忱	《〈西游记〉资料汇编》	中州书画社1983年出版
刘荫柏	《〈西游记〉研究资料汇编》	上海古籍出版社1990年出版
蔡铁鹰	《〈西游记〉资料汇编》	中华书局2010年出版
苏兴	《吴承恩年谱》	人民文学出版社1980年出版
苏兴	《吴承恩小传》	百花文艺出版社1981年出版
蔡铁鹰	《吴承恩年谱》	中国社会科学出版社2014年出版
刘修业、刘怀玉	《吴承恩诗文集笺校》	上海古籍出版社1991年出版
刘怀玉	《吴承恩论稿》	南京大学出版社1991年出版
蔡铁鹰	《吴承恩集（笺校）》	中国社会科学出版社2014年出版
张锦池	《〈西游记〉考论》	黑龙江教育出版社2003年第2版
萨孟武	《〈西游记〉与中国政治》	岳麓书社1988年出版
蔡铁鹰	《〈西游记〉的诞生》	中华书局2007年出版
蔡铁鹰	《〈西游记〉的前世今生》	新华出版社2008年出版
竺洪波	《四百年西游记学术史》	复旦大学出版社2006年出版
曹炳建	《〈西游记〉版本源流考》	人民出版社2012年出版
张乘健	《古代文学与宗教论集》	吉林人民出版社2001年出版
[日]矶部彰等整理	《唐僧取经图册》	日本二玄社2013年出版
王益民编著	《宝山大圣文化丛书》	海峡文艺出版社2008年出版
本书编委会	《海峡两岸齐天大圣论坛文集》	福建教育出版社2011年出版
山西师大戏曲文物所	《中华戏曲》（第三辑）	山西人民出版社1987年出版
梅新林、崔小敬编	《二十世纪〈西游记〉研究》	文化艺术出版社2008年出版
隋树森编	《元曲选外编·西游记》（二）	中华书局1959年出版